O CASAMENTO

O CASAMENTO

Rio de Janeiro, 2021

Copyright © 2021 por Espólio Nelson Falcão Rodrigues.

Todos os direitos desta publicação são reservados à Casa dos Livros Editora LTDA. Nenhuma parte desta obra pode ser apropriada e estocada em sistema de banco de dados ou processo similar, em qualquer forma ou meio, seja eletrônico, de fotocópia, gravação etc., sem a permissão dos detentores do copyright.

Diretora editorial: *Raquel Cozer*

Coordenadora editorial: *Malu Poleti*

Editoras: *Diana Szylit e Livia Deorsola*

Notas: *Diana Szylit e Livia Deorsola*

Revisão: *Débora Donadel e Daniela Georgeto*

Capa: *Giovanna Cianelli*

Foto do autor: *J. Antônio/CPDoc JB*

Projeto gráfico e diagramação: *Abreu's System*

Dados Internacionais de Catalogação na Publicação (CIP)
Angélica Ilacqua CRB-8/7057

R614c
    Rodrigues, Nelson
        O Casamento / Nelson Rodrigues. — Rio de Janeiro: HarperCollins, 2021.

        296 p.
        ISBN 978-65-5511-208-5

        1. Ficção brasileira I. Título.

21-2866
        CDD B869.3
        CDU 82-31(81)

A HarperCollins agradece a grande ajuda do jornalista Fernando Beagá e do grupo Literatura e Memória do Futebol (Memofut) na identificação de alguns dos personagens reais citados por Nelson Rodrigues ao longo do romance.

Os pontos de vista desta obra são de responsabilidade de seu autor, não refletindo necessariamente a posição da HarperCollins Brasil, da HarperCollins Publishers ou de sua equipe editorial.

Rua da Quitanda, 86, sala 218 — Centro
Rio de Janeiro, RJ — cep 20091-005
Tel.: (21) 3175-1030
www.harpercollins.com.br

Sumário

Nota da editora	7
Um ato impossível de se diluir, por Bárbara Paz	9
O casamento	13
Um romance de Nelson Rodrigues não se adia, por Paulo Werneck	279
Notas	289

Nota da editora

O casamento é uma obra inaugural, por mais de um motivo. Além de ter sido o único livro assinado por Nelson Rodrigues que nasce originalmente como romance — todos os outros são fruto de adaptações de peças teatrais ou de histórias escritas para os folhetins de imprensa —, também foi a primeira obra no país a ser censurada pela ditadura militar instaurada com o golpe de 1964.

Escrito em dois meses, sob encomenda do jornalista, político e editor Carlos Lacerda, e lançado em setembro de 1966, o romance foi recolhido das livrarias um mês depois, em outubro, quando o ministro da justiça de Castello Branco, Carlos Medeiros Silva, proibiu sua circulação. O argumento foi "torpeza das cenas descritas e linguagem indecorosa", como se isso representasse um verdadeiro atentado às tradicionais instituições da família e do casamento. A verdade é que, apesar do humor ácido e bizarro, com a conhecida afronta de Nelson ao falso moralismo da sociedade, não havia no livro, como viria a dizer o autor, "uma única e vaga objeção ao matrimônio". Ainda assim, a obra seria liberada apenas seis meses depois, quando o Tribunal Federal de Recursos deu ganho de causa ao mandado de segurança impetrado pelo próprio Nelson.

O casamento, de todo modo, firmou-se como uma das mais importantes obras-primas rodriguianas. Só no breve período anterior à censura, teve duas edições esgotadas em dois meses, num total de 8 mil exemplares — número nada desprezível, mesmo para os dias de hoje —, chegando ao topo da lista de mais vendidos. Não à toa, a trama entre pai e filha, tão polêmica aos olhos dos inquisidores, ainda rendeu ao escritor uma renovada alegria em 1974, com a adaptação cinematográfica feita por Arnaldo Jabor, com Paulo Porto e Adriana Prieto nos papéis dos protagonistas Sabino e Glorinha. O filme conquistou dois Kikitos no Festival de Cinema de Gramado: o de melhor atriz coadjuvante — para Camila Amado, no papel de Noêmia — e o Prêmio Especial do Júri.

Se em 1966 *O casamento* escandalizou a conservadora classe média brasileira, para o leitor do século XXI saltarão aos olhos passagens que externam preconceitos dessa mesma sociedade, colocados geralmente como discurso indireto livre, acompanhando falas ou pensamentos dos personagens. Com os olhos da época ou de hoje, em todo caso, o leitor encontra neste romance temas como homossexualidade, adultério, incesto, desigualdade social, machismo, escatologia, movimentos artísticos de vanguarda, prazer feminino e erotismo de toda sorte. E, claro, tudo isso sem deixar de lado e a já conhecida incrível capacidade de Nelson Rodrigues de nos pegar pelas mãos e nos levar a tempos narrativos diversos, sem que nos percamos.

Boa leitura!

Um ato impossível de se diluir

Bárbara Paz

Quem já esteve diante da imensidão de Nelson Rodrigues, seja no teatro, como espectador ou como atriz, ator, seja diante de páginas cheias de seus polêmicos escritos, sentiu, bem ou mal, a potência de sua obra. Já nas primeiras linhas de qualquer texto de Nelson, o leitor/espectador está fadado à ambiguidade, vê-se posto em jogo; eis alguém que se embasbaca, ao mesmo tempo que se autoanalisa e reconhece a si mesmo no lugar de suas cenas.

Enquanto as cadeiras do teatro rangem e os quadris todos se comprimem a balançar desconfortáveis, ora à direita, ora à esquerda, ou bem ao centro, tentando se encaixar nas poltronas, anuncia-se a necessidade do silêncio. Ao mesmo tempo, o leitor/espectador não consegue se aquietar. Porque estar diante de Nelson é uma catarse, e não é permitido, a quem recebe tal iluminação, que se apresse, se adiante, se aprume vertiginoso, para que assim possa se emaranhar no silêncio — Nelson é autor do barulho, da distração, do burburinho e, mais do que tudo, do conflito.

É a partir desse fenômeno narrativo, levado a cabo, ao limite mais que insuportável, que essa celebração carioca eternizada na história da dramaturgia moderna constrói universos que replicam as estruturas sociais brasileiras. Discute-se o pobre, discute-se o rico, discute-se o homem, discute-se a mulher, discute-se *o casamento*. E com as palavras emprestadas de Charles Fourier — "O casamento parece ter sido inventado para recompensar os perversos" —,[1] passamos a tentar entender a dura e abrupta perseguição de que *O casamento* foi e é vítima. Seja pela ditadura militar, que, contemporânea ao romance, o proibiu de circular, seja pela crítica — ora anacrônica, ora super-racionalista. O romance é sem dúvidas dedo na ferida da estrutura social burguesa brasileira, acaba por atingir em cheio valores e fundamentos de cunho existencial; faz isso ao falar de nação, ao evidenciar conflitos que se condensam no cerne de uma instituição universal, religiosa, política, cultural e econômica, muito cara aos "brasileiros-de-bem".

E, ao falar nos tais, no centro dessa narrativa temos um exímio exemplar, Sabino, ou, por extenso, *Sabino Uchoa Maranhão*. Homem de bem e de tradição, faz questão de explanar seus sobrenomes pátrios, uma herança de seu pai, que, velho, morre todo cagado — um pouco antes de sua neta se casar com um *possível homem gay*. Exagerado. Chulo. Verdadeiro. A crueza dos conflitos deste romance intenso, desde seu início, nos chama a atenção para a humanidade dos personagens, ainda que tão teatrais, muitas vezes cinematográficos.

Esse caráter da obra de Nelson certamente foi uma das causas de Arnaldo Jabor ter conquistado o Urso de Prata no Festival de Cinema de Berlim pela obra-prima em que adaptou o autor: *Toda nudez será castigada* (homônimo da peça que estreava no teatro Serrador em 1965, sob direção do polonês Ziembinski). O ano era 1972, período de efervescência revolucionária do cinema brasileiro, que se firmava como cinema autoral e político ao mesmo tempo que caía nas garras afiadas dos censores da ditadura militar. Como não poderia deixar de ser, a censura castigou o desnudamento de Nelson, dessa vez na companhia de Jabor. Com apenas três meses de exibição, todos os rolos de película 35mm foram apreendidos por soldados da Polícia Federal, impedindo assim sua exibição em território nacional.

---

[1] *Théorie des quatre mouvements et des destinées générales: prospectus et annonce de la découverte*, 1808.

Sem medir palavras — não as havia pela metade —, os textos de Nelson Rodrigues nunca cobriram os pés, nem acobertaram seus conceitos e preconceitos, muito menos traçaram elogios fingidos ao brasileiro em nenhuma instância. Na lata — Nelson expunha aquilo que pensava, e da mesma forma exibia o pensamento que também herdava das ruas cariocas, sempre muito atento aos chavões e modos de usar a língua venenosa que circulava nas esquinas, unindo de forma escatológica, e muitas vezes violenta e incauta, palavras e discursos inesquecíveis. Não à toa, Nelson esteve encarregado por muito tempo de escrever sobre a malandragem carioca e a criminalidade de uma das cidades mais desiguais e paradoxais do mundo.

Sua vida pessoal também compreendeu toda essa parafernália estrutural e complexa. Amava as mulheres. Era sufocado pelas mulheres. Viu seu irmão ser morto em seu nome, por uma mulher. Obcecou-se pelas relações humanas, pelo sexo, pelo desejo, pela posse, pela obsessão. Trouxe para sua obra os temas de sua vida, trouxe para sua vida os embates de sua tragédia.

Nelson, de uma vez por todas, neste romance leva os embates interpersonagens até as últimas consequências: seja diante de um pai morto, da vergonha causada pela desonra, da encruzilhada de casar a filha com um genro gay, Sabino se obriga a olhar para dentro de seu escritório, de sua casa, de sua cidade, de seus convivas e sobretudo para dentro de si, numa guerra incessante contra seus demônios — secretos e velados, é claro. Num toque de mágica, muito longe de diluir o ato, as personagens despem-se aos lapsos, de suas classes, cores, sexualidades, enfrentando enfim, mesmo que inconscientes (e muitas vezes de forma inconsequente), sua intimidade humana. Despe-se também, assim, o público.

Não só nos conflitos internos do romance, mas também em nossas vidas, *O casamento* é um ato impossível de se diluir. A densidade e a imensidão de causas e efeitos dessa instituição patriarcal e burguesa estão mais que impregnadas em todos nós, seres terrestres, seres latires latinos, seres brasileiros, seres cariocas e afins. Façamos então os nossos votos! E sejamos ou não devotos — mas permitamos nos conflitar com Nelson, e talvez, a partir disso, possamos penetrar pouco a pouco, e cada vez mais fundo, este buraco-opaco chamado *Brasil*.

Bárbara Paz é atriz, diretora de cinema
e produtora de audiovisual.

1

Saltou do automóvel, uma Mercedes, e avisou ao chofer:

— Me apanha daqui a meia hora.

O carro partiu. Bom na Mercedes era a velocidade macia, quase imperceptível. Sabino vai comprar cigarros. Enquanto esperava o troco, viu um sujeito bater nas costas do outro e berrar:

— Todo canalha é magro!

Por mais estranho que pareça, aquilo doeu-lhe como uma desfeita pessoal. Apanhou o troco — dera uma nota de cinco mil — e veio caminhando. O sujeito ainda repetiu, com a mesma ferocidade jucunda:

— O canalha é magro.

Com surda cólera, Sabino pensa, como alguém que se justifica ou se absolve: "Eu não sou canalha". Não ia se esquecer nunca mais da cara do sujeito e do seu riso encharcado de saliva.

Entrou no *hall* do edifício. No décimo andar, em todo um conjunto de salas, funcionava a Imobiliária Santa Teresinha (nome proposto ou imposto pela mulher). Era o diretor-presidente. Sabino ou, por extenso, Sabino Uchoa Maranhão, tinha um vago, não, não, um obsessivo pudor de ser magro. No quarto, quando se despia (e nunca na presença da mulher), punha-se diante do espelho. Seu rosto tomava a expressão de um descontentamento cruel. Lá estavam as canelas finas, diáfanas, o peito cavado, as costelas de Cristo. Sim, tinha uma nudez de Cristo magro, com um leve, muito leve revestimento de pele. No Colégio Batista,[1] onde fizera o ginasial, era chamado de "bunda seca, bunda seca".

Ia casar a filha menor, no dia seguinte. Muitas vezes, no escritório, parava de trabalhar e ficava pensando, pensando. E, quieto, meio alado, o olhar morto, imaginava que certos magros não podem amar nus ou, por outra, não podem amar no claro. Mas era um homem que, aos cinquenta anos, ainda impressionava várias mulheres. Parecia um desses pais nobres de Hollywood. Tinha um rosto atormentado e, sobretudo, um olhar intenso, acariciador e triste. Num momento de ternura, seu olhar vazava luz.

Quando era moço e solteiro (no tempo ainda do Colégio Batista) fora com outros a uma casa de mulheres. E, lá, um dos companheiros, ex-seminarista, vira-se para Sabino:

— Me passa isso aí, "bunda seca".

Riram. Sabino fingiu que não tinha escutado. Baixa a cabeça. O outro insiste. Sabino olha na mesa e, rápido, apanha uma garrafa:

— Se disser outra vez, se me chamar de "bunda seca", eu mato, ouviu?, eu mato!

Nunca se sentiu tão perto de matar. A dona da casa veio correndo. Impressionada com Sabino, a sua palidez de santo, o seu olhar lindo como um martírio, disse, baixo, sem desfitá-lo:

— Vem comigo, vem.

Deixou-se levar. Sabino veio a saber depois que Madame lia muito. De vez em quando, largava o romance para dar na cara das meninas. Sabia de cor *O grande industrial.*[2] Apanhou entre as suas as mãos de Sabino e predisse como uma cigana:

— Menino, menino. Tu vai sofrer muito!

Naquele tempo, com sua obsessão de magro, acreditava que ia morrer cedo, talvez não chegasse nem aos vinte e um. Gostava de se imaginar no caixão. Achava que mais tristes do que os pés do defunto são os sapatos. A morte descalça seria cordial, quase doce.

Mas sobrevivera. Aos vinte anos, casou-se com Maria Eudóxia, dois anos mais moça. Tempo depois, numa briga com a mulher, esta fez, chorando, a pergunta:

— Casou-se comigo por quê?

Não teve coragem de dizer a verdade. Desviou o olhar:

— Ora, por quê? Gostei de você, claro!

Mas eis a verdade inconfessa: casara-se porque era impotente com a prostituta. Ainda solteiro, voltara à casa de mulheres. A cafetina era a mesma e lia, num canto, um romance de carruagens e adúlteras (não gostava de história moderna). Aquela gorda tinha uma graça defunta de retrato antigo.

Sabino veio caminhando por entre as mulheres. Uma delas, de busto forte, ventas de tarada, pediu-lhe um "amorzinho". Quase fugiu. Com a sua timidez de magro, vagou algum tempo por entre as mesas e as cadeiras. E, de repente, lembrou-se da morte do pai. Meia hora antes de morrer, já com a dispneia pré-agônica, o velho agarrara a sua mão. Disse e repetiu:

— Homem de bem. Homem de bem.

A mãe catucara o filho:

— É contigo, é contigo.

Era sim, com Sabino. O pai queria que ele fosse um homem de bem. E, desde então, a vontade do defunto o acompanhava por toda a parte. Sabino andou de um lado para outro e, por fim, dirigiu-se à Madame que estava, no seu lugarzinho, com o livro no regaço.

Disse, vermelho, com ardente humildade:

— Madame, eu queria ir com a senhora.

A coisa saiu de um jato. E já se arrependia. Madame o reconheceu. Teve um olhar úmido de mãe geral. No seu espanto deliciado, perguntava:

— Comigo? — e repetia, com uma afetação de garota. — Comigo? Tem tanto brotinho!

A morte do pai não lhe saía da cabeça. Teimou, com uma boca de choro:

— Quero a senhora.

Então, a cafetina gorda e nostálgica ergueu-se, num movimento ágil de menina. Toda ela ria, riam os seios, as ancas, a barriga, e riam as pulseiras. E ele já não pensava mais na morte do pai. Lembrava-se agora da sua ira contra o seminarista, sim, o seminarista que o chamara de "bunda seca". Com uma brusca nostalgia da própria violência, ouvia aquela voz antiga: "Eu mato! eu mato!".

Madame deu-lhe a mão:

— *Oui, oui*!

Era brasileira, filha de lituanos, mas brasileira. De vez em quando, puxava um sotaque. Pintadíssima, sardenta, manchada como uma tordilha. Sempre que fazia um gesto, era um alarido de pulseiras, pingentes, colares, o diabo. Muito olhado, ele ia passando. E, de repente, na escada, começou a ter nojo, simplesmente nojo, da mulher. Em seguida, começou a ter nojo do cheiro do pai quando estava para morrer. Vinha descendo uma das mulheres. Madame deu risada:

— Vou namorrar.

A outra, muito morena, quase índia, esganiçou o riso. Sabino chega lá em cima e pensa: "Se ela me beijar na boca, eu vomito!". O pior foi quando entrou no quarto. O pai, o lençol, o pijama, a cama do pai e a própria morte tinham um cheiro. E, ali, o cheiro era de sabonete, de um sabonete que absolutamente não existia. Mandou fechar a porta. Com certeza, a primeira prostituta tinha o perfume de um sabonete anterior a qualquer sabonete. Tudo, no quarto, era de um tempo defunto, inclusive a cama de Maria Antonieta. Sabino começou a achar que aquela velha loura e safada era tão morta quanto a mobília, tão morta quanto a escarradeira, com um caule fino que se abria em lírio.

Madame puxava o sotaque:

— Não vou tirrar a roupa.

Deitou-se, depois de levantar a saia. Sabino imagina que ela devia ter debaixo dos seios um suor grosso e elástico como o dos cavalos. Arqueja:

— Madame, a senhora me desculpe. Mas acho que comi uma coisa que me fez mal.

Passou a mão na barriga. A mulher senta-se:

— Vem cá, vem, ó filhote. Isso é nervoso. Mas passa. Deita aqui.

Tomou coragem:

— Madame, acho que, hoje, não vou conseguir nada. Mas pode deixar que eu pago. Eu pago.

Meteu a mão no bolso, deu-lhe as costas para contar o dinheiro. Ela virou de bruços, mostrando as nádegas que se derretiam. Sabino fugiu dali. Em casa, passou a noite em claro. O pai tinha a fronte alta e fanática do justo. Revirava na cama. Só quase ao amanhecer ousou o prazer solitário.

Mas tudo isso passou, graças a Deus. A imobiliária ia bem, muito bem mesmo. Ainda na véspera, fechara um grande negócio: uma incorporação na rua Bolivar. Hoje, com cinquenta anos feitos, está casado (bem casado). Tem quatro filhas, e nem um único e escasso filho. Por que só meninas? Eis a pergunta que Sabino fazia, sem lhe achar resposta. No último aniversário de Glorinha, justamente a filha que ia casar, dera uma festa em casa. E um dos convidados era o ginecologista da esposa e das filhas. O médico tinha bebido e continuava bebendo.

Sabino puxou o assunto:

— Doutor Camarinha, me diz uma coisa. É uma pergunta que eu estou pra lhe fazer. O seguinte: eu só tive filhas. Quatro. Isso quer dizer alguma coisa?

O outro catava os fósforos (perdia todos os isqueiros). Respondeu:

— Isso quer dizer que você teve uma sorte danada. Tirou a sorte grande.

— Mas como sorte grande? Eu acho até que filha é uma responsabilidade tremenda.

O outro não achava os fósforos:

— Escuta aqui, Sabino. Já imaginou se você tem um filho e o filho dá para pederasta? Eu tenho um e dou graças a Deus de meu filho ser macho pra burro! Macho, macho! Por meu filho, ponho a mão no fogo! Porque o negócio é o seguinte: a pederastia está comendo solta por aí. E te digo mais.

Joga fora o cigarro inteiro:

— É mil vezes melhor uma filha puta do que um filho puto!

Sabino recua como um agredido:

— Mas que é isso, doutor? Nem tanto ao mar, nem tanto à terra!

Com o seu olho rútilo de bêbado, um cinismo triunfal, o outro não parou mais. Balançava. E, no seu fluxo e refluxo, acabava caindo e se esparramando pelo chão. Dr. Camarinha falou de Copacabana. Senhoras passavam, mocinhas, e o ginecologista falava alto. Segundo ele, em Copacabana a pederastia pingava do teto, escorria das paredes:

— É um mistério que eu não entendo. Você entende?

Nas velhas culturas cabe a inversão sexual. Cabe. Mas o Brasil é um povo jovem, um povo sem múmias. Fez um gesto que envolvia a sala e os convidados.

Ria, obsceno:

— Estás vendo aí alguma múmia?

E perguntava a Sabino: por que então essa masculinidade escassa, rala, deteriorada que só tem sentido nos povos inteligentes demais? A nossa pederastia incivilizada, semianalfabeta, o humilhava como brasileiro. Sabino sempre tivera horror do bêbado. Quis objetar:

— Não é tanto assim, que diabo.

Dr. Camarinha ia dar-lhe uma réplica fulminante. Mas vinha passando o garçom. Pergunta:

— Não tem uísque? Quero uísque. Isso aqui o que é?

Era coca-cola. Apanhou o copo e bebeu de uma vez só, com uma sede brutal. Devolve o copo e enxota o garçom:

— Vai buscar uísque, anda!

Volta-se para Sabino:

— São os fatos! Não vamos ter pudor dos fatos! Até nas favelas. Sim, senhor, nas favelas! Na classe baixa, média e alta. Está tudo infiltrado, não escapa rato. Tem mais, tem mais: na maioria dos casos é uma pederastia sem prazer, sem vocação. Concorda?

Controlava a própria irritação:

— Não penso assim.

E o outro:

— Ninguém enxerga o óbvio — e repetia: — Só os profetas enxergam o óbvio.

E olha em torno, como se o profeta, inédito, pudesse estar, ali, comendo salgadinho. Em vez do profeta, passou o garçom. O médico quase agrediu a bandeja. Reclamou o uísque e acabou bebendo outra coca-cola. Tirou um lenço e enxugou o lábio. Baixa a voz, ofegante:

— É isso que está liquidando o Brasil. Falam do Nordeste. Literatura! A fome mata e não destrói. Mas a pederastia é a nossa autodestruição. Ainda bem que eu tenho um filho macho. Olha lá. Está dançando com tua filha, a gentil aniversariante.

Sabino puxava o outro:

— Bem, Camarinha. Vamos lá pro meu gabinete.

O médico para. Some a sua exaltação. Cria-se uma distância súbita entre ele e Sabino, entre ele e o Brasil. O Nordeste é a China, Velha China, de Pearl Buck.[3] Por um momento, desejou com todas as forças a presença do garçom. E teve uma sede atroz, não de coca-cola ou uísque, mas de um refresco que não havia ali: caldo de cana.

Disse, com um tédio cruel:

— Vamos, Sabino, vamos pro teu gabinete. Onde é teu gabinete?

Sabino teria mil coisas que dizer, que refutar. Mas como argumentar contra um pileque? No fim da noite, no quarto, abriu a alma:

— Te confesso que, hoje, fiquei besta. Besta com o doutor Camarinha.

Maria Eudóxia passava o creme de espinhas:

— O doutor Camarinha é um santo.

— Ora, santo! Santo e quase fez a apologia da lésbica? Diz que não tem a menor importância a filha lésbica!

A mulher repassa o creme:

— Mas não estava bêbado?

— Eudóxia, qualquer um pode ser obsceno, menos o ginecologista. Compreendeu? Um clínico, vá lá, um clínico, admitamos. E você quer saber o que eu penso, quer?

Tirava os sapatos:

— Quem devia ser casto é o ginecologista. O ginecologista é que devia andar de batina, sandalinhas e coroinha, aqui, na cabeça.

A mulher suspira:

— Cada louco com sua mania.

2

No ELEVADOR, SABINO ia pensando no ginecologista de batina — e coroinha na cabeça — que ele próprio imaginara. Mas já lhe ocorria outra imagem, de uma obscenidade absurda. Um São Francisco de Assis, de luva de borracha, um passarinho em cada ombro — fazendo o toque ginecológico. E o São Francisco de Assis teria a pupila azul e diáfana de Pierre Loti.[4] Este último fora uma das admirações literárias de sua juventude. Ou por outra: não era bem o romancista, o cronista, que o impressionara. Gostava do nome azulado, lunar de Pierre Loti.

Azulado, lunar. O elevador para. Atônito, Sabino olha em torno. Ninguém se mexe. É também olhado pelos outros.

Ele pergunta:

— Décimo?

E o cabineiro:

— Aqui, doutor.

Então, vermelho, vai pedindo licença. Estava no fundo do elevador. É olhado com desprazer, irritação. Só o cabineiro parece lambê-lo com a vista.

Mais tarde, Sabino havia de se lembrar das pessoas que iam no elevador. Ah, subira uma senhora grávida, com vestido estampado e uma mancha de suor debaixo de cada braço. Certas mulheres, na gravidez, ficam com as ventas largas e obscenas como as mulatas de Gauguin.[5] Sim, exatamente, de Gauguin. Glorinha comprara e mandara emoldurar umas reproduções de Gauguin. A filha pedira a sua opinião:

— Não é bonito, papai? Olha. Não é bonito?

Olhou as mulatas de pé no chão e vestido estampado. Disse, grave, balançando a cabeça:

— Bonito.

E porque achara "bonito", ganhou um beijo da filha (que ia casar no dia seguinte). Estava sempre se lembrando do casamento.

Entra no escritório cumprimentando para um lado, para outro. Ali, juntara os seus milhões. Tinha, todas as manhãs, a mesma cordialidade indiscriminada. O pai morrera defecando. Não conseguiria esquecer, nunca, as fezes da agonia.

— Bom dia, bom dia.

— Bom dia, doutor Sabino.

No décimo cumprimento, estava cansado e ressentido. Atravessa todo o escritório. Também se lembraria de que, ao passar pela mesa de d. Sandra, ela assoava-se num lenço de papel. Estava resfriada e uma coriza inestancável a punha fora de si.

(Assim morrera o pai, esvaindo-se em fezes. O pai morto e continuava o fluxo intestinal. E Sabino sentira uma pena alucinante. Amou aquele cadáver humilhado por um cheiro que passou para o resto da casa e até os vizinhos sentiram.)

Entra no gabinete. Estava exausto (e enojado) da própria memória. Precisava ver o retrato da filha, da filha que ia se casar no dia seguinte. Havia um retrato em cada canto. A filha ia se casar no dia seguinte — e virgem. Não queria pensar no defloramento.

Olha um dos retratos. Um retrato nunca é a pessoa, mas "uma coisa", "outra coisa", outra pessoa. E, no entanto, um pouco de Glorinha se insinuava ali, um pouco do seu implacável frescor. Ninguém mais se casava virgem. Só Glorinha.

A secretária de Sabino, d. Noêmia, estava batendo uma carta e passando a borracha num erro. Ao vê-lo, tira os óculos:

— Bom dia, doutor Sabino.

Era o último cumprimento:

— Bom dia.

Puxou um cigarro e, agora, a imagem que lhe ocorria era a da escarradeira, sim, da escarradeira que tinha a forma de um copo-de--leite. Subia por um caule fino para se abrir em lírio. Sabino acende o cigarro (tinha úlcera, mas fumava). Senta-se e olha o retrato da filha. Ao mesmo tempo, precisava tomar providências, dar ordens. Disse:

— Traz aqueles papéis pra eu assinar.

D. Noêmia repõe os óculos. Apanha uma pasta, tira os papéis, aproxima-se. Vai entregando as folhas, uma por uma. Ele assina sem ler. A outra coloca o papel devolvido no envelope. Fala:

— Doutor Sabino, quem telefonou foi o doutor Camarinha. Disse que...

— Quem?

Repetiu, dando outro papel:

— Doutor Camarinha telefonou dizendo que vem para cá. Pediu pra o senhor esperar.

Era uma coincidência. Desde a véspera que pensava muito na bebedeira pornográfica do ginecologista. Chega no escritório e o primeiro nome que ouve é o dele. Era a véspera do casamento de Glorinha. E por que o telefonema do dr. Camarinha às nove horas da manhã, na véspera do casamento?

D. Noêmia completa o recado:

— O doutor Camarinha disse que é um assunto urgentíssimo, que...

Tenso, ele começa a pensar que toda coincidência é inteligente, que não há coincidência burra. Se o dr. Camarinha telefonava, na véspera do casamento, e àquela hora, isso queria dizer alguma coisa.

Ali, começou a sofrer. O tal "assunto urgentíssimo" era uma janela aberta para o infinito.

Assina a última carta. D. Noêmia pergunta:

— Posso mandar entrarem os corretores?

Bate na própria testa:

— É mesmo! Hoje tem reunião, é dia de reunião! Mas que diabo!

Por que um ginecologista havia de telefonar na véspera do casamento? E que urgência era aquela? Ia se reunir com os corretores para tratar da tal incorporação. Que coisa chata! Na imobiliária, completara o seu primeiro bilhão. Bilhão. Ninguém sabia disso, nem a mulher. Vivera com o pai toda uma vida. E era uma convivência feita com um mínimo de palavras. Sabino só o amara no momento das fezes.

Ergue-se:

— Dona Noêmia, vai lá e desmarca a reunião. Explica. Eu nem vinha aqui. Vim só assinar esses troços. E daqui a pouco tenho um encontro com minha mulher.

Ela juntava os papéis:

— Não tem importância. Eu falo.

Apanha outro cigarro. (Estou fumando demais.)

— Golpe errado eu ter vindo.

A secretária sai para desmarcar. Um bilhão em dinheiro vivo. "Assunto urgentíssimo", ora pipocas. Sofria, sem saber por que sofria. Ele e a mulher tinham ficado de passar no Monsenhor Bernardo. Os três iam decidir se o casamento teria ou não discurso (Eudóxia dizia que não era "discurso", mas sermão). Monsenhor era uma das maiores cabeças da Igreja. Homem de uma cultura tremenda, chamava de analfabetos o Zé Lins, o Jorge Amado, a Rachel de Queiroz e, quanto à poesia, arrasava. Falava muito na "besta do Drummond". Gostava em termos do Bandeira,[6] isto é, da parte acadêmica do poeta.

Volta d. Noêmia. Ele decide:

— Faz o seguinte. Liga lá pra casa. Tenho que esperar o Camarinha. E vou desmarcar, também, com a minha mulher.

Olha, novamente, o retrato. Mais do que nunca precisava saturar-se, até os ossos, do retrato da filha. D. Noêmia desliga:

— Ocupado.

Enfia as duas mãos nos bolsos:

— Continua ligando, continua ligando.

Diziam que Glorinha tinha os olhos do pai. E não era segredo para ninguém que ele preferia a caçula. Mas Sabino negava de pés juntos. Que o quê, absolutamente! Tinha discussões horríveis com a mulher, com as tias. Certa vez, perdera a cabeça:

— É o cúmulo! O cúmulo! Vocês estão querendo criar complexo nas outras? Isso é uma maldade!

Excitado, com um sentimento de culpa que o dilacerava, repetia:

— Em absoluto! Gosto de todas igualmente! A mesma coisa!

Eudóxia não tinha pena:

— Conversa, conversa! Eu te conheço! Gosta mais de Glorinha!

O telefone continuava ocupado. Ele abre o coração para a secretária:

— Noêmia — e retificou —, dona Noêmia, hoje, eu vou dar, ao meu genro, um cheque de cinco milhões. Mas é segredo. Lá em casa, ninguém pode saber.

Disse e, na vaidade de ter esse dinheiro, espiou a reação. Ela ouviu a quantia com uma contração na bexiga. O espanto, a alegria, o medo davam-lhe uma cistite emocional.

Repetiu, iluminada:

— Cinco milhões!

Sabino explicava:

— Olha aqui. Os cinco milhões são um presente pessoal para o meu genro — e sublinhou: — Só para ele. À minha filha, eu dei aquele apartamento.

A outra sonhou:

— Colosso de apartamento!

De fato, tinha uma localização maravilhosa. De suas janelas, o morador via duas paisagens, de um azul inverossímil: de um lado, a Lagoa; de outro lado, o mar. Ele insistia como se tivesse uma necessidade obtusa de se justificar e de se absolver de uma falta imaginária:

— O apartamento não é nada. Minha filha tem tudo de mim — e repetiu, forte, com um desespero sem motivo —, Glorinha sabe. Eu daria a minha última camisa à minha filha. Mas eu quero a sua opinião: que tal, como presente, cinco milhões?

D. Noêmia ia responder, quando conseguiu, finalmente, a ligação. Sabino animou-se. Estava tão tenso que uma dificuldade mínima, como um telefone ocupado, o deprimia. A secretária passa-lhe o telefone:

— Está chamando.

A própria mulher atendeu. Sabino puxa o cigarro. A seu lado, d. Noêmia apanha a caixa de fósforos e risca um. Sabino dá a primeira tragada:

— Meu bem. Sou eu. Olha. Temos que alterar os nossos planos.

Não gostou:

— Já começa você.

Falando com a mulher, ele chegou, de repente, à conclusão de que "a besta" era o Monsenhor Bernardo, e não o Drummond. Sempre admirara as tiradas do padre, cuja eloquência tinha mais dourados do que um altar barroco. Mas ouvindo a mulher, que ralhava do outro lado, foi varado por uma certeza mais cruel, mais enfática que o próprio Juízo Final. Não que gostasse do Drummond. Como quem confessa um falso defeito, costumava dizer: "Sou passadista!". Não abria mão da rima. Discutia com as filhas, que o chamavam de antiquado. Admitia, risonhamente:

— Não tenho vergonha de ser Bilac. Sou Bilac.[7]

Elas punham o Drummond nas nuvens, e o Bandeira, e o Vinícius.[8] Sabino aceitava algum Vinícius. E quanto ao Schmidt gostava dos artigos de *O Globo*, e não dos versos.[9]

Sabino curvou-se no telefone:

— Meu bem, escuta. É o seguinte. O telefone está horrível. Mas ouviu? Cheguei aqui e encontrei um recado do Camarinha, o doutor Camarinha. Vem aqui, diz que é um assunto urgentíssimo, sei lá. Compreendeu? Vou ter que esperar, claro. Olha: como vão as coisas aí?

Ela, preocupada com o dr. Camarinha, disse:

— Nada de novo. Glorinha é que vomitou. Pouco. Pouca coisa.

— Que coisa chata! Deve ser nervoso. Fígado também. Mas eu avisei: Glorinha não pode comer chocolate. Teimosa! Ontem, se encheu de bombons. Pronto, olha aí. Caso sério. Vê isso direitinho. Se não melhorar, chama o médico.

Eudóxia já se arrependia de ter falado:

— Não precisa. Não é nada. E olha: logo que acabar aí a conversa com o doutor Camarinha, telefona e eu saio. Estou quase pronta.

Eudóxia já queria desligar. Mas Sabino continua:

— Eudóxia, me diz uma coisa. Você notou, ou tem notado, alguma mudança no Camarinha?

— Nenhuma.

— Escuta, escuta. Desde aquele porre, o tal porre, que ele tomou aí em casa, eu estou achando, sei lá, o Camarinha diferente. Ele é o médico da família, há séculos. Fez todos os teus partos. O Camarinha não dizia palavrões, não ria de anedota.

Eudóxia falou com uma pessoa de casa. Ele perdeu a paciência. (Estava cada vez mais convencido de que o Monsenhor Bernardo era a "besta"):

— Eudóxia, quer prestar atenção?

— Estou ouvindo.

— Ouvindo, coisa nenhuma! Mas escuta. Eu estou achando o Camarinha mudado, diferente.

Irritou-se também:

— Você, com seus palpites! Sabe de uma coisa? Quem está diferente é você!

— Eu?

Disse tudo:

— Você, sim, senhor! Sabino, de ontem para hoje, você não está ligando duas ideias. Parece que está no mundo da lua. É aquilo que eu te disse, aquilo. Você gosta mais de Glorinha. Sabino, não vem com essa conversa. Só vê Glorinha na sua frente. O casamento das outras, você nem ligou. Diz só uma coisa: de quanto é o cheque que você vai dar ao Teófilo? Dois milhões? Não acredito. Que dois milhões! Sabino, você está pensando que eu sou boba?

— Por que é que você faz questão de dizer coisas desagradáveis?

Muda, instantaneamente, de tom:

— O doutor Camarinha acaba de chegar. Depois telefono. Mas olha, olha. Não esquece a minha baba de moça. Quero baba de moça. Um beijo.

Desliga e levanta-se:

— Como vai essa figura?

O outro tem riso pesado:

— Não tão bem como vossa excelência. Mais ou menos.

Inquieto, Sabino vira-se para a secretária:

— Vê um cafezinho pra nós.

— Nada de café. Com esse calor? Não precisa, dona Noêmia. Obrigado.

Sabino tenta sorrir:

— Suspende o café, dona Noêmia. Mas como é? Que negócio é esse de "assunto urgentíssimo"? O senhor está querendo me assustar?

O dr. Camarinha tira o lenço. Em silêncio, enxuga as mãos, depois o rosto, a nuca. Sabino pensa na morte do pai. Durante meses, sentira, por uma alucinação do olfato, o cheiro da morte. Gostaria de ter guardado o pijama que o velho usava ao morrer.

Lado a lado, ele e o médico ficam, por um momento, olhando o retrato de Glorinha. Com a sua respiração forte de gordo, e uma certa doçura nostálgica, Camarinha fala:

— Sabino, você tem uma filha bonita demais. Não falo das outras. As outras são como todo mundo. Mas essa aqui, Sabino, essa aqui é a moça mais linda que eu já vi em toda a minha vida. Entre Glorinha e Ava Gardner, eu prefiro cem vezes Glorinha. Outro dia, eu disse isso e acharam graça. Mas é a pura verdade.

Naquele momento, Sabino teve a tentação quase insuportável de perguntar: "Glorinha é virgem? Eu sei que é. Mas gostaria que o senhor, como médico, dissesse que é virgem, sim". Conteve-se, porém.

Lembrava-se da escarradeira antiga no quarto da cafetina. Teria guardado o pijama sujo do pai sem nojo e com tanto amor.

Novamente, o dr. Camarinha passa o lenço na nuca. Sabino acha justo que um homem, ao perder a mulher amada, queira guardar a calcinha — a calcinha úmida da morte, do suor da morte.

O dr. Camarinha inclina-se diante de d. Noêmia:

— A senhora, por obséquio, quer sair um instantinho?

Levantou-se, vermelha:

— Pois não, pois não.

Saiu. Então, o próprio dr. Camarinha vai até a porta torcer a chave. Sabino já não está tão certo de que o Monsenhor Bernardo seja uma besta. O dr. Camarinha senta-se a seu lado para se levantar em seguida.

Faz a pergunta, à queima-roupa:

— Que ideia você faz do Teófilo?

— Do meu genro?

— Teófilo, teu genro.

Respira fundo:

— Bem. Mas por quê? Acho um bom rapaz. Excelente rapaz.

O médico o encara:

— Ontem, eu vi uma cena, no meu consultório, que você precisa saber.

Sem dizer nada, Sabino começa a sofrer. (Já sofria antes e agora mais.) Espera. O dr. Camarinha foi até o fim num tom só:

— Vi teu genro, teu futuro genro, o Teófilo, beijando na boca o meu assistente. Meu assistente, aquele rapaz que você conhece, o Zé Honório. Ninguém me contou, eu vi. Entrei, de repente, na sala de curativos. E vi.

3

A MORTE DO pai. O pijama dourado de fezes e magro como o cadáver.

Bateu o telefone. Aquela interferência caía do céu. Arremessou-se, voraz:

— Alô? Alô?

E ouviu:

— Sou eu, meu bem.

A voz da mulher deu-lhe uma súbita paz. Fez sinal para o médico. (Respirava forte):

— Um momento, doutor Camarinha.

E, ao mesmo tempo que falava com Maria Eudóxia, procurava lembrar-se da figura, da voz, do olhar e do sorriso do tal Zé Honório. Sempre que ia ao consultório do amigo, Sabino o via lá. Um rapaz de vinte e poucos anos, rosto fechado, inescrutável e uma tristeza de chamar a atenção. Sabino foi perguntar ao dr. Camarinha: "Esse rapaz, esse seu assistente, tem algum problema ou é assim mesmo?". Camarinha explicou: "O pai teve um derrame. E o Zé é louco pelo velho".

Eudóxia fala de casa. Passa uma das filhas com um prato de mãe-benta. Deixa a filha afastar-se e encosta a boca no fone:

— Como é? Falou com o doutor Camarinha?

Arqueja:

— Está aqui comigo. Estamos conversando.

Não queria parecer ao médico calmo demais. Fingiu que se irritava com a esposa:

— Eudóxia, escuta, escuta. Telefona mais tarde. Ou melhor: eu telefono. Deixa que eu telefono. Eu mesmo chamo.

Do outro lado, sôfrega, insistia:

— Pelo amor de Deus, me tira de uma dúvida.

— O quê? Não estou ouvindo. Repete, diz outra vez.

Fala para o médico:

— O telefone está péssimo.

O telefone estava ótimo. Ele é que ouvia tudo, sem entender nada. Começou a odiar o dr. Camarinha (já o odiava, desde o porre obsceno). O ginecologista apanhou o retrato de Glorinha e o olhava com uma curiosidade grave.

Eudóxia explicava:

— Eu não posso falar alto. Ouviu? Não posso falar alto. Vou fazer uma pergunta e você responde "sim" ou "não". Não é nada de gravidez, é? Sim ou não?

Respondeu, entre dentes:

— Eudóxia, o momento não é próprio. Eu estou aqui com o doutor Camarinha. Até logo, até logo.

Desligou e ergueu-se:

— Minha mulher é uma santa. Mas, sei lá, não tem um certo tato. Nas ocasiões mais impróprias, vem com umas ideias, umas bobagens. Caso sério. Mas vamos lá.

O magro pijama, magro como o cadáver. Eis a confissão que ele não podia fazer: "Eu amei meu pai nas fezes". Sim, com as fezes, o pai assumira a sua plena miserabilidade. E o que explicava a tristeza do Zé Honório era o derrame.

Antes da chegada do médico, Sabino quebrara a cabeça, sem saber que "assunto urgentíssimo" podia ser esse. Também pensara numa gravidez. Logo que o dr. Camarinha apareceu, imaginou, crispado: "Vai dizer que Glorinha está grávida ou que abortou". E se fosse gravidez de outro, e não do noivo? Mas quando o ginecologista começou a falar, e ele foi compreendendo tudo, deu-lhe uma brusca e desesperada euforia.

Estava preparado para a gravidez e não para a pederastia. E o pior é que precisava falar. O derrame do pai do Zé Honório. Estava sabendo que o genro é pederasta e precisava falar. Precisava falar e não tinha palavras, eis a verdade, não tinha palavras.

E, de repente, começa a reparar que o dr. Camarinha é gordo. Conhecia-o havia mais de vinte anos e nunca se dera conta de quanto era gordo, gordo de mãos pequenas e pernas curtas. Camarinha, gordo!

Sabino sente que o outro espera um desespero, uma ira, um sofrimento moral que ele ainda não demonstrou. E o pior é que ele, Sabino, ouvira tudo sem espanto. Não estava nem espantado, nem, ao menos, perplexo. Meu Deus, meu Deus! Há quarenta e oito horas que algo mudou na sua vida e, mesmo, no seu caráter. Sentia que se criava entre ele e os fatos, as palavras e as pessoas, uma distância apavorante. O pai do Zé Honório torto com o derrame, hemiplégico ou sei lá.

Anda de um lado para outro. Estaca diante do médico:

— O senhor me diz isso a vinte e quatro horas do casamento?

Percebe que há, no olhar do ginecologista, uma curiosidade maligna. Senta-se a seu lado:

— Me diz uma coisa, doutor. Não há dúvida? Possibilidade de engano?

O outro bate na própria coxa:

— Ora, Sabino, ora. Que dúvida? Que engano? Você acha pouco? Sabino, dois barbadões se beijam na boca e na boca a troco de nada? Por simples cordialidade? Olha aqui, presta atenção. Você se lembra daquela noite, no aniversário de tua filha? Dei vexame, dei. Mas o meu porre foi profético. Está aí: teu genro é pederasta! Só não sei qual dos dois é a mulher.

O passivo e o ativo. Sabino esmaga a brasa do cigarro no fundo do cinzeiro:

— Mas eu não entendo, doutor Camarinha! Minha filha namorou esse rapaz dois anos, está noiva há um. Tempo pra burro. E será que ela não viu nada, não desconfiou nunca?

Camarinha ri:

— Sabino, mulher não entende nada de homem. Entra em cada fria! Em matéria de homossexual, é sempre a última a saber. E, muitas vezes, sabe e aceita. Há também as que gostam, preferem o pederasta.

Então, numa curiosidade que o envenena, Sabino pergunta:

— Quando o senhor entrou. O senhor entrou, de repente. O que é que eles disseram? Reagiram como?

O dr. Camarinha não respondeu logo. Tirou um cigarro. Naquele momento, gostaria de fumar de piteira.

Há uns três meses, mais ou menos, Teófilo aparecera, no seu consultório, acompanhando Glorinha. O próprio dr. Camarinha o apresentara a seu assistente, José Honório, recém-formado. E ficaram os dois, na sala de curativos, conversando, enquanto Glorinha se fechava com o médico. Depois disso, voltara, outras vezes, sozinho. E, assim, tornaram-se amigos e, segundo se podia imaginar, amantes.

E, na véspera, o dr. Camarinha entrara, de repente, e vira "o beijo". Olhou, como se não entendesse. Os dois se separam, assombrados.

O dr. Camarinha ainda perguntou:

— Mas o que é isso aqui?

Zé Honório baixa a cabeça:

— Perdão, perdão.

O médico deixa passar um momento. Falou, primeiro, para Zé Honório:

— Você era como se fosse meu filho. Mas agora acabou. Suma da minha presença e nunca mais, ouviu? Nunca mais.

José Honório tira o avental. Chora. Apanha o paletó e sai, sem olhar para ninguém. Teófilo tira um cigarro, que não acende. E, então, o dr. Camarinha vira-se para ele. Teófilo espera, de fronte alta, sem medo. O médico sente que, apesar de tudo, há uma troça cruel na cara do rapaz.

O dr. Camarinha começa:

— O que é que o "senhor" tem a dizer?

Encarou-o:

— Tenho a dizer que o senhor está sendo injusto.

— Injusto, eu? Eu?

O médico muda de tom:

— Não vamos perder tempo. O "senhor" está proibido, proibido!, de pôr os pés aqui.

— Posso falar?

Na sua fúria contida, disse:

— Merecia apanhar nessa cara!

Vira-se, rápido e lívido:

— Não me encoste a mão! O senhor não me conhece!

Os dois se olham, cara a cara. Teófilo tem sempre uma pele de quem lavou o rosto há dez minutos. O médico aponta a porta:

— Saia! Ande, saia!

O outro baixa a voz:

— Isso que o senhor viu não aconteceu nunca na minha vida. Foi a primeira vez e será a última. Lhe peço que o senhor acredite. Sou normal. — E repetiu, sem desfitá-lo: — Sexualmente normal.

O dr. Camarinha tem entre os dedos a piteira sem cigarro:

— A mim, você não engana. Eu vi. Aceito todos os defeitos, menos esse. E o homem que deseja outro homem, e que, por desejo, beija outro homem, pra mim não é nem gente. Rapaz, você vai sair agora do meu consultório e nunca mais fale comigo.

Teófilo chegou a dar dois, três passos. Volta:

— Bem. Quero que fique bem claro o seguinte: não houve nada entre mim e esse rapaz. Nada de extraordinário. Eu apenas o abracei. Foi apenas um abraço. Ele faz anos, hoje. É meu amigo e eu o abracei.

— Pois então fique sabendo. A família de Glorinha vai saber de tudo. Eu vou contar, eu!

— Dou-lhe um tiro!

Perdeu a cabeça:

— Só se for com a bunda!

Pausa. Teófilo acende, afinal, o cigarro. Já ia sair.

Fala sem ódio:

— Doutor Camarinha, o senhor não sabe de nada. Eu sou a felicidade de Glorinha. Adeus.

Para o médico, pior que o beijo fora a atitude posterior. Sentira no rapaz um cinismo gigantesco.

Sabino ouviu tudo, sem uma palavra. Camarinha põe a mão no peito:

— Você me entende, Sabino, entende? Se ele caísse de joelhos, aos meus pés. E se beijasse os meus sapatos e se, com o beijo, babasse os meus sapatos. Seria abjeto, mas estaria demonstrando o sentimento de culpa. O meu assistente chorou. E seu genro, seu futuro genro, não chora e me desafia. Não tem vida moral. É isso: não tem vida moral.

Sabino começa:

— Mas calma, calma. Nada de precipitações.

— Quem é que está se precipitando?

Pigarreia:

— Você não me entendeu. É o seguinte: o rapaz nega. Diz que não beijou, que não houve beijo. Que foi um abraço de aniversário.

Estupefato, pergunta:

— Você está insinuando o quê? Que eu estou mentindo? Que sou alguma criança? Sabino, eu não sou nenhum débil mental! Você acha que eu, se tivesse alguma dúvida, viria aqui? Está me achando com cara de quê?

Pôs as mãos na cabeça:

— Pelo amor de Deus! Eu não quis insinuar nada! — Exalta-se, por sua vez: — Camarinha, é o casamento da minha filha. Vamos usar a cabeça. Não sei nem quem é o ativo, quem é o passivo.

— Isso não existe. É uma nuança cretina. Interessa saber quem vai por baixo, ou por cima, ou fica de quatro? Você está louco? Basta que o sujeito deseje outro homem e beije na boca outro homem. Não chega?

Está quase chorando:

— Você tem razão. É isso mesmo. O que é que eu faço? Estou desesperado. O que é que eu faço?

Que fizeram com o pijama do pai morto? Tinham queimado? Ou quem sabe algum pobre lavara o magro pijama, para depois usá-lo?

Mas Sabino não estava desesperado. Estaria desesperado com uma gravidez, um aborto. E ele próprio se espanta com o desespero que não vem.

O dr. Camarinha sente um tédio cruel:

— Tudo isso é sórdido demais!

Estava sentado, ergue-se:

— Vou-me embora, Sabino.

Agarra-se ao médico:

— Mas o que é que eu faço? Dê sua opinião.

O ginecologista continua a sentir a falta da piteira. Tinha um certo escrúpulo, um certo pudor de usar a piteira fora do consultório. Agora pensava no filho, filho único que morrera num desastre de automóvel. Fora ver o rapaz no necrotério deitado na mesa, com a cabeça enrolada em gazes ensanguentadas.

E como o ginecologista não fala, Sabino tem uma súbita curiosidade: — Doutor, e o pai do Zé Honório? Não teve um derrame? Que fim levou?

— Mas a que vem o pai do Zé Honório? Sabino, vamos falar de tua filha, do casamento de tua filha!

O outro baixa a cabeça, vermelho. Camarinha põe a mão no seu ombro:

— Olha aqui. Cumpri o meu dever. Vim aqui contar o que sabia. Mas você é o pai. A decisão tem de ser sua.

Sabino andava de um lado para outro. Começou a desconfiar que o outro se divertia à sua custa. Teve o comentário interior: "Puta que o pariu!". E, de repente, começou a sentir o desespero (até que afinal):

— É muito bonito falar em dever. Mas estamos na véspera do casamento. Na véspera! E sabe quanto eu já gastei? Não sou rico. Ganho bem, relativamente, mas não sou rico. Fiz despesas do arco-da-velha. E, de repente, vem esse filho da puta e me faz esse papel? Não é o dinheiro, claro. Eu daria até o meu último níquel para não viver esta situação.

Fora de si, imaginou que o médico o devia estar achando um pulha. "Por que é que fui falar em despesas?" Segura o médico pelos dois braços:

— Doutor, o senhor sabe que eu não ligo pra dinheiro. Mas compreenda, doutor Camarinha. Esse casamento é tudo pra mim. É a minha vida. Não pense que Glorinha é uma filha como outra qualquer. Não. Glória é outra coisa. Olha, doutor Camarinha, vou lhe fazer uma confissão. Só gosto de Glorinha.

Olha o médico e emenda:

— Isto é, gosto também das outras. Claro. São filhas também. Mas gosto mais de Glorinha. Gosto e não adianta mentir. Se acontecesse alguma coisa à Glorinha, eu meteria uma bala na cabeça, na hora.

— Fala baixo!

Agarra o braço do médico:

— O que é que eu faço?

Convidara todo mundo, metade do Rio de Janeiro. Um dos padrinhos era o Ministro e senhora. Casamento a rigor. Pela primeira vez, ia usar casaca. E imaginava a cara do Ministro, sobretudo do Ministro, se, de repente, em cima da hora, não houvesse mais casamento. Pagava aos cronistas sociais — pagava! — para dar notinhas. Afinal de contas, o casamento já é indissolúvel na véspera.

Como o médico não falasse, exaltou-se, novamente:

— Sejamos práticos. E o escândalo? O senhor já pensou no escândalo? O que é que eu vou dizer?

Pensava na casaca, já ferido de nostalgia. Não ia usar casaca, nunca mais. O pai morrera desfeito em fezes.

O silêncio do médico o desatinava:

— E nunca se sabe a reação de uma noiva. Isso pode destruir minha filha.

O dr. Camarinha falou duro:

— Sabino! Eu te conheço há trinta anos. E, durante esses trinta anos, você já me disse, umas quinhentas vezes, que é "um homem de bem". É, Sabino, você gosta de se apresentar como "homem de bem".

Balbuciou, atônito:

— Doutor, o senhor está fazendo ironia? Pelo contrário, eu sempre reconheci meus defeitos.

Disse, sem pena:

— O homem de bem sabe como age, como reage. A decisão é sua.

O médico ia sair sem se despedir. Chegou a ir até a porta. Voltou de lá:

— O pai do Zé Honório morreu.

Não se lembrava mais:

— Quem? O quê?

E o outro, impaciente:

— Você não perguntou que fim tinha levado o pai do Zé Honório? Perguntou. Pois é. Morreu. Há quase um ano. Morreu dois dias antes do meu filho. É. Meu filho morreu dois dias depois. Até logo.

Saiu, definitivamente. Atirado na cadeira, Sabino começou a chorar.

4

D. Noêmia viu o dr. Camarinha sair. O médico ainda a cumprimentou e ela sorriu-lhe, baixando a vista. Quando sorria, ficava vermelha. Tinha misteriosas vergonhas. Assim que o ginecologista passa, ergue-se. Estava conversando com Sandra e disse, alisando a saia:

— Té logo, té logo.

Sandra enxuga a coriza com um lenço de papel. D. Noêmia entra no gabinete. Ao vê-la, Sabino teve um movimento de ira. Por que entrou logo agora, essa besta? Mulher chata, meu Deus!

Levanta-se e vira as costas para a secretária. Ela está junto à mesinha da máquina, arrumando uns papéis. Me viu chorando, claro, claro. Fingindo naturalidade, foi espiar uma gravura de tamoios, na parede. O quadro era presente de Glorinha. Sempre de costas, interessadíssimo nos tamoios nus, dá a ordem:

— Liga pra minha mulher.

— Pois não.

D. Noêmia o vira chorando, sim. Aquilo deu-lhe uma nova contração na bexiga. Certa vez, quando era mocinha, morreu uma velha, na casa do lado. Na hora de sair o caixão, o filho mais velho da morta, senhor já casado, começa a chorar. E, então, maravilhada, d. Noêmia teve, ali, uma paixão instantânea. Amou aquele homem que chorava e porque chorava. Era velho, gasto, sem graça, mas ela o amou, com todas as suas forças.

Impaciente com a demora, Sabino volta-se:

— Como é, dona Noêmia? Liga ou não liga?

Disse, humilde:

— Em comunicação.

Discou pela terceira vez. Ele pensa, olhando ainda os tamoios, que devia ser Eudóxia. A mulher, quando se pendurava no telefone, ficava horas. Deixou de olhar os índios e começou a andar de um lado para outro.

Perguntou:

— Ocupado ainda?

— Ocupado.

— Droga!

O que o dr. Camarinha fizera não tinha perdão. O sujeito deve compreender que a véspera de um casamento não é o momento próprio. Pensa: "Gastei nove milhões, vírgula. Muito mais. Com os cinco milhões do Teófilo, catorze, é, catorze. E tem outras despesas". E o rapaz não confessara nada. Aí é que está: nada. "Por que hei de acreditar mais no dr. Camarinha e não no meu genro, por quê?" Mania de se meter na vida dos outros.

A secretária ligava, ainda. Sabino parou:

— Dona Noêmia, quer me fazer um favor? Um favor?

Percebe a agressividade do chefe.

— Pois não.

— O seguinte: por que é que a senhora disca com o lápis? A senhora não disca com o lápis?

Geme, atônita:

— Hábito.

Foi implacável:

— Por que é que a senhora não disca com o dedo, dona Noêmia, como todo mundo? Sabe que isso me irrita? Irrita, dona Noêmia!

Imediatamente, obedeceu. Sabino passou de uma irritação para outra irritação:

— O doutor Camarinha me estragou o dia!

Claro que não diria à besta dessa mulher o que o médico viera fazer ali. Continuou:

— É médico lá de casa, do pessoal, mas não sei. Gosta de ser desagradável, diz coisas que ferem. Eu chego a pensar que é inveja.

Era a palavra ou o sentimento que explicava tudo:

— Mas, por que inveja, engraçado? Naturalmente, pensam que eu tenho dinheiro, que eu sou rico. Eu ganho bem, ganho. Mas não sou rico. O sujeito me vê de Mercedes e acha que eu sou milionário! E o doutor Camarinha também ganha bem. Cobra caro. Tem cliente pra burro! E por que esse olho grande no meu dinheiro?

Vai ver, outra vez, os tamoios. Por que há de ser beijo e não abraço? Como não vira nem uma coisa, nem outra, tinha direito de optar pelo abraço.

Volta para a secretária:

— Ou ele está assim, furioso, porque o filho morreu? Mas se o filho morreu, sou culpado? Esse rapaz era um *playboy*. Devia estar embriagado e estourou o carro no poste! Tomava porres homéricos!

Para, furioso:

— Continua ocupado?

— Continua.

Foi sentar-se. Estala os dedos. Pensa que, há trinta anos, ou mais, não come carambolas. Comera a última, ou as últimas, em 1929 (o presidente era Washington Luís e o vice, Estácio Coimbra. Não, Estácio Coimbra, não. Melo Viana, exatamente Melo Viana, mineiro). Mais de trinta anos, portanto. O curioso é que nunca mais vira um pé de carambola. Como é que uma fruta pode morrer, sumir? Outra coisa que o espantava é que Burle Marx[10] não põe bananeira nas suas paisagens. Vamos lá: a bananeira não é Brasil? Um dia, vai desaparecer a goiaba, assim como não há mais carambola.

Enquanto d. Noêmia discava, agora com o dedo, Sabino decidia com uma satisfação maligna: "Não gosto do Burle Marx!". Estava convencido de que o dr. Camarinha, depois da morte do filho, tinha raiva da humanidade. Porque o filho morrera, queria destruir o casamento de Glorinha. Vá para o diabo que o carregue! Preferia os jardins franceses a Burle Marx. Olha a cintura da secretária, depois o busto. Não tinha quadris, nem seios.

A secretária avisa, radiante:

— Está chamando, está chamando!

Sabino, porém, não quer mais falar com a mulher:

— Faz o seguinte: chama Glorinha. Quando ela atender, eu falo.

Do outro lado, atendem. Voz de homem e português. Diz outro número. Balbucia, rubra:

— Desculpe, engano.

Pulou na cadeira:

— Ainda por cima engano? Ora, dona Noêmia, ora!

Ela está gelada de vergonha. Sabino levanta-se. Uma catástrofe instalara-se na sua vida. Pois bem: e a catástrofe estava interrompida, à espera de uma ligação telefônica. Esse telefone ocupado o deprime. Olha para a secretária. Ela está com o lábio inferior tremendo.

Deu-lhe uma brusca pena:

— Dona Noêmia, não vai chorar agora. Chorar não é solução. Escuta aqui. Estou uma pilha com esse casamento, uma pilha. Vou tirar a minha pressão. Preciso também diminuir o meu cigarro. Mas compreende? Eu não quis ofender a senhora, absolutamente. Se a magoei, desculpe.

Baixa a cabeça no telefone:

— De nada, de nada.

Sabino já se arrependera: "Estou dando confiança demais a essa cara". Quando ele a tratava bem, ela ficava transida de prazer. Ouviu o sinal da chamada. Atenderam logo e, desta vez, era mesmo de lá.

Sorri, doce:

— Aqui é a secretária do doutor Sabino. Dona Glorinha está? Saiu? Um momento. Um momentinho.

Desesperada, volta-se para Sabino:

— Serve outra pessoa?

Bufou:

— Dona Noêmia, se eu pedi Glorinha é porque quero Glorinha, só me interessa Glorinha. Mas vem cá, vem cá: chama a minha mulher. Eu falo com minha mulher.

D. Noêmia diz:

— Pronto, pronto, doutor Sabino.

Apanha o telefone:

— Alô, Eudóxia. Espera aí. Eu disse "espera aí". Dona Noêmia, quer sair um instantinho?

Ela sai. Sabino fala:

— Eudóxia, passei duas horas ligando pra aí. Ocupado, ocupado, que diabo!

— O telefone que não para. Não parou o dia todo. Mas conta, conta. O que é que o doutor Camarinha foi dizer? O que é que ele queria?

Ela baixa a voz:

— É gravidez? Responde. É?

Era demais:

— Eudóxia, toma juízo! Que é que você tem na cabeça? Você sabe o que eu acho, sinceramente, palavra de honra, que a mulher é mais pornográfica do que o homem?

Insistia:

— Quer dizer que não é? Era isso que eu queria saber.

O outro limpa o pigarro:

— Olha, eu vou dar uma passadinha no Monsenhor Bernardo.

Não diria à mulher uma palavra do que ouvira do dr. Camarinha. Se ela sabe, põe a boca no mundo na mesma hora. Mulher nenhuma guarda segredo. Conta às amigas, às vizinhas, às criadas. Mulher não tem caráter.

Eudóxia quer ir também. Ele pensa: "Vou me aborrecer". Tratou de ser taxativo:

— Eudóxia, eu preciso ver Monsenhor, mas sozinho. Sozinho, Eudóxia.

— Mas estou pronta, prontinha.

— Não se trata disso, Eudóxia. Quer me ouvir? É um assunto pessoal, entre mim e ele. Ou você não entende o que a gente diz?

Esganiçou-se:

— Assunto pessoal, que eu não posso ouvir?

— Exatamente. Escuta aqui: você é católica, apostólica, romana. Eu vou me confessar, digamos, vou me confessar. E você quer que minha confissão tenha assistência, convidados? Não vamos discutir. Amanhã é o casamento de Glorinha. Desista, porque eu não vou mandar automóvel nenhum.

Gritou para a mulher:

— Não seja chata!

Teve a reação:

— Vá à bedamerda!

Gemeu:

— Mas que é isso? Que é isso?

Eudóxia bateu com o telefone. Desliga também. Nada ofendido, sentiu uma certa paz. E a mulher, depois de mandá-lo à merda (bedamerda), havia de ficar quieta, pacificada. Claro que, se não fosse a véspera do casamento, ele não a perdoaria, jamais. Mas, depois que o dr. Camarinha dissera aquilo, não ia se doer por um palavrão. E muito menos um palavrão que não se usava mais, um nome feio do passado.

Em vinte e seis anos de casado, Eudóxia o mandava à merda pela primeira vez. Ia contar ao Monsenhor a conversa do Camarinha e perguntar-lhe:

— O que é que eu faço?

Talvez o Monsenhor achasse, também, que havia uma relação entre a atitude do ginecologista e a morte do filho. Para Sabino, a coisa era claríssima. O dr. Camarinha agia e reagia como um pai ressentido. Adorava o filho e o filho morrera. Portanto, vamos acabar com o casamento de Glorinha.

Antes de sair, para falar com o Monsenhor, iria olhar, ainda uma vez, os tamoios. Naquele momento, achava o seguinte: pode-se resistir à catástrofe com pequenos atos, atos infinitamente modestos. Ao entrar vira a correspondente assoar-se. Esse ato tão simples a distraía de possíveis obsessões intoleráveis. A verdade é que Sabino não tinha pressa nenhuma de sair dali. O fato de estar na sua imobiliária, inundava-o de uma sensação de onipotência.

D. Noêmia, radiante, abre a porta:

— Dona Glorinha chegou!

Pulou:

— Manda entrar, manda entrar.

Disse:

— Está conversando com as meninas.

As "meninas" eram quatro ou cinco funcionárias. Quando Glorinha aparecia lá, ia de mesa em mesa, cumprimentando todo o escritório e sorrindo até para os contínuos. Chamava de "senhor" o faxineiro de macacão. "Não é metida a besta", diziam. Quanto ao contador, seu Baldomero, velho, quase oitenta, já com bisnetos, oferecia a face para o beijo. O diabo eram os rapazes, os moços da companhia. Depois que Glorinha passava, eles cochichavam entre si as obscenidades mais delirantes. Tempos atrás, alguém escrevera o nome da menina na parede do mictório. E não só o nome. O pior eram os desenhos hediondos, os palavrões.

Sabino não ia nunca ao mictório geral. Tinha o seu, exclusivo. Foi lá ver, como um alucinado. Ensanguentou as unhas, querendo raspar o nome, os desenhos e os palavrões.

No meio do escritório, berrava:

— Se eu souber quem foi, dou-lhe um tiro na boca.

O local ficou interditado, até que viesse um pintor, às pressas, repassar uma camada de tinta em cima da miséria.

Claro que não se apurou nada. Mas o velho contador via, ali, "coisa de menino". Espanto de Sabino: "Menino?". Havia um *boy*, na firma, menor, dezesseis anos. Despediram o *boy*.

Finalmente, depois de ter falado com todos, entrou no gabinete do pai. Sabino, de costas para a porta, olhava os tamoios. Sente que ela entrou. Glorinha não faz barulho. Mas ele sabe que a menina está ali, que se aproxima, quase sem pisar. Vira-se, então. Glorinha se lança nos seus braços.

Sabino balbucia:

— Minha coisinha linda!

Beija e é beijado. A mulher que se casa não é a mesma. No dia seguinte, Glorinha não seria a mesma da véspera. Ela mesma viera da casa, no táxi, espiando para tudo com o espanto de um último olhar. Sim, como se fosse morrer. Abraçado à filha, fecha os olhos para saturar-se do seu perfume. Gostava de sentir o seu hálito. Nunca tivera mau hálito, nunca. E ela toda como cheirava bem, mesmo sem perfume, como cheirava bem.

Sabino lembra-se de uma noite, há bastante tempo. Glorinha teria uns quinze anos. Ele estava no quarto, de suspensórios. Usava o suspensório, porque o cinto podia magoar a úlcera. Entra Eudóxia (só a mulher o via sem paletó). Vinha feliz:

— Imagina que eu estava olhando o cesto de roupa suja e vi, lá, uma calcinha de Glorinha, que ela mudou agora. Glorinha está incomodada. Sabe que nem o incômodo de Glorinha cheira mal? Não tem cheiro e o sangue é cor-de-rosa — e repetia, na sua vaidade de mãe: — cor-de-rosa!

Passou-lhe um pito:

— Parece maluca!

Desafiou o marido:

— Sou mãe e não tenho vergonha de dizer que cheiro o incômodo de minha filha.

— Eudóxia, é preciso um mínimo de pudor. Sabe o que é pudor? Destampava o pote do creme:

— Sabino, eu te conheço! Quando Glorinha tinha seis meses, você cheirava na fralda o cocozinho dela. Ou não cheirava?

Agora Glorinha está sentada no seu colo. Brinca com os cabelos do pai. Ele sente as suas nádegas vibrantes. Diz, com a boca próxima:

— Pai, o senhor hoje está bonito à beça!

Ri, comovido:

— Feio pra burro!

E, súbito, faz a pergunta:

— Muito feliz?

Levanta-se:

— O que é que o senhor acha?

— Bem. Parece.

Vem sentar-se, de novo, no seu colo. Ergue a cabeça, projeta o perfil:

— Não quero falar do meu casamento — e muda de tom: — Que horas são?

— Quase onze.

Salta do colo:

— Ih, tenho que ir chispada. O doutor Camarinha está me esperando.

Repete, lívido:

— Doutor Camarinha?

Ah, o miserável tinha inveja do seu dinheiro. E não perdoa o casamento, a rigor, com badalação por todas as colunas sociais. "Vou entrar, na igreja, de casaca. De braço com a noiva, e de casaca." O filho morrera como *playboy*. Começa a dor do lado esquerdo, com irradiação pelo braço. Talvez seja pressão de gases. Pensa: "Qualquer dia, as minhas coronárias explodem". Ela, em pé, olhando o próprio retrato, suspira. Ele pergunta:

— O que é que há com o doutor Camarinha?

Inocente de tudo, diz:

— Telefonou lá pra casa. Pediu pra eu passar no consultório. Me pediu um negócio, pra eu não falar nada com o senhor, nem com mamãe. À mamãe, sabe como é, eu não conto tudo.

Baixa a voz, crispado:

— E a mim, conta tudo?

Sorriso:

— Quase tudo.

Um canalha, o Camarinha! Tudo inveja. Sabino odiou o "Gordo". Leva a filha para o elevador. "Vou telefonar pra ele e dizer que não

admito que ele se meta. Não pode dizer, ninguém pode dizer. Só eu!"
Glorinha crispa a mão no seu braço:

— Papai, e o cheque?

— Do Teófilo?

— Já deu?

— Não tem problema.

— Aquilo mesmo?

— Cinco milhões.

Beijou-o:

— O senhor é um amor!

E ele:

— Já sabe: segredo!

Chega o elevador. Beijam-se. Ela entra. Sabino sente que a perdeu. Sonha que o elevador é um caixão, que levasse a filha morta.

5

Volta ao gabinete. Não daria cheque nenhum. Tinha graça. Subvencionar uma bicha imunda.

Entra e diz:

— Olha. Liga para o doutor Camarinha. Liga.

Senta. Não dou esse cheque, nem a tiro. Um tostão, não dou. Entra o contínuo. Na bandeja, a xícara pequenina e solitária.

D. Noêmia avisa:

— Dona Moema telefonou.

Põe mais açúcar no café:

— Que dona Moema?

Discava com o lápis:

— Não é sua tia?

Ele parou a xícara no ar:

— E mais essa!

Era o que faltava. Prova o café. Não estava bastante doce. Mais açúcar, mais, mais, pode pôr. Forte demais, o café. Ah, meu Deus, meu Deus! Todos os abutres da família estavam assanhadíssimos com o casamento. Parentes, que não via há séculos, telefonavam. Muitos ficavam girando em torno da noiva, farejando, quase apalpando.

Despachou o contínuo:

— Volta depois pra buscar a xícara.

O contínuo sai. Sabino faz questão de pôr os pingos nos is:

— Essa velha, essa Moema, não é minha tia coisa nenhuma. Nunca foi minha tia. Prima em segundo ou terceiro grau. E biruta. Pra essa cara, eu não estou nunca, nunca!

Essa tia — era realmente tia, irmã do pai de Sabino — tinha uma particularidade que a distinguia de todas as outras tias, vivas ou mortas: traía o marido. Não existe família sem adúltera. Sabino achava isso de um óbvio total. Mas há no adultério um pudor. E tia Moema traía sem remorso, nem sigilo. Simplesmente traía, com uma naturalidade cordial, quase doce. Esse parentesco com uma adúltera confessa, proclamada, punha Sabino fora de si.

Pergunta:

— Sai ou não sai, essa ligação?

Tentava outra vez:

— Não responde.

Ergue-se, furioso. Mas não iria ver os tamoios. De repente, deu-lhe um tédio visual daqueles índios nus. Foi duro:

— Dona Noêmia, já reparou? Eu lhe peço uma ligação e, ou está ocupado, ou não responde, ou é engano? Como a senhora complica tudo, dona Noêmia!

— Mas não tenho culpa!

Só então Sabino observa que ela está discando com o lápis. Numa euforia cruel, fala alto:

— O que é que há com a senhora? Eu lhe pedi, há dois minutos eu lhe pedi, para não discar com o lápis. E a senhora insiste por quê, dona Noêmia? A função do dedo é discar!

— Desculpe. Mas o senhor me põe nervosa.

A xícara estava pela metade. Bebia café devagarinho. Veio-lhe uma nova onda de ódio contra o dr. Camarinha, o gordo obsceno, de pescoço vacum.

Vira-se para ele:

— Olha aí, não atende.

— Dona Noêmia, tem que atender! O doutor Camarinha está lá, foi para lá. Vai ver que a senhora está ligando errado, aposto. Oh, meu Deus, assim não é possível!

Agora discava com o dedo. Em pé, de braços cruzados, esperou. Por fim, decidiu-se:

— Me dá isso aqui, me dá.

Tira o telefone da secretária. Quer discar mas tem um lapso. Pergunta:

— Como é mesmo? O número, o número?

A outra diz. Ele começa a discar:

— Dona Noêmia, não faz esse ar de vítima!

Precisava evitar que o ginecologista falasse. Há coisas que só um pai, ou só uma mãe, pode dizer. Sou pai, posso dizer tudo. Burle Marx é uma moda como outra qualquer. Vai passar como o *charleston*[11] passou, como passou Benjamim Costallat.[12] O telefone está chamando, chamando. Votara duas vezes no Brigadeiro.[13] Chama e ninguém atende. "Tenho que salvar minha filha."

Mas insiste, porque é preciso salvá-la. Essa tia Moema era demais. Todas as manhãs, mal saía o esposo, o marido legítimo, entrava o amante. Este ficava, num café de esquina, esperando que o corno passasse. E o escândalo era maior pelo horário: nove, dez da manhã. Podia ser de tarde, de noite, sei lá. Mas aquela pouca vergonha matinal assombrava a vizinhança.

Uma vez, Sabino vê a mulher e as filhas rindo de tia Moema. Amarrou a cara:

— Rindo de que e por quê?

Risada de todas:

— Não é engraçado? Engraçadíssimo!

Tinham sabido que a infiel chegava ao cúmulo de ir à feira acompanhada. Voltavam os dois, o amante empurrando o carrinho das laranjas, das couves, dos jilós. E o pior é quando o amante não era o mesmo da feira anterior.

Pois a mulher e as filhas achavam graça, inclusive, na variedade. Sabino brigou com Eudóxia, com as meninas. A estas, disse:

— Não foi assim que eu criei vocês. E isso não tem graça nenhuma. Querem me explicar onde está a graça? Isso é até doloroso.

Pausa e completa:

— Ainda bem que é a única sem-vergonha da família.

Eudóxia faz a malícia insuportável:

— A única?

Volta-se, pálido:

— Que é que você quer insinuar com isso?

A malícia continua:

— Sabino, não ponha a mão no fogo.

Zangou-se, de verdade:

— Eudóxia, você está ficando cínica? Eu não admito que você — falava de dedo espetado —, e ainda mais na presença de nossas filhas, use esse tom debochado. A tia Moema não é, propriamente, uma sem-vergonha. Retiro a palavra. Ouviram, minhas filhas? Retiro a palavra. Tia Moema é doente. Aquilo é doença.

A mulher reagiu:

— Cínico, estúpido, cavalo, é você!

— Desbocada, ainda por cima! Perdendo a linha!

As outras cutucaram Glorinha:

— Leva papai.

E agarravam, puxavam a mãe:

— Mamãe, que é isso? Vem cá, mamãe!

Foi levado por Glorinha. Sabino sentiu que a filha o tratava como a um menino. Deixou-se levar pela mão:

— Sua mãe me desacatou! E onde não há respeito, não há lar, família, nada!

Estão na copa. Apanhou água na geladeira:

— Bebe, papai, bebe!

Olha o copo:

— Do filtro?

— Filtrada, papai.

E ele, ofegante:

— Eu quero Lindóia. Não tem Lindóia? Então, essa mesma, me dá.

Bebeu, com uma delícia brutal. Diz:

— Gelada pra burro.

A filha trava-lhe o braço:

— Papai, agora eu queria um favor seu. O senhor faz?

Enterneceu-se:

— O que é que eu não faço por você?

Pôs-se de frente para o pai. Falou quase boca com boca:

— É o seguinte: não diz mais que o Drummond é burro, papai. Sim?

Drummond, Drummond? E, súbito, descobre que a filha quer um favor literário. Ora, ora!

Achou graça:

— Mas, meu anjo. Escuta, filhinha. Deixa eu falar.

A mania de Drummond tinha sua explicação. Era o grupo da Glorinha. De vez em quando, os amigos e as amigas da menina ocupavam a casa. E faziam uma algazarra medonha. Cantavam, dançavam, tocavam piano, vitrola, o diabo, e tudo ao mesmo tempo. Um deles, com a cabeleira *à* Búfalo Bill,[14] tinha uma gargalhada que era uma agressão. Sabino, atônito, vinha reclamar de Eudóxia: "Mas que cafajestada é essa?". A mulher explicava que havia de tudo ali: estudantes, diretores de cinema, compositores. Por exemplo: o jovem da gargalhada fazia documentários para o Geicine.[15] E Glorinha tinha as opiniões, a gíria, as piadas desse grupo de alucinados.

Sabino ia explicar que não gostava da poesia moderna, mas Glorinha cortou:

— Papai, o senhor não gostou daquele poema, que eu lhe mostrei, papai? Da morte no avião?[16]

Agora, no escritório, bebeu o resto do café. Pensou ainda na tia Moema. Tinha pela velha uma secreta ternura. Apanhou novamente o telefone. Vamos ver se desta vez. Disca, o telefone chamava e ninguém atendia. O Brigadeiro fora a sua grande esperança. Sim, talvez com o Brigadeiro o Brasil entrasse nos eixos.

Tinha que impedir o casamento, de qualquer maneira. Largou o telefone. Pensou: "O Camarinha está e não atende. Sabe que sou eu e não quer falar comigo". Os amigos de Glorinha são uns tarados. E, súbito, sentiu que já não odiava o médico, nem conseguia odiar o genro. Por um momento, teve a tentação de dizer à secretária: "Eu não entregarei minha filha a um pederasta!". E se o matasse para salvar Glorinha?

Teófilo, morto, varado de balas, morto.

Levanta-se. A secretária batia à máquina não sei o quê.

Diz-lhe, amargurado:

— Vou sair.

— Volta?

— Não sei se volto. Se telefonarem, a senhora toma nota direitinho do recado. E outra coisa: avisa lá para casa que eu fui ao Monsenhor. Até amanhã.

— Até amanhã.

Talvez o dr. Camarinha tivesse marcado encontro com Glorinha na Policlínica e não no consultório. De manhã, ele trabalhava na Policlínica. Mas o ginecologista estava, sim, no consultório e junto do telefone. Imaginou que era Sabino. Fumando de piteira (só usava piteira no consultório), deixou o telefone tocar. Estava disposto a dizer tudo a Glorinha, tudo.

Glorinha saiu do edifício do pai e quis andar um pouco a pé. Nunca fora tão olhada. Eram homens e até mulher. Uma voz de homem, voz encharcada de saliva, disse, junto a sua orelha, pequenina e sensível: "Te chupava todinha". Chegou a ver a cara enorme do sujeito e sentiu o ar quente de suas ventas. Teve um brusco medo.

Parou em cima do meio-fio:

— Táxi, táxi!

O carro parou mais adiante. Correu. Teófilo fazia pesca submarina. Tinha uma cara de galã do neorrealismo italiano.[17] E o corpo era plástico, elástico, tenso como o de Dominguín, o toureiro.

Foi o próprio médico quem abriu a porta:

— Pontualíssima!

Tinha marcado onze horas e ainda faltavam três minutos. Parou um momento, para beijá-lo na face. O dr. Camarinha fecha a porta.

Pergunta:

— Você contou pra seu pai que vinha aqui?

Mentiu sem esforço:

— O senhor não pediu para não contar?

Procurava na bolsa:

— Ih, não trouxe cigarros! O senhor quer me dar um, doutor?

— O meu é forte.

— Que marca?

Viu e suspirou:

— Hum, Caporal Amarelinho!

— Não quer?

— Esse mata-rato? Deus me livre!

Ele foi ligar o pequeno ventilador, em cima da mesa. Glorinha fumava e não tinha hálito de fumante. O dr. Camarinha pensava na briga com o filho, na véspera do desastre. A pupila de Glorinha era de um azul translúcido, inverossímil. O filho saíra de mais um emprego.

O pai perguntou:

— Te despediram?

— Me despedi.

Ainda contido, quis saber:

— Por quê?

Quebrando um pauzinho de fósforo entre os dedos, disse:

— Chato, muito chato.

Houve a pausa. Não parava em emprego nenhum. Tinha obsessão dos empregos chatos.

Camarinha roda na sala e estaca:

— Quer dizer então que você acha chato trabalhar?

Perdeu a paciência (não sabia que o filho ia morrer no dia seguinte):

— É chato?

Agarrou-o pela gola:

— Pensa que eu vou te sustentar? Não te dou um tostão! Morre de fome!

Empurrou o rapaz. O filho, então, disse aquilo:

— Tenho quem me dê!

Dia e noite, o telefone não parava naquela casa. Eram mulheres chamando. Solteiras, casadas e até meninas. Como se apaixonavam por ele! Fazia-se de cínico, de mau ou, até, de louco. Batia. E uma delas, milionária, queria dar-lhe apartamento, automóvel, o diabo.

O velho arremessou-se:

— Filho meu, cafetão, não!

Deu-lhe a primeira bofetada. E outra, e outra, e outra, sempre de mão aberta. Antônio Carlos ia recuando, circularmente, debaixo das bofetadas. Caiu de joelhos, soluçando. Era forte como um bárbaro, aprendia judô, karatê. Se quisesse, com uma cutilada, mataria o pai. E chorava como um menino.

O pior é que a mãe estava tomando banho. Ouviu o barulho. Põe o roupão em cima da pele. Entrou na sala como uma louca:

— Que é isso? Que é isso?

O marido estraçalhava nos dentes o palavrão:

— Filho da puta!!!

Partiu para o marido.

— Filho da puta é você! Você!

Apareceu a nudez, que nem o marido desejava.

Ainda berrou:

— Faz isso com meu filho, que te mato!

Num instante, sua fúria extinguiu-se. Começou a chorar. Tapou os seios que pendiam, molemente. E era um pranto sem palavras, nem ódio. Depois viu o filho, de gatinhas, arrastando-se para o pai, ainda com a boca do choro.

Glorinha começou a sentir o ventilador. Sorria para o médico.

— Doutor, estou curiosíssima, morta de curiosidade. Mas acho que o senhor está fazendo suspense.

— Eu?

— Doutor, me dá um desses aí, me dá. Esse mata-rato.

— Isso destronca peito.

— Não faz mal. Deixa eu experimentar.

Deu-lhe o cigarro:

— Então, não traga.

E ela:

— Só sei fumar tragando.

O cigarro, forte, queimou-lhe a garganta. Experimentou, outra vez. Calcou a brasa no cinzeiro:

— Desisto.

Vira-se para o médico:

— Agora diz, diz: o senhor me chamou pra quê? À toa não foi.

Pensava no filho:

— Quis te ver. Você não vai casar amanhã? Quis te ver.

— Só isso? Fala sério, doutor Camarinha!

Tomou entre as suas as mãos da menina:

— Sabe, não sabe que eu gosto de você?

— Eu também, eu também.

Mas estava descontente, já com raiva:

— O senhor sabe de alguma coisa que está me escondendo.

— Juro. Não há nada.

Puxou-a:

— Responde: você é feliz?

Passou a mão nos cabelos:

— Todo mundo está me fazendo essa pergunta. Por que, doutor?

— Natural.

E ela, triste:

— Sou feliz. Sou. Ou não acredita?

O outro deixa passar um momento:

— Gosta muito do seu noivo?

Respondeu, com o olhar duro:

— Gosto. Muito.

O dr. Camarinha levantou-se:

— Era isso o que eu queria saber. Queria ouvir isso de você. E, ah! Uma coisa. Amanhã, cuidado com doce, salgadinho. Estou lhe falando sério. Pode dar desarranjo. Evita, ouviu, minha filha? Evita. Nada de comida picante. Agora vai, vai.

Mas Glorinha não tem pressa. Dá uma volta pela sala. Para, diante do médico:

— Doutor, sabe que foi uma coincidência? O senhor telefonou, quando eu ia ligar para o senhor. É que eu queria um grande favor seu. O senhor faz?

— Faço.

Vacila, mas toma coragem:

— O seguinte. Vou-me casar amanhã.

Continua, de cabeça baixa:

— E eu queria que alguém, além do meu marido, naturalmente. Alguém visse que eu sou virgem.

Ergue o rosto:

— O senhor quer me examinar?

Teve medo:

— Mas, minha filha! Não precisa. E pra quê? Além disso, olha. Escuta, Glorinha. Vem cá. Por princípio, não examino nenhuma cliente, não faço certos exames, sem a presença da enfermeira. Não gosto. Só em último caso e por muita necessidade. Mas aqui, não é o caso. Minha filha, há necessidade, há, diz?

Começou a chorar:

— Eu queria, doutor, eu queria!

Baixa a cabeça:

— Está bem, está bem. Eu examino.

Pensava no filho. Antônio Carlos rastejara para se erguer, súbito, diante dele. Achou que ia ser agredido (e, talvez, desejasse a agressão). E, então, o rapaz se lançara nos seus braços. Abraçou-se longamente ao pai, sem dizer nada, soluçando. Camarinha sentiu que estavam unidos, pacificados pelas bofetadas.

Glorinha estava na mesa, quieta, os olhos fechados. Ele teve vontade de avançar a cabeça por entre as pernas. O sexo de um rosa vivo de romã fendida. Ali, o cabelo era de um louro, de um louro, não, de um ruivo, sim, ruivo. Por um momento, sonhou com uma posse, não uma posse consentida, mas violenta, cruel. Arrastando-a, nua, pelos cabelos. O seu desejo foi tão brutal que pensou no filho, o filho no necrotério, a cabeça enrolada e um olho aberto, parado de espanto.

Ergueu-se:

— Pronto.

Pergunta:

— Sou virgem?

Tirou a luva:

— Vai pôr a calcinha.

Quando ela voltou, o dr. Camarinha colocava um cigarro na piteira. Parece desafiá-lo:

— Sou virgem?

Custou a responder:

— Você sabe.

A menina saiu, sem se despedir.

6

— Monsenhor pediu para esperar um momentinho. Está atendendo uma pessoa e vem já.

— Obrigado.

Sabino estava na sacristia. O padre, ainda moço, e com esparadrapo no pescoço, foi amável:

— Não quer sentar-se?

— Como?

— Pode sentar-se.

Agradeceu, novamente. Sentou-se. Estava achando no secretário do Monsenhor uma certa afetação suspeita (ou estaria ele vendo pederastia por toda parte?). Cruzou e descruzou as pernas. Aqui não se fuma. Um minuto depois, ergue-se. O padre ouvia agora uma preta gorda. Sabino pediu licença:

— Estou aí fora fumando.

— Ah, pois não, pois não!

Saiu e acendeu o cigarro. Viu um rapaz de óculos, que o varou com um olhar de extrema malignidade. O desconhecido caminhou, lentamente, da porta da sacristia até o portão.

Pensou em Glorinha, com aquela mania de Drummond, Drummond. Influência dos amigos, das amigas e, sobretudo, do jovem cineasta da gargalhada. Glorinha lera, para ele, "Morte no avião". Morte, morte. Poeta imposto, não. Olhou os pés de tinhorão, num canteiro. Devia ter vindo com Eudóxia. Não, não. Eudóxia não devia saber, por enquanto. No meio do cigarro, imagina: "Vou dizer ao Monsenhor o seguinte: eu soube isso assim, assim. O que é que o senhor acha? Qual é o meu dever de pai?". Eudóxia não devia saber por enquanto ou nunca. Aquele esparadrapo no pescoço do padre devia ser furúnculo, sangue ruim.

Sabia "In extremis", de Bilac,[18] todinho. E, súbito, encostado à porta da sacristia, tem um lapso desagradabilíssimo. Estava desesperado e não se lembrava por quê.

O desconhecido voltava do portão. Passou por ele e o olhou de esguelha, como se o odiasse. Sabino lembrou-se, finalmente: estava desesperado por causa da conversa com o ginecologista. Aproximou-se do canteiro e deixou cair o cigarro numa folha de tinhorão. Ia frisar, para o Monsenhor, que Teófilo não confessara nada e, pelo contrário, negava, de pés juntos, toda e qualquer pederastia. Talvez Monsenhor dissesse: "Um beijo não é tudo". Exato, exato. "Pederastia é o ato completo." Houve o beijo. Vamos que a coisa não passe daí, não passe de um primeiro e último beijo?

O padre do furúnculo apareceu na porta:

— Tenha a bondade! Tenha a bondade!

O que Sabino não entendia era aquele esparadrapo branco, escandaloso. Por que não *band-aid* cor de carne? Antes de entrar, jogou fora outro cigarro que começara a fumar.

Monsenhor o esperava no meio da sacristia. Era um homem sólido, compacto, que dava sempre uma sensação de plenitude. Estendia-lhe as duas mãos enormes:

— Vem cá. Vem comigo.

Sabino aproxima-se, ofegante de angústia. E, então, fez uma coisa que o confundiu e envergonhou: impulsivamente, apanha a mão forte, sardenta, de pelos dourados, e a beija. Sentiu na pele dura um gosto de terra. Monsenhor, que estava no Brasil desde os cinco anos, era espanhol e vasco, se não me engano.

Disse, levando Sabino:

— Não te posso atender agora. É urgente? O que é?

— Sobre o casamento.

Monsenhor explica:

— Estou aí resolvendo um caso tenebroso. Dei uma fugida, porque estou com a bexiga estourando. Mas fala. Alguma novidade?

Vacila:

— Novidade, propriamente, não.

Quer dizer, mas faz uma pausa desesperada. Diz qualquer coisa:

— Quer que eu volte mais tarde?

Caminhavam no corredor ladrilhado. E Sabino não se perdoava o beijo na mão. Conhecia Monsenhor há não sei quantos anos e nunca fizera aquilo. Queria adiar a conversa. Melhor seria, talvez, não ter conversa nenhuma, jamais. Mas um pai não tem direito de ignorar a pederastia de um genro.

Monsenhor vacila e decide:

— Vamos conversar de uma vez e pronto. Aqueles lá que esperem.

Entra na última porta do corredor. Sabino quer ficar, do lado de fora, esperando. Monsenhor vem chamá-lo:

— Pode entrar! Entra!

Monsenhor tinha uma bela, cálida voz de barítono, quase de baixo. Fora um cantor e tanto e dizia-se que de timbre mundial.

Mas, depois de um enfarte, ou esquecia, sei lá, estava proibido de cantar.

Tudo o que ele fazia vinha carregado de potência. Seu "bom-dia" era quase uma agressão. As mulheres tinham-lhe medo e por isso o adoravam. No mictório, ele abre a batina num gesto largo.

Fala, exultante:

— Sabino, quando mijo eu me sinto um jumento.

Sabino crispa-se, quase agredido. O padre podia ter dito "urino", mas preferiu "mijo", que lhe parecia uma palavra úmida, quente, saturada, de *élan*, de uma tensão muito mais rica. Uma súbita felicidade inunda o vasco enorme. Vira, certa vez, na infância, um jumento no capinzal. E, de repente, começou a jorrar aquela urina forte, dourada, de espuma abundantíssima. Agora, olhando o próprio jato vital, ele experimentava uma sensação de onipotência.

Repetiu:

— Mijo bonito como os jumentos.

Naquele momento, Sabino começou a pensar em d. Noêmia. Via o Monsenhor, por trás, a nuca potente, o cabelo cortado rente, à escovinha. Todo ele uma construção sólida e inexpugnável. E tivera enfarte, ora bolas! Sabino imaginava d. Noêmia nua, ou se despindo. A calcinha deslizando pelas pernas, aninhando-se nos pés.

Monsenhor virava-se:

— Sabino, vou te dizer uma coisa e você vai pensar que é brincadeira. Mas sabe quando é que eu me sinto mais próximo de Deus e Deus mais perto de mim? É quando eu esvazio a bexiga, ou os intestinos.

Sabino estava com um riso parado. O outro completava, com uma ferocidade jucunda:

— Não tenho vergonha nem de palavras, nem de órgãos, nem de funções. Ou estou dizendo absurdo?

Tenta sorrir:

— Absolutamente. O senhor pensa assim, natural, ora!

Monsenhor pousa a mão no seu ombro:

— Vamos lá. O que é que você manda?

Sabino quer conversar lá fora. O corpo de d. Noêmia não é grande coisa. Às vezes, porém, a mesma mulher vestida é uma coisa e nua, outra.

Monsenhor está dizendo:

— Vamos conversar aqui mesmo. Se eu sair, vou ter que voltar para aquela conversa chatérrima.

Sabino não sabe por onde começar:

— Vim aqui e... Aliás, a minha mulher vinha comigo.

— Como vai dona Eudóxia?

Animou-se:

— Bem, obrigado. Eudóxia acabou não vindo porque, sabe como é, véspera de casamento. Ocupadíssima.

Monsenhor interrompe:

— Pois é. A conversa lá dentro é também sobre casamento, outro casamento.

— Posso fumar?

— Pode, pode. E, aproveitando, me dá um dos teus.

Foi uma surpresa para Sabino. Não sabia que o outro fumava e queria acreditar que o padre deve guardar também a castidade do fumo.

Acende o cigarro do Monsenhor e o próprio. O outro sopra a primeira fumaça:

— Mas compreendeu como é o caso? Estão lá na sala, o pai, a mãe, a noiva. Viu um rapaz de óculos no jardim?

— Rapaz de óculos? Ah, vi.

Monsenhor bate a cinza:

— É o noivo. Olha só o drama: o casamento é amanhã. E a noiva ficou incomodada. Emoção, naturalmente. O fato é que o incômodo veio, hoje, pela manhã, véspera do casamento. Percebeu?

Achando em tudo aquilo uma graça cruel, Sabino suspira:

— Bem desagradável.

— Não ria!

Sabino estava seríssimo. Não aguentava mais o cheiro de urina.

Monsenhor abre os braços:

— Quiseram até adiar o casamento, veja você. Onde é que essa gente tem a cabeça? Casamento não se adia. Simplesmente, não se adia.

"Casamento não se adia" era o que Sabino repetia para si mesmo, com feroz *élan*. Mesmo que o noivo seja pederasta, não se adia. E, súbito, Sabino começa a achar o Monsenhor diferente. E não só o Monsenhor. Descobria agora que, desde manhã, estava achando tudo diferente. Diferentes as pessoas, os edifícios, as palavras. As coisas pareciam ter um halo intenso e lívido.

Pela primeira vez, pensou na loucura. E se ficasse louco? De repente, louco? Monsenhor não saía dali. Será que, na sala, tinha nostalgia do mictório?

Sabino ouvia o caso da moça menstruada com uma curiosidade insaciável. Aquilo o distraía de si mesmo. O padre estava explicando:

— Parece que as regras da menina são dolorosíssimas, acompanhadas de cólicas, o diabo. Está na sala, arriada. E a família não quer que o rapaz toque na noiva enquanto ela estiver assim.

Sabino imagina que o defloramento de uma menstruada será uma carnificina.

Diz, grave:

— Natural.

Monsenhor está com vontade de fumar outro cigarro:

— Dizem que eu tenho ideias malucas. Mas, por exemplo: o casamento. Eu ponho o casamento acima de tudo. Essa gente está pensando o quê? O importante no casamento não é a noiva ou o noivo. É o próprio casamento. O ato sexual, que é o ato sexual?

Faz o suspense de uma pausa. Agora é Sabino que sente a bexiga pesada.

Monsenhor completa, com a euforia de um fanático:

— O ato sexual é uma mijada!

Sabino recua, como se a frase pudesse respingá-lo. Olhava Monsenhor como se o visse pela primeira vez. De repente, aquele monstro vasco tornava-se tão desconhecido quanto o rapaz de óculos do jardim.

Monsenhor acaba de decidir que não fumará outro cigarro. Aperta o braço de Sabino:

— O casamento é toda uma estrutura, toda uma construção, toda uma...

Abriu o gesto, como quem desenha uma curva e como se o casamento fosse esta curva. Mas Sabino queria saber qual a atitude do rapaz que, sem o conhecer, tanto o detestara. Arquejante da própria agressividade. Monsenhor está sorrindo:

— Ah, o noivo? O noivo está zangado. Furioso.

— Furioso com a moça?

— Furioso com a moça, com as regras, sei lá. Diz que não aceita pressão e que sabe qual é o seu dever. E se o dever for o defloramento? Compreende? Agora, o pai, a mãe e a moça vão sair para o noivo entrar. Espero que o rapaz me conte que misteriosíssimo dever é esse.

Sabino arrisca:

— O noivo não será meio tantã?

O outro acha graça:

— É uma ideia. Mas tanto faz, tanto faz. Ih, Sabino! Tenho que ir. Vou convencer o rapaz.

Impulsivamente, Sabino o agarra:

— Bom. Mas temos o discurso amanhã?

Já ia abrindo a porta e parou:

— Discurso?

— Ou sermão?

O padre esqueceu a pressa. Risonhamente, ouvia Sabino. Este carregou na ênfase:

— Monsenhor! Eu, Eudóxia, Glorinha, nós todos, fazemos questão. Absoluta! Queremos que o senhor fale e...

O outro fingiu uma dúvida:

— Querem mesmo? Mas dizem que eu estou ultrapassado! Outro dia, um teve a coragem de dizer, na minha cara, que as minhas imagens são *démodées*. Mas se vocês acham que...

— Ora, Monsenhor, é claro!

Abriu a porta e deixou Sabino passar. Ergueu a fronte, como se desafiasse invisíveis opositores:

— Vocês terão o discurso!

Sabino sentia a bexiga como uma pedra dolorosa. O Monsenhor foi na frente, com suas passadas devoradoras. Diante daquele homem, Sabino sentia-se de uma fragilidade quase feminina.

Quando Monsenhor entrou na sala, Sabino pensa: "Volto ao mictório". A própria vibração do andar doía-lhe na bexiga.

Mas, quando ia retroceder, viu que o padre do esparadrapo e o rapaz de óculos o olhavam. Com súbita vergonha, decide: "Faço lá fora".

Passa pelo padre do furúnculo:

— Boa tarde e obrigado.

Coisa curiosa! O noivo dá-lhe um sorriso de maus dentes. Aquela cordialidade inesperada fez-lhe um bem imenso. E pensou na noiva que se casava no mesmo dia e na mesma igreja de Glorinha.

Cumprimenta o noivo:

— Bom fim de semana.

Mas tem a sensação cruel da gafe. Falar em "fim de semana" em plena terça-feira! A Mercedes o esperava na frente da igreja. Sabino entra. Não dissera uma única palavra sobre o genro. Mas não perdera o tempo. Ao dizer que "um casamento não se adia", Monsenhor estava, sem querer e sem saber, dando uma resposta. Se não se adia, muito menos se desmancha.

Disse ao chofer:

— Para no primeiro boteco.

O carro partiu. Sabino começa a sentir agulhadas fulgurantes na bexiga. Ah, se não aparecesse imediatamente um boteco.

Bate nas costas do chofer:

— Olha aquele boteco ali. Encosta ali.

Salta, desfigurado. Está com a camisa ensopada de suor, a nuca alagada. Para na caixa:

— Por obséquio, o reservado.

E o gerente ou coisa que o valha:

— Segunda porta.

Invade o corredor. Entra no cubículo. Encosta-se à parede e quase arranca os botões. Está de olhos fechados, lábios entreabertos, como se rezasse. O que começa a sentir é uma alegria desesperadora. Revê, em imagens, às vezes superpostas, às vezes sucessivas, todo o seu passado. Ele, menino, a morte do pai, o banho das irmãs pequeninas, sua noite de núpcias, o nascimento das filhas, a fraldinha de Glorinha. Não tinha a torrente absurda dos jumentos e do Monsenhor. E agora dava razão ao padre. Certos órgãos, certas funções. Também ele, ao acabar, teve essa brusca nostalgia que há no fim do ato sexual. Abotoando-se, ainda sonhava com bosta de cavalo, de vaca.

Mas, quando saiu, estava certo de que só um louco falava como o Monsenhor. Ouvia sua voz de baixo cantante: "O ato sexual é uma mijada". Parou junto ao telefone. Tinha que comprar a ficha. Deram-lhe a ficha. Discou, com extremo cuidado para não errar no número. Era o seu telefone direto.

D. Noêmia atendeu:

— Imobiliária Santa Teresinha, boa tarde.

— Sou eu, dona Noêmia. Telefonaram?

— De sua casa. Dona Eudóxia não deixou recado. Disse que ligava depois. E dona Glorinha mandou dizer para o senhor não se esquecer do cheque.

Repetiu:

— Do cheque. Sei, sei.

Pausa:

— Mais alguma coisa, doutor Sabino?

Ele pensa: "Sou uma besta. Vou fazer a maior burrada da minha vida. Essa mulher vai espalhar pra todo mundo. Vai dizer que eu dei em cima. É capaz de telefonar pra Eudóxia". Sabendo que ia se arrepender e já arrependido, encosta a boca no fone:

— Quer me fazer um favor, dona Noêmia?

O desejo nascera, de repente, quando Monsenhor começara a falar nos jumentos. A urina ardente e translúcida. Ele continuou, baixo, com a boca encharcada:

— Eu queria que a senhora, que você, fosse a um lugar se encontrar comigo. É um assunto pessoal. Meu anjo, quer tomar nota do endereço? Já a chamara de "meu anjo". Atônita, ela pede:

— Um momentinho, que eu vou apanhar o lápis.

Teve ódio, asco da secretária. D. Noêmia voltou:

— Pode dizer, doutor Sabino.

Disse a rua, o número. Sabe onde é? Sabia. E ele, com a voz estrangulada:

— Dona Noêmia, faz o seguinte: daqui a meia hora, a senhora marca no relógio, daqui a meia hora, a senhora vem. Apanha um táxi e vem. Eu espero você.

Misturara o tratamento de "você" e "senhora" e a chamara de "meu anjo". Quando d. Noêmia deixou o telefone, sofreu uma espécie de vertigem, de náusea. Apoiou-se na mesa. Tinha que comprar antes uma calcinha.

7

Foi lá dentro arrumar-se. Na volta, para na mesa de Sandra. A outra enxuga a coriza com um lenço de papel.

Noêmia curva-se:

— Escuta.

Sandra amarrota o papel e põe na cesta. Noêmia respira forte:

— Preciso de um favor teu.

— Sentindo alguma coisa?

Suspira:

— Não. Nada.

E baixa a voz:

— Vou sair, tenho que sair. Se o Xavier telefonar, vai telefonar, você diz que eu fui à casa do doutor Sabino. Xavier sabe que Glorinha casa amanhã. Você não se esquece?

Sandra ergue-se. Faz a volta da mesa e as duas saem na direção do elevador. Noêmia pensa que ainda tem que comprar a calcinha.

Sandra pergunta:

— Novos amores?

Fecha os olhos, desesperada:

— Sei lá! Sei lá!

— Ou você não confia em mim?

Vacila:

— Confio, mas, Sandra, reza por mim! Reza por mim!

Conversa junto ao bebedouro de água gelada. Noêmia está de frente para a outra:

— Vê que tal meu hálito?

Sopra no rosto de Sandra.

— Bom.

— Já vou, e dá o recado ao Xavier.

Barra-lhe a passagem:

— Quem é o cara? Diz.

— Palavra de honra!

— Amiga da onça!

Promete:

— Depois te conto tudinho. Não digo agora pra não dar peso.

— Eu conheço?

Sorria:

— Quando eu te disser quem é, você vai cair para trás, dura.

O elevador chega, abre a porta. Noêmia se atira:

— Desce? Desce?

Entra. Dá adeuzinho:

— Fala com o Xavier. Té logo, té logo.

Desce no elevador apinhado. O cabineiro vinha tocando a campainha e gritando em todos os andares:

— Lotado! Lotado!

Uma vez por semana, Noêmia encontrava-se com Xavier, num sobrado da rua Barão de São Félix, em cima de uma loja de canos e silenciosos. Ao entrar, a moça via no chão, perto da porta, um copo d'água com um galho de urtiga.

Sai do elevador pensando em Xavier. Era um homem de quarenta e cinco anos, obeso e triste. Quando o conheceu, ainda não estava na imobiliária. A firma onde trabalhava falira, e ela procurava emprego, desesperadamente. Sem ninguém — a mãe morrera havia pouco tempo —, passava dias inteiros sem nada no estômago ou só com o cafezinho da manhã. Certa vez, em pleno *hall* da Central, vomitou de fome.

Conhecera Xavier numa fila de ônibus. Chuviscava e ele ofereceu-lhe o guarda-chuva. Disse, aceitando:

— Agradecida.

E ele, tímido:

— Dá pra dois.

Naquela época, era capaz de se entregar por um "bom-dia". Conversam ali, enquanto a condução não chega. Xavier fala de si mesmo:

— Minha vida dava um romance.

E ela só não se matava, porque não tinha quem lhe pagasse o enterro. Finalmente, apareceu o ônibus. Xavier, cada vez mais triste, deixou-a passar na frente. Fechou o guarda-chuva e entrou, em seguida. Ela imaginava que, se morresse, não teria velório, não teria nada. Ninguém viria reclamar seu corpo. Ficaria na geladeira do necrotério.

Viajaram, em pé, até Lins de Vasconcelos, onde moravam. E, no meio da viagem, ela ainda pensava, comovidíssima, no guarda-chuva que ele oferecera.

Xavier quis saber:

— Onde é sua casa?

— Quarto.

Morava num quarto, na rua Dona Romana. Só não disse que devia dois meses de aluguel. E o que a atraía, em Xavier, era o ar gasto, sofrido, de quem passou o diabo.

No terceiro ou quarto encontro, ele começa:

— Meu anjo, eu quero ser leal contigo.

Teve medo de perdê-lo. Xavier continua, trêmulo:

— Você é uma menina direita, séria, e eu quero que você saiba tudo.

Respirou fundo:

— Eu sou casado. Entende?

Silêncio. Xavier pergunta:

— Não diz nada?

Disse:

— O que é que você quer que eu diga?

Iam apanhar o ônibus. Ele, mais velho, mais gasto, mais tudo, continuou:

— Sou casado, mas é como se não fosse. Minha mulher não é mulher, já foi mulher, deixou de ser, entende?

No seu espanto, repete:

— Já foi mulher? Como? Como?

Ficou de perfil, olhando para muito longe:

— Minha mulher tem aquela doença, aquela, não sabe? Aquela?

Não quer dizer o nome. Mas sente que Noêmia não percebe nada. Disse, contraído:

— É morfética.

Noêmia recuou, como se fugisse do contágio. Suspira, transida:

— Mas coitada!

Ao mesmo tempo, uma alegria a inundou. Com aquela doença, a outra era como se não existisse. "Ele não precisa me abandonar?" Então, o pobre-diabo exaltou-se.

Puxa o nó da gravata, abre o colarinho, como um asfixiado:

— Sabe o que ela fez comigo, outro dia? Chego em casa e minha mulher tinha passado gilete na minha roupa. Ternos, camisas, cuecas, tudo. Fiquei com a roupa do corpo, só. Tenho muita pena, tenho, de minha mulher, mas naquele dia a minha vontade foi dar--lhe um soco na cara!

Como não tinha as chagas da outra, pôde defendê-la.

— Não é maldade. É a doença.

Vira-se, desatinado:

— Tudo por quê? Ciúmes, ciúmes de mim. Olha, Noêmia. Eu não sou melhor do que ninguém. Tenho defeitos como todo mundo.

(Ela só pensava nas chagas da outra.)

Xavier conta, com euforia:

— Sou eu que dou banho na minha mulher. Eu. A mãe, as irmãs não aparecem, não querem saber nem se ela morreu. Minha mulher nunca disse um palavrão. Pois outro dia, me chamou de filho da puta.

Ainda o som não morrera e já agarrava Noêmia:

— Perdão, meu anjo. Sim? Eu disse sem querer. Me escapou. Desculpe.

Desviou o rosto:

— Estou acostumada a ouvir palavrão.

— Olha pra mim. Eu já falei muito. Agora fala você.

Gostaria de contar uma porção de coisas. Contar que, depois que a mãe morrera, não havia ninguém tão só. Tinha um irmão, comerciante em Nova Iguaçu. Mas a cunhada a expulsara de lá. E ainda lhe dissera: "Vai dar a bunda, vai!". Não tinha o que comer, o que vestir, nada. De noite, quando voltava para o quarto, começava a imaginar que até os edifícios a odiavam.

Xavier inclina-se:

— Sabe que ela é cega? Ficou cega, das duas vistas?

Segura a mão de Xavier:

— Você me convida para lanchar?

Ele olha para o relógio:

— Meu anjo, vamos deixar pra amanhã? Está na hora. Quando eu me atraso, minha mulher faz um drama.

Começa a chorar:

— Você não desconfia que eu quero comer? Que eu não comi? Estou sem comer! Sem comer!

Estupefato, abriu os braços:

— Por que não disse? Por que não pediu?

Mergulhou o rosto nas duas mãos. Soluçava alto:

— De noite não durmo, tenho insônia de fome.

Xavier olhava para um lado, para outro. Já chamavam atenção. Baixa a voz:

— Vamos sair daqui. Vem.

Deixou-se levar, chorando. Batia os dentes:

— Ainda por cima, devo dois meses do quarto. O filho da senhoria só falta me cuspir na cara.

Pararam na esquina. Ele enfia-lhe na mão uma nota de quinhentos cruzeiros:

— Toma. Faz uma boquinha. Eu não posso ir contigo. Está na hora do curativo da patroa. Mas vai, vai.

Suspira:

— Obrigada.

Mas ele a chama:

— Vem cá. Talvez não dê. Toma mais.

Deu-lhe outra cédula, completando os mil cruzeiros. No dia seguinte, quando se encontram, ele estava mais amargo do que nunca:

— Acho melhor acabar. Sinceramente.

— Por quê?

— Você não tem futuro comigo. Nenhum, nenhum. De mais a mais, eu não abandono minha mulher. Ainda por cima, cega. Come pela minha mão. Diz, não acha melhor acabar?

Apanha a mão de Noêmia:

— Fala.

Foi muito firme, muito digna:

— Olha, Xavier. Você é casado, paciência. E nem eu consentiria que você abandonasse sua mulher. Vamos continuar assim. Eu aceito.

Uma semana depois foram ao apartamento na rua Barão de São Félix. Depois do primeiro beijo, ela ofegante, diz:

— Está muito claro. Puxa a cortina.

Foi arrastada para a cama. E quando Noêmia gritou, Xavier não entendeu:

— Você é donzela?

Com cara de dor, pediu:

— Continua! Continua!

Ainda pergunta:

— Por que não avisou que era virgem?

— Eu quero! Eu quero!

Na véspera do casamento de Glorinha, apanhou um táxi na porta do edifício. Xavier ia telefonar às cinco horas. Súbito, a caminho da cidade, Noêmia começa a sofrer. E se o dr. Sabino a tivesse chamado para nada? Se a tivesse chamado para ditar uma carta, uma simples carta comercial? Ela teria comprado uma calcinha para coisa nenhuma.

No táxi, abre a bolsa e lê o endereço:

— Haddock Lobo, Edifício Wagner, apartamento 1002.

Naquele momento, Sabino entrava numa farmácia do Estácio. Senhoras, crianças. Inclina-se no balcão. Diz, quase sem mover os lábios:

— Me dá um pacotinho de três.

Sentiu-se abjeto. Ao lado, uma senhora comprava verniz de unhas. O rapaz não entende:

— Como?

Teve que dizer, entre dentes:

— Camisinha.

O idiota vai e vem. Apanha o embrulhinho, paga e sai, sem esperar o troco. Há dois anos que, uma vez por mês, duas no máximo, vai ao apartamento de Haddock Lobo. A inquilina era a viúva de um oficial da Marinha, mãe de duas garotinhas. A presença das crianças dava a Sabino a sensação de lar, de família. Antes de ir, telefonava:

— Não deixa de pôr lençóis limpos.

Na véspera do casamento, Sabino entra perguntando:

— Tem água?

Suspira:

— Pois é. Não tem.

Quase a destratou:

— Assim não é possível! Nunca tem água. Porcaria de edifício!

Foi espiar no banheiro. Um balde cheio. Ao voltar, vê as duas garotinhas na porta da sala, espiando. Era demais:

— Dona Sara, tira essas crianças!

A viúva enxota as filhas. Na mais velha, dá uma palmada:

— Já pra dentro!

Sabino não quer mais conversa. Vai ver, no quarto, se está tudo em ordem. Na véspera do casamento da filha, estava, ali, à espera de uma mulher que não desejava. E o genro surpreendido quando beijava na boca outro homem? Um homossexual é um ressentido contra a mulher. Conhecia um que, de vez em quando, queimava o seio da mulher com a ponta do cigarro.

Está no quarto. Cama sem novidade. Na cômoda um jarro de flores artificiais. O que é aquilo? Um papel escrito a lápis. Foi lá ver. Apanhou o papel e lê, espantadíssimo: "É favor não abrir a gaveta do meio, que tem a roupa limpa das crianças".

Arremessou-se para o corredor:

— Dona Sara, quer me explicar o que é isso aqui?

Só faltou esfregar-lhe o papel na cara:

— A senhora não escreveu isso para mim. Pra mim, não foi, porque não me interessam as suas gavetas.

— O senhor fala baixo!

Obedeceu, sem querer:

— A senhora está recebendo outras pessoas, dona Sara? Outros casais? Não negue, porque não adianta. Eu lhe pago uma mensalidade pra ser o único, o único. Faço questão de exclusividade. Não combinamos que eu seria o único, hein, dona Sara?

— Eu ia lhe falar.

Perdeu a cabeça:

— Se isso aqui é *rendez-vouz*, eu não ponho mais os pés no seu apartamento. E fique sabendo.

Quase espetou o dedo na cara da mulher:

— A senhora está procedendo como uma cafetina!

Pela primeira vez, reagiu:

— Cafetina é sua mulher, suas filhas! Vem pra cá, com seus vícios, um velho que não se enxerga!

Lívido, abriu a boca, mas o som não saiu. Começou a sentir pontadas no lado esquerdo. A mulher tinha um bolinho de espuma no canto da boca:

— O que o senhor dá, não chega. Tenho duas filhas, e o senhor pensa que eu vivo de brisa, talvez? Eu recebo quem eu quiser na minha casa. Não tenho que lhe dar satisfações!

Sabino teve medo, medo físico. Imagina: "Ela pensa que eu sou como os outros velhos que". Só conhecia o amor normal. O amor normal é triste e doente. Doente, não. Mas é triste, o amor normal é triste.

De costas para ela, diz:

— Dona Sara, a senhora me entendeu mal. Eu não quis dizer que. Talvez tenha me excedido. O que eu quis dizer é que a senhora, se a senhora tivesse falado, eu teria aumentado a mensalidade.

A viúva começou a chorar:

— Ou o senhor pensa que é por gosto? Faço isso porque preciso. O senhor sabe quanto é o colégio de minhas filhas?

Para, porque tocou a campainha. Sabino fala baixo:

— Depois conversamos. Faço um reajustamento, ouviu? Agora vai, que eu mesmo abro.

D. Sara entra na sala, ao lado, fecha a porta. Com as entranhas geladas, Sabino vai abrir. Era d. Noêmia.

Sabino diz:

— Por aqui, dona Noêmia.

Vai na frente. Noêmia tinha comprado uma calcinha mínima, uma coisinha de nada. Vestira a calcinha no próprio banheiro da loja, enfiando a outra na bolsa.

No quarto, Sabino fecha a porta à chave e puxa o ferrolho.

Há um silêncio. Noêmia tem uma orla de suor no lábio superior.

8

O DESEJO COMEÇOU quando fechou a porta. Primeiro disse, respirando forte:

— Calor, calor!

E Noêmia, desatinada:

— Quente.

Ela pensa: "E se eu tiver uma dor de barriga, aqui?".

Estavam em pé, junto da porta. E, então, Sabino começou a dizer coisas sem pé, nem cabeça:

— Isso aqui é um edifício residencial. Só moram famílias. A senhora, quando entrou, não viu crianças, brincando no *playground*?

Repetiu, atônita:

— Crianças.

O outro continuou:

— A dona daqui é uma viúva. Tem duas garotinhas.

Parou, arquejante. Tira um lenço para enxugar o rosto, as mãos. Não há mais o que dizer. Devia tê-la beijado sem mais palavras, simplesmente beijado.

Noêmia desata a chorar. Estupefato, pergunta:

— Mas escuta. Chorando por quê?

Sorri por entre lágrimas:

— Nervosa.

Sabino toma entre as suas as mãos da pequena:

— Vamos conversar, vamos conversar.

Baixa a cabeça, morta de vergonha:

— Desculpe.

Abre a bolsa e apanha o lenço pequenino. Por um momento, vira as costas para Sabino e enxuga, rapidamente, a coriza do choro. Guarda o lenço e vira-se para Sabino.

Ele apanha a mão da pequena. E, súbito, baixa a cabeça para beijar-lhe o braço, muitas vezes. Noêmia tranca os lábios, hirta de prazer. Sente o hálito forte de Sabino. Hálito bom, muito melhor do que o de Xavier.

Ele atropela as palavras:

— Vem cá, vem. Vamos ali.

É arrastada. Quando contar à Sandra, vai dizer que, ao ser tocada por Sabino, sentiu-se toda molhada.

Sentam-se na cama e a mão dele pousa no seu joelho. Com palpitações, falta de ar, ela fecha os olhos e espera.

A mão de Sabino começa a subir por debaixo do vestido. Noêmia entreabre os lábios. Tinha comprado uma calcinha, uma calcinha de nada, e tão leve, e tão fina, que ela própria não a sentia.

É beijada no pescoço, depois na face. Sabino arqueja:

— Sabe que eu gosto de você? Sabe?

Quando as bocas se encontram, rolam na cama. Ela esperneia, foge com o rosto, com o corpo. Seu gemido é tão alto e tão grosso (como de um homem) que ele se assusta.

De joelhos na cama, passando a mão na boca, olha aquela mulher que morde o próprio gemido.

Diz:

— Mas que é isso? Não faça isso!

Noêmia está de bruços, com as duas mãos crispadas nos travesseiros. Sabino levanta-se e vai escutar na porta.

Volta:

— Dona Noêmia, escuta. A senhora não faça isso. Pelo amor de Deus, não faça isso! A dona pediu pra não fazer barulho.

Trinca os dentes:

— Eu não aguento, eu não aguento!

Sabino está desesperado. Mulher desagradável, sem classe, metida a histérica! Agarrou-a:

— Para, dona Noêmia, para! O síndico aqui é uma fera!

A moça afunda a cabeça no travesseiro. Sabino puxa o cigarro. Senta-se numa extremidade da cama e fica fumando, em silêncio. A coisa pior do mundo é o desejo interrompido. Fazia a constatação amarga: "Não usa perfume". A mulher tem obrigação de ser cheirosa. Tem tempo de fumar todo o cigarro.

E, então, tensa, mas contida, ela faz a pergunta:

— Está zangado?

Largou o cigarro no cinzeiro de metal:

— Sei lá!

Noêmia faz a volta da cama e vai sentar-se no chão, a seus pés. Depois, encosta a cabeça nos seus joelhos. Pousa a mão no seu sapato e o acaricia.

Diz, baixo:

— Me desculpe, sim?

O desejo interrompido é o que ele não perdoa.

Com surda irritação, responde:

— É o seguinte, dona Noêmia. O síndico, aqui, é um chato, um complexado, que fica tomando nota de quem entra, quem sai. O sujeito se mete com todo mundo. E, além disso, há crianças na casa. Há crianças, me entende?

Suspira:

— O senhor tem razão. Mas o senhor não sabe. Desde que eu entrei para o escritório que eu sonho com esse momento. O senhor para mim não é o patrão. Não é o patrão.

Sabino diz outra coisa:

— O chato é essa falta d'água!

Continua acariciando o sapato, como se o lambesse com a mão. Faz, humilde, a promessa:

— Agora eu tomo cuidado.

Sabino não diz nada. Precisa voltar ao Monsenhor e contar-lhe toda a conversa do Camarinha. Teófilo não confessou. Aí está o dado mais importante.

Noêmia toma coragem:

— O senhor sabe, doutor Sabino, que eu adoro o senhor? Adoro de verdade?

Disse isso com uma graça triste. Estava, ali, a seus pés, afagando os seus sapatos, como uma escrava. Gostaria de dizer, naquele momento: "Em casa, muitas vezes, eu me satisfiz, sozinha, pensando no senhor". Desde o primeiro dia, sentia-se escrava de Sabino. E, outras vezes, com Xavier, fechava os olhos e era como se Sabino a possuísse.

Ao mesmo tempo que falava (e que vontade de lhe beijar os sapatos), tinha raiva de Xavier e da esposa. Aceitava qualquer doença, menos aquela. Mas não diziam que a lepra era curável?

À noite, imaginava as chagas da outra. Ou, então, via uma ferida pingando como um pranto. Nas tardes quentes, ela e Xavier, nus, misturavam suor com suor. Quem sabe se a doença não estaria no suor, ou na saliva, ou no simples hálito? Sabino era limpo, cheiroso e usava camisa de pele de ovo, fina, imaculada.

Sabino olha aquela cabeça encostada nos seus joelhos. Não entregaria a filha a um pederasta. Disse, taciturno, cruel:

— Tira a roupa.

Ergueu o rosto:

— Não ouvi.

— Fica nua.

Sem uma palavra, Noêmia ergue-se. Sabino vai pôr no cinzeiro o cigarro que não acendera.

De costas para ele, pede:

— Quer puxar aqui?

Puxou o fecho éclair, de alto a baixo. Por sua vez, tira o paletó e o coloca na cadeira. Tira também a gravata. Espera de calça, camisa e meia. Noêmia corre para a cama. Está de calcinha e sutiã. Sabino estira-se a seu lado. Depois que ela tira a calcinha, ele sopra no seu ouvido:

— Tira o sutiã.

Geme:

— O sutiã, não!

— Tudo!

Noêmia esconde a cabeça no seu peito:

— Eu não tenho os seios bonitos!

Repete:

— Tudo!

Então, na sua docilidade triste, desabotoa nas costas. Sem o sutiã, os seios murcham.

Sabino apanha na mesinha de cabeceira o pacotinho.

Desesperada, diz:

— Não precisa, não precisa!

— Precisa!

— Eu sou limpa! — e repetia: — Eu sou limpa!

Foi grosseiro:

— Sossega! Não quero filho!

— Se eu pegar, eu tiro, eu tiro!

Adaptando aquilo, respondeu:

— O seguro morreu de velho! Fica quieta!

Noêmia fecha os olhos. Está completamente nua. Sabino inclina-se sobre aquele rosto fechado, inescrutável. Ela pensa na cunhada. A mulher do irmão gritando: "Ah, não tem emprego? Quem tem a tua bunda, não precisa trabalhar!". O irmão, presente, baixava a cabeça e não dizia nada. Lembra-se de Sandra. Se a outra soubesse que ela estava ali, nua, com o dr. Sabino.

Abriu os olhos. Ele não vai tirar a roupa? Vai ficar vestido, nem seminu, mas vestido?

Tem um gemido mais forte. Sabino trinca os dentes:

— Não grita!

Noêmia imagina a leprosa passando a gilete nos ternos de Xavier. Pensa na chaga triste, escorrendo como se chorasse.

Depois de um beijo, Noêmia diz coisas perdidas:

— Faz, faz! Meu amor, meu amorzinho! Não para!

Ele sempre fez o ato amoroso sem palavras. Com a mulher e as outras, sem palavras. Na cama conjugal, quando Eudóxia queria falar, interrompia:

— Cala a boca! Cala a boca!

Esse prazer mudo assustava a mulher. Eudóxia queria saber por quê:

— Eu nunca sei quando você goza.

Pulou:

— Como é ordinário dizer "goza"! Quem fala assim é vagabunda! Certas expressões, a mulher de classe não usa. Pois é: não usa!

Riu do marido:

— Você precisa perder essa mania de achar que mulher é o quê? E te digo mais: você precisava ouvir uma conversa de mulher. Sai cada uma! A Angelina, a mulher do teu amigo, o Carqueja. Direitíssima, católica etc. Outro dia, ela dizia pra gente: seis médicos já viram minha xoxota. E não comunga, não confessa?

Sabino, atônito, não sabia o que dizer, o que pensar. Que mulher incompreensiva, burra mesmo, burra. Não entendia nada de nada. Na mesa, com visitas, dizia "cocô", com a maior naturalidade e, até, com certa graça. A palavra que mais deprimia Sabino era cocô. Fezes, fezes e não cocô!

Por sua vez, Eudóxia tinha mágoa do marido. Com aquele homem silencioso e ela também calada, o ato amoroso tinha a nostalgia do prazer solitário.

Agora, ele pergunta:

— Noêmia, está me ouvindo?

Não responde.

Repete:

— Noêmia, olha, Noêmia.

— Estou ouvindo.

Sabino queima a pele do seu rosto com a barba cerrada:

— Vou dizer uma coisa baixinho no teu ouvido. Uma coisa que ninguém sabe, que eu não contei a ninguém.

Pausa. Noêmia diz, num sopro:

— Conta.

— Ninguém sabe, ninguém, ninguém.

Fala com a boca na sua orelha:

— Uma vez, quando eu era garoto, eu e um menino fomos tomar banho juntos. Banho de rio, no Trapicheiro. Eu tinha doze anos e ele, catorze. O menino era mais forte do que eu. Tiramos a roupa. E, então, ele me agarrou.

Para, atônito, de prazer. Era uma volúpia como nunca sentira. Noêmia deixa passar um momento.

Pede, baixinho:

— Continua.

Sabino tem vontade de chorar:

— Não conto mais! Não conto mais!

Noêmia não diz nada. Ele repete, na sua obsessão, que "ninguém sabe, ninguém sabe". Não reconhece a própria voz:

— Eu não devia ter te contado. Não sei o que deu em mim, não sei.

Pausa e continua, desesperado:

— Você sabe? Diz. Agora você vai dizer: sabe o que aconteceu entre mim e o garoto? Não fica calada, não. Diz: sabe?

— Não, não sei.

Teve vontade de bater-lhe na boca:

— Mentira! Sua mentirosa! Escuta. Aqui não há patrão, nem empregada. Eu sou um homem e você uma mulher. Diz a verdade? Você sabe o que houve entre mim e o garoto?

— Sei.

Sabino tem a sensação de que vai estourar uma veia da fronte.

Crispada, ela pergunta:

— O senhor gostou?

— Me chama de você.

— Eu respeito. O senhor está em cima de mim, mas eu respeito o senhor.

— Noêmia! Sou eu que estou mandando! Me chama de você!

Fecha os olhos:

— Você gostou?

Não responde logo. Começa:

— Isso é que você quer saber? Já sei. Você acha. Não é isso? Acha que eu gostei. Mas olha. Se está pensando que eu, eu, entende?

Parece que é outro que fala, não ele, outro, outro.

Soluça:

— Gostei, gostei!

A própria voz o assombra. Estão mais juntos, mais unidos. Ela sente que, dizendo aquilo, Sabino a possuíra ainda mais.

Ele continua com uma voz de baixo (que não é a dele, uma voz que sobe de suas entranhas escuras):

— Mas foi só uma vez, só essa vez. Agora responde. Quem serviu de mulher, eu ou o garoto?

— O garoto.

— Diz a verdade.

— Foi o senhor.

— Me chama de você.

— Foi você.

Passa a mão por trás da cabeça de Sabino.

— Como é bom sentir o senhor dentro de mim!

Fala junto à orelha de Sabino:

— A mim, o senhor pode contar tudo, tudo. Não tem confiança em mim? O senhor não sabe, você não sabe, como eu gostei de ouvir o caso desse garoto.

Por um momento, Sabino sente a paz de quem vai morrer. O desespero passou. A CBD deve chamar Amarildo.[19] Paraná não é a solução, e muito menos Rinaldo.[20] Amarildo tem que vir.

— Por que é que você não tira a roupa?

Vai dizer à Sandra que ele pediu para ser chamado de "você".

Sabino diz:

— Não fala. Fica calada.

Havelange,[21] que é inteligente, vai mandar buscar Amarildo. Uma besta, o Burle Marx. Devia botar bananeiras nos seus jardins. Naquele momento, descobre que a bananeira é linda.

Noêmia fala, trincando:

— Eu não posso me segurar mais. Estou quase, quase. Se eu gritar, não deixa eu gritar.

Ele fala, em crescendo:

— O garoto era mais forte do que eu. Me deu uma bofetada. Era mais forte. Eu não queria. Eu não queria gostar, mas gostei.

Beija Noêmia na boca. Ela não quer gritar. O síndico é uma fera. Sabino foge com a boca.

Começa a chorar:

— Glorinha! Glorinha!

Soluçava:

— Glorinha! Glorinha!

De dentes cerrados, ela sentia-se morrer, queria morrer. Depois, foi baixando o desespero de Sabino. Ficou um choro, um choro manso de menino:

— Glorinha, Glorinha.

Depois não teve mais voz para dizer nada.

Estava aniquilado, ao lado de Noêmia, sem uma palavra. Molhara o ombro da moça com lágrimas e saliva. Ela cobre o sexo com o travesseiro.

Noêmia odeia a mulher de Xavier. Xavier não faz a barba todos os dias e transpira nas mãos. Sabino está agora de bruços, com a cara enterrada no travesseiro. Se o Brasil não ganhar o Tri, isso aqui vira o Paraguai.

Senta-se na extremidade da cama. Com o travesseiro em cima do sexo, ela pergunta, meio em sonho:

— Você está desiludido?

De costas para ela, acendendo outro cigarro, responde:

— Por obséquio, me chama de senhor.

Aquilo doeu. Repete:

— O senhor gostou?

Levanta-se:

— Bem. Quero que a senhora saiba o seguinte: aquilo que eu lhe disse, a história do tal garoto, não é verdade, não aconteceu. Eu inventei na hora. Foi uma fantasia erótica — e repetiu, desesperado, a palavra: — Erótica.

Pergunta:

— O senhor tem medo que eu lhe vá difamar?

Que vontade de quebrar-lhe a cara:

— Dona Noêmia, não se trata disso. Mesmo porque eu não tenho medo nenhum da senhora. Eu quero apenas esclarecer certos pontos. Não houve o tal garoto. E se a senhora não está convencida...

— Estou convencida, doutor Sabino!

— Um momento. Convencida ou não, eu lhe juro, pela vida de minha filha. Que Deus cegue Glorinha; quero que Glorinha, que é a coisa que eu mais adoro, morra leprosa se esse garoto existiu algum dia.

Chorava:

— Eu acredito.

Sabino calçava os sapatos. Ela pede:

— Deixa eu amarrar os seus sapatos?

— Ora, ora! Dona Noêmia, não vamos levar para esse terreno. E outra coisa, que é bom que a senhora saiba: eu só recorro a outra mulher quando a minha está incomodada. Fora disso, não há hipótese, ouviu? Não há hipótese. E eu lhe pediria que a senhora se aprontasse. Isso aqui tem hora marcada e a mulher aí é muito chata.

Sabino ficou de costas, enquanto ela se vestia. Fora de si, Noêmia pôs a calcinha, o sutiã, o vestido.

— Posso ir ao banheiro?

Explodiu:

— Que diabo! Dona Noêmia, não compliquemos as coisas. Faz o seguinte, olha: aqui perto, pertinho, há uma confeitaria. A senhora desce e vai lá, dona Noêmia. Ou é para se lavar? Se é para se lavar, não há água.

Baixou a cabeça:

— Está bem.

Sabino foi levá-la até a porta:

— A senhora vai para o escritório. Depois do expediente, quando não houver mais ninguém, eu passo por lá. Quero conversar com a senhora. Conversar muito seriamente, dona Noêmia.

9

Como o dr. Sabino não estava, e o contador saíra mais cedo (com uma crise de asma), todo o escritório discutia o jogo Fluminense x Vasco. Berrava-se de uma mesa para outra.

O Marcondes abriu, em leque, três cédulas de cinco mil:

— Sou Vasco e dou o empate!

Alguém quis saber se o Brito jogava. Um outro jurou que Zezé Moreira era técnico até debaixo d'água.[22] O Marcondes, com três notas, desafiava:

— Técnico não ganha jogo!

Por aí que entrou Noêmia. Assim que a viu, Sandra pôs-se de pé:

— Vem cá, vem cá!

Parou um momento:

— Que é? Que é?

Imaginou: "Sandra, quando souber, vai ficar besta". Doente de curiosidade, pergunta:

— Mandaste brasa?

Baixa a voz:

— Não posso falar agora. Estou louca pra fazer xixi.

— Vou contigo.

Noêmia vai na frente. Sandra fala para o colega do lado:

— Não deixa ninguém mexer aqui, não. Não deixa.

Deixou uma carta na máquina. Enxuga a coriza e atira o papel na cesta.

O companheiro dizia:

— Pois eu sou Fluminense e não vale gol do Samarone.[23]

Sandra correu para o banheiro. Entra e Noêmia pede:

— Fecha a porta. Fechou? Com a chave?

— Fechei. Com a chave. E lá, como foi?

Exagerou:

— Quase que tenho que tomar um banho. No tal lugar não tinha água. Saí sem me lavar, imagina. Estou toda melada.

Sandra tem um arrepio:

— Quer dizer que houve tudo?

Suspira, radiante:

— Uma tragédia! E te digo mais: estou besta comigo mesma! Sabe que eu nunca pensei?

Deixara a porta entreaberta e abriu a torneira do bidê. Do lado de fora, Sandra quer saber tudo:

— Agora diz: quem é o cara?

— Faz uma ideia. Adivinha.

— Não amola. Quem?

Noêmia ainda não diz. Sandra não se contém, empurra a porta e enfia a cabeça:

— Fala!

— Primeiro, você tem que jurar. Jura que não conta pra ninguém.

— Ora, Noêmia!

— Jura.

— Dou minha palavra de honra, pronto.

Passa a mão na água:

— Eu te conheço. Você conta tudo pro seu marido.

— Quem é?

Faz uma boca de volúpia:

— Doutor Sabino.

— Mentira!

Feliz com o espanto da amiga, repetiu:

— Doutor Sabino, doutor Sabino.

E já não se lembra que Sabino lhe negara o banheiro e quase a escorraçara. Sandra está maravilhada:

— Quer dizer que o doutor Sabino só tem pose? Tudo aquilo é pose?

Ergueu a cabeça:

— Tarado por mim, compreendeu? Eu nunca imaginei, nunca!

E, súbito, Noêmia exclama:

— Outra vez, não tem papel higiênico! É o escritório mais porco que eu já vi. Olha, Sandrinha. Faz um favor pra mim?

— Diz.

— Chispa, vai lá dentro, sim? Apanha na minha gaveta a toalha. Traz.

Sandra vai e volta. Entrega a toalha. Está desesperada:

— Sabe que não me entra? Um sujeito que nunca olhou pra ninguém aqui. Nem bola. Explica: como é que ele te cantou? Eu não concebo o doutor Sabino cantando ninguém. Entrou de sola ou como foi?

Sai lá de dentro com a toalha entre as pernas:

— Gostou de mim, fez fé, sei lá!

Olha-se no pequenino espelho. Depois, tira a toalha por baixo do vestido. Mostra a calcinha:

— Comprei especialmente.

Então, coçando a cabeça com um grampo, a outra começa:

— Noêmia, eu não tenho nada com isso. Cada um sabe de si. Mas sabe que, na minha opinião, você fez mal.

Vira-se, atônita.

— Que máscara é essa?

— Por que máscara?

— Mas claro!

— Noêmia, você fez mal. Eu não teria essa coragem. Não aprovo, não aprovo infidelidade. Eu tive outra criação, sei lá.

Pôs as duas mãos nos quadris:

— Deixa de ser cínica!

— Ah, a cínica sou eu? E você é quem trai o pobre Xavier? Nunca passei meu marido pra trás!

Fora de si, ainda pergunta:

— Você está falando sério? Hein? Você, que só faltava me empurrar? Quando aquele freguês deu em cima de mim, você não disse, disse sim, disse, que eu nem era casada com Xavier? E que piada é essa agora?

Com uma boca de nojo, a outra fez pé firme:

— Trair, não acho bonito. Nunca achei. Afinal, você não está com Xavier? E é direito, o que você fez? Até logo, Noêmia, até logo!

Quis sair. Rápida, a outra a segurou pelo braço:

— Vem cá!

Virou-se:

— Que é isso?

Noêmia falou com o dedo na cara:

— Não vai saindo assim, não. Quero te avisar uma coisa. Toma nota: se eu souber que você contou pra alguém o que eu te disse, se você tocar no nome do doutor Sabino, eu te quebro a cara. Te meto a mão na cara. Experimenta, ouviu, experimenta!

Recuou, lívida:

— Você não entendeu. Falei pra teu bem.

— Conversa, conversa! O que você tem é mágoa! Mas está avisada, ouviu, sua filha da puta?

Começa a chorar:

— Noêmia, não fala assim. Você não conhece minha mãe. Sou tua amiga, sempre te defendi!

Quase cuspiu:

— Amiga, amiga!

— Palavra de honra! Eu falei por quê. A princípio, fiquei meio assim. Patrão, sabe como é. Mas quer saber de uma coisa? No duro, no duro? Foi bom. Bem feito pra mulher dele que entra aqui e não cumprimenta ninguém. Você reparou? A tal dona Eudóxia tem uma bunda de quem toma. Ouviu? Toma. Se ele for bom contigo, quem sabe? Pode fazer tua independência!

Enxuga aquela coriza sem fim. Passou a raiva de Noêmia.

Sonha, perdida:

— Se ele me chutar, não faz mal. Esse homem já foi meu. Entrou em mim — e repetia, numa doçura cruel. — Já foi meu, um dia foi meu! Pode me chutar, pode!

E, súbito, lembra-se do outro:

— Como é? O Xavier telefonou?

— Umas duzentas vezes!

Perdeu a paciência:

— Ah, meu Deus do céu!

— Pois é. Expliquei que você não voltava mais. Disse, mas não adiantou. Continuou ligando. Não me deu uma folga.

Guardou o batom na bolsa:

— Ainda por cima, traz pra mim os micróbios da mulher!

Saíram do banheiro. Sandra geme:

— Essa maldita coriza, que não me larga!

O *boy* veio correndo:

— Dona Noêmia, portaria.

Era o Xavier. Com Sabino na cama, não pensara um momento em Xavier. Pensara, sim, muitas vezes, na mulher do amante. Ela não queria banho de ninguém, só do marido. Só o marido podia ver as lívidas feridas de sua nudez.

Caminhando para a portaria, pensava em Xavier. Cheirava mal. Tinha um cheiro de azedo, de mofo, de velhos suores.

Foram conversar perto do bebedor. Disse:

— Estou ocupadíssima.

Desesperado e contido, começou:

— Muito obrigado pelo bolo.

Bateu com o pé:

— Ora, Xavier, ora!

— É assim que você responde?

— Eu estou com a mesa cheia de serviço!

E ele:

— Você sabe que eu pago dez contos pelo apartamento? Dez contos por vez. E um dinheiro que me faz falta.

— Não chora miséria!

Fala alto:

— Você não vai, não aparece?

— Em primeiro lugar, não faz escândalo. Ou fala baixo ou vou--me embora.

O outro tira o lenço.

Diz, entre dentes:

— Passa no rosto esse lenço sujo!

Fica de perfil para ele, os braços cruzados. Pergunta, humilde:

— Por que não foi? Ou você acha que eu não mereço uma explicação, ao menos?

Teve pena:

— Criatura! A Sandra não explicou?

Baixo e violento, disse:

— Essa cretina! Essa debochada!

— Debochada, cretina, vírgula! É minha amiga, séria, direita, seríssima! — E muda de tom: — Quer saber de uma coisa? Acho que, entre nós, está tudo errado, tudo.

— O que é que está errado?

Fez a pergunta:

— Você larga sua mulher, larga?

Xavier não soube o que dizer. Noêmia repetiu, com alegre crueldade:

— Responde! Larga?

— Meu anjo, já te expliquei.

Falou, cara a cara:

— E eu vivo de explicações?

Ia puxar o lenço, mas a outra atalha:

— Não tira esse lenço imundo! Nem fuma, aqui, o teu mata-rato. Por que, ao menos, você não muda de cigarro?

E, então, foi dizendo, manso, dilacerado:

— Você acha que eu posso? Posso abandonar minha mulher? Diz. Ainda por cima, cega. Não posso. Com aquela doença e cega? E o que é que eu vou fazer? Quer que eu mate minha mulher?

Noêmia começou a imaginar a outra nua. Teria ainda sexo? Desejaria o marido?

Cruza os braços e o encara (não queria pensar no sexo ferido da outra):

— E eu?

Abriu os braços:

— Você sabe, não sabe? Que eu gosto de você?

Teve um muxoxo:

— Tudo isso é muito bonito. Mas responde: e eu? Como fico? Afinal, sou moça, ainda não morri. Acho chato dormir sozinha. Quero um homem pra dormir comigo. Ouviu? Quero, ora essa! Vou ao cinema sozinha, porque você tem hora até de chegar em casa.

— Meu anjo.

Virou-se, uma fúria:

— Não me chama de meu anjo!

Olham-se. Desesperado, ele arrisca:

— Você tem uma solução?

Estava de costas. Virou-se, lentamente:

— Tenho.

O medo bate em Xavier:

— Qual?

Disse, quase doce:

— Você internar sua mulher.

Recua, atônito:

— Internar?

— Sim, internar. Devia estar internada. Ou não devia?

Estendeu as duas mãos crispadas:

— Noêmia!

— Fala baixo!

— Você própria não disse? Disse, Noêmia. Nós conversamos. E você reconheceu que eu não podia internar, nunca, a minha mulher. Meu bem, você não sabe o que é um leprosário, sabe? E, além disso, o estado de minha mulher é de isolamento. Cega e no isolamento!

— E daí? Fala. E daí?

— Nem eu nem você temos esse direito.

Tomou-se de fúria:

— Ainda por cima, eu é que sou má!

— Eu não disse isso.

— Insinuou.

Tiveram que parar, porque veio alguém beber água. Depois que a pessoa saiu, ela não teve pena:

— Olha o nosso assunto. Há meia hora, estamos conversando sobre lepra. Lindo. Já sonhei, te juro por essa luz!, sonhei que estava leprosa. Xavier, vamos resolver isso agora. Das duas uma: ou você interna sua mulher. Eu achava que não devia ser internada. Mudei de opinião. Ou interna...

Naquele momento, apareceu o *boy*:

— Dá licença?

— Que é?

— Seu Xavier, o senhor não quer entrar no bolo?

Balbucia, estupefato:

— Que bolo?

— Do Fluminense x Vasco?

Enfiou a mão no bolso:

— Quanto é?

— Quinhentos cruzeiros.

Noêmia, desesperada, meteu-se:

— Não gasta dinheiro à toa.

O outro vira-se para o *boy*:

— Sou América. Se o América jogasse, eu queria.

Noêmia enxota o garoto. Pena que o dr. Sabino usasse camisinha. Medo de filho ou doença. Ela gostava de sentir carne com carne.

Xavier pousa a mão no seu braço. Foge com o corpo:

— Tira a mão!

— Que é isso?

— Sei lá onde você andou com essa mão!

— Não me trate assim, Noêmia!

Pausa e toma coragem:

— Eu não admito — e espia a reação da amante —, eu não admito!

Sem medo, pergunta:

— Não é com essa mão que você lava sua mulher? Ainda tem coragem de me dizer que dá banho na mulher. E não é com essa mão?

No seu espanto, Xavier olha a própria mão, como se, ali, naquele momento, estivesse nascendo uma ferida. Passa toda sua ira de homem.

Diz, com uma humildade intolerável:

— Eu lavo minha mulher com algodão, gaze.

Crispa-se toda:

— Que conversa nojenta!

Xavier olha ainda a mão. Tem sempre o ar de quem pede desculpas de faltas imaginárias.

— Quer dizer que você não interna?

— Não posso.

— Então, a solução é acabar.

Fica de boca aberta. Quase não tem voz:

— Acabar?

— Claro! Acabar, sim, Xavier, fica com tua mulher. Não pode sair de noite, porque a Madame não deixa. Eu te conheço não é de hoje. Dá banho na gaja e depois vem passar a mão em mim?

Estrábico de espanto, pergunta:

— O que é que eu fiz?

— Tenho que trabalhar.

Barra-lhe a passagem:

— Não vai não, senhora. Primeiro, você vai me dizer o que é que eu fiz? Me acuse. O que é que eu fiz?

Está farta, farta:

— Já estão olhando pra cá. Tira a mão. Tira a mão, Xavier.

Disse, baixo, com o queixo tremendo:

— Não se humilha um homem. Eu quero saber o que é que houve? Aconteceu alguma coisa. Aconteceu. Não minta. O que foi que aconteceu, Noêmia?

Nenhuma palavra. Ele continua:

— Não quer responder? Noêmia, ontem, você estava tão bem! Nunca você foi tão carinhosa comigo. Eu disse que ia comprar a tua mobília de quarto. E sabe o que você disse? Que eu era o primeiro homem que tratava bem você. Disse ou não disse?

Quase sorriu, na sua doçura cruel:

— Quer me deixar passar?

E ele:

— Pois eu comprei a mobília.

— De segunda mão?

— Você sabia que era de segunda mão. Porque eu não posso. E esse dinheiro vai fazer falta para os remédios de minha mulher. Mas eu comprei. E se você mudou, é porque aconteceu alguma coisa. Nenhuma mulher muda assim. Você não diz nada?

Silêncio.

Fala:

— Ainda uma pergunta. A última. E eu vou-me embora.

Respira fundo:

— Não há mais nada entre nós? Acabou tudo?

— Tudo.

Deixou-a passar. Não esperou o elevador, veio mesmo pela escada. "Teve medo de minha mão, como se eu fosse leproso." Olha as próprias mãos, não uma, mas as duas. De vez em quando, entre um andar e outro, para e senta-se num degrau. E, de repente, diz que a mobília é de segunda mão. Uma puta. Mulher quer é dinheiro. Desceu a pé, rente à parede, raspando a parede, os dez andares.

10

GLORINHA SAÍRA HÁ uns dez minutos. Mas ficara, ali, um pouco de sua nudez recente.

O dr. Camarinha tira o cigarro da piteira e vai atirá-lo pela janela. Pensa no filho esbofeteado. O pior na bofetada é o som. Se fosse possível uma bofetada muda, não haveria ofensa, nem abjeção, nada. Precisava instalar o aparelho de ar-refrigerado.

Suava muito, como todo gordo. Continuamente, precisava enxugar as mãos, a nuca, o rosto. Ele próprio achava que a transpiração abundante é meio obscena.

E uma cliente perguntara:

— O senhor gosta de calor?

— Abomino.

A cliente vai lá dentro, põe a calcinha e volta:

— Olha, doutor. Seu consultório é uma uva. Mas está faltando aqui ar-refrigerado.

Ar-refrigerado. Ficou, por um momento, com a piteira entre os dentes, a piteira sem cigarro. Chamara Glorinha para dizer-lhe, em tom castamente informativo, o seguinte: "Eu vi isso assim, assim. Você sabe. Agora decida".

E, então, sem pressa, tirou a gravata, depois a camisa. Pôs a piteira no cinzeiro de mármore escuro. Seminu, sentou-se de frente para o pequeno ventilador. Recebeu o vento no peito, no pescoço, no rosto. Nos dias quentes, sua cabeça se enchia de brotoejas.

Sentia, na própria aragem do ventilador, um cheiro de nudez, da nudez de Glorinha. Mas sabia que era um cheiro absurdo, que só existia na imaginação. Cheiro de sexo jovem. Voltou a pensar numa bofetada muda. Agora sentou-se de costas para o ventilador. Ficou assim um minuto, dois.

Depois que se vestiu, apanhou o telefone. O gordo tem fantasias curiosíssimas. De vez em quando, ele começava a sentir que estava engordando mais e mais, que estava enchendo como um pneu. Ou por outra: não era bem pneu, não era bem câmara de ar. Não. Ele se imaginava maciço, compacto, como um rinoceronte. Isso começara a acontecer depois da morte do filho.

Discou para casa e a mulher atendeu. Disse:

— Sou eu. Já vou indo.

— Posso tirar o almoço?

— Tira, pode tirar.

— Ou vai passar antes no cemitério?

Vacila. Toma coragem:

— Hoje, não. Estou cansado, sei lá. Vou amanhã.

Quase todos os dias, antes do almoço, ia visitar o túmulo do filho. Pensa, com brusca vergonha: "Me esqueci completamente". Sofria quando deixava de pensar no morto.

Já estava na porta, quando bate o telefone. Precisava pôr o ar-refrigerado. O consultório é uma uva, mas falta ar-refrigerado.

Deixa a porta aberta e vem atender. Pensa cruelmente divertido: "Será Sabino?".

— Alô?

Era a mulher.

— Você ainda está aí?

Boceja:

— Parece.

— Escuta. Me esqueci de te dizer uma coisa.

— Ora! Já estou saindo, diz em casa.

Fez suspense:

— Você não sabe o que é!

— Diz logo. Fala.

— Hoje, de manhã, tratei a operação.

— Que operação?

— Plástica, operação plástica.

Controla-se:

— Vou ao cemitério.

— Mas que é que você acha?

Berrou:

— Já disse! Vou ao cemitério!

— Mas estou perguntando o que é que você acha da operação?

Disse o diabo:

— Meu filho morre e você preocupada com operação plástica!

Do outro lado, a mulher esganiçou-se:

— Não grita comigo!

— O cúmulo! O cúmulo!

— Senti muito mais a morte do meu filho do que você!

Soluçava. Mas já o dr. Camarinha estava arrependido. Se ela queria fazer operação plástica, que fizesse. Tinha nada com isso.

Ela chorava:

— Naturalmente, você prefere que eu seja um bucho. Prefere, claro!

— Ah, minha mulher! Não prefiro nada! Faz o que você quiser. E quando é a operação?

Respondeu com outra pergunta:

— Posso tirar o almoço?

— Meu anjo — insistiu, paciente, compassivo —, quando é a operação?

— Posso tirar o almoço?

Aquilo o irritou:

— Ia direto pra casa. Mudei de opinião. Vou ao cemitério.

A outra gritou como uma louca:

— Você diz que vai ao cemitério pra me humilhar! Você se esquece de que eu passei dois meses internada no meio de malucos? Tiveram que me enjaular, nua, no quarto, nua porque eu estraçalhava qualquer roupa!

Estupefato, ele pensava nos vizinhos, que deviam estar ouvindo tudo. Era verdade. Camarinha ia vê-la e lá estava ela, num canto, nua, de cócoras, passando no corpo as próprias fezes. E se arrancava qualquer vestido, e o mordia, era por causa do filho perdido.

Camarinha gritou:

— Meu bem, meu bem! Eu retiro o que disse! Ouve, pelo amor de Deus, ouve! Eu retiro o que disse!

E, súbito, ela tem uma crise maior:

— Eu me sinto uma bruxa! Uma bruxa!

O marido a sentia cada vez mais parecida com a antiga demente. Era assim que uivava a nua enjaulada. Chamava o médico, "mamãe, minha mãe". Louca, devoradora das próprias fezes.

Quase sem voz, disse:

— E fica sabendo que eu vou fazer também plástica nos seios.

Pararam aí. Camarinha sai do telefone e pensa se ele ou ela morresse, seria um bem, uma paz para o que ficasse. Mas, ao mesmo tempo, fechando a porta do consultório, concluía que teria uma compaixão brutal, se ela morresse. Tão fácil ter pena de uma morta. Pena, ou nojo, ou as duas coisas. Pena e nojo. Um pouco de nojo.

Descendo no elevador, não entende por que Glorinha pedira para ser examinada. Ela caminhara para a mesa — inocente, amoral como um bichinho de avenca. Durante o exame, não se mexia, quase não respirava, quieta na sua voluptuosidade.

Veio a pé. Seu carro estacionava duas quadras adiante. Sentia-se bovino, vacum. Há mulheres que se excitam com os gordos.

Ao vê-lo, o guardador abriu o riso sem dentes:

— Como é, doutor? Vai domingo ao Maracanã?

Tirou a gorjeta:

— Com o Samarone no time, Deus me livre!

Deu a cédula. O outro discordava, risonhamente:

— Mas, doutor! O Samarone protege bem a bola, dribla, sabe entregar. Samarone é bom, doutor!

Camarinha faz a volta do carro, examinando os pneus. É tricolor desde garotinho. Bate com a ponta do sapato num dos pneus da frente:

— Vocês estão comendo gambá errado. O que o Fluminense precisa é de ponta de lança. Ponta de lança. Samarone é armador. O Fluminense só tem armador.

Olha o último pneu:

— Futebol é gol.

Partiu. O outro ficou, lá, com o seu riso de gengivas inflamadas. Camarinha mudou outra vez de opinião: vai para casa. E quando chegasse em casa, beijaria a mulher na testa e na face e pediria perdão. Não conseguia tirar da cabeça a imagem da louca de cócoras e nua, pintando-se de excremento.

Ia para casa, mas quando chegou em Botafogo decidiu: "Vou ao cemitério". Entrou na rua da Passagem, dobrou na General Polidoro. Tinha em casa uma ex-louca.

Quando parou no cemitério, ia chegando um enterro. Manobra para encostar. Fecha o automóvel e salta. Vou acompanhar esse enterro. Os que iam na frente eram, decerto, os parentes, os amigos mais chegados. Camarinha incorporou-se à pequena multidão. E, súbito, ouve uma voz conhecida:

— Olá!

Era um colega, o Esmaragado, pediatra. Caminharam, lado a lado, pouco atrás do caixão. Esmaragado baixa a voz:

— É o filho do Paulo Furtado.

— Quem?

Repetiu, cochichando:

— Do Paulo Furtado. Você conhece. Não conhece o Paulo Furtado?

Sim, sim. Paulo Furtado, outro pediatra. E o Esmaragado ia contando:

— Rapaz de vinte e um anos. Noivo. Guiando um DKW, novinho. Devia estar bêbado. Enfiou os cornos dentro de um poste.

Aquilo doeu em Camarinha. Também se poderia dizer do seu filho: "Bêbado, enfiou os cornos". Enfiar os cornos. Antônio Carlos não estava bêbado.

— Adeus. Eu vou por aqui.

Entrou por um novo caminho. De repente, ouviu aquela voz:

— Doutor, doutor!

Parecia alucinação. Volta-se, estupefato. Glorinha estava diante dele, linda, linda, a boca mais fresca, mais úmida. Ria para ele e o médico via a cor das gengivas e da língua.

No seu espanto, pergunta:

— Menina, o que é que você está fazendo aqui?

Tão irreal, de uma beleza absurda, aquela garota que surgia, de repente, no meio de mortos desconhecidos.

Disse, apenas:

— Passeando.

— No cemitério?

Suspira, radiante:

— Venho sempre.

Mas o médico queria ver ali um mistério:

— Não, senhora. Que história é essa? Você vai me explicar isso direitinho. Na véspera do casamento, nenhuma noiva vem passear, sem quê, nem para quê, no cemitério.

E, de repente, ele próprio se lembra:

— Sua avó está aqui, não está aqui sua avó?

— Vovó? Há muito tempo que não passo no túmulo de vovó. É muito longe. Lá daquele lado. Eu gosto mais desta parte, aqui, muito mais bonita. Tem um túmulo, ali, que é um espetáculo.

Novamente, o dr. Camarinha esquecia o filho. Enfiara os cornos dentro do poste, como o filho do pediatra. Continuava sem entender que ela estivesse, ali, na véspera do casamento, tão linda entre os túmulos.

Glorinha pergunta:

— E o senhor? Estava naquele enterro?

Caminhavam, lentamente. Ele tira o lenço para enxugar a nuca, o rosto. As brotoejas ardem na sua cabeça. Guarda o lenço. A pior brotoeja, a mais ativa, a mais devoradora, é a da cabeça.

Disse:

— Vim ver o túmulo do meu filho.

Dá o braço ao médico:

— Então, eu vou com o senhor.

Para:

— Eu não me lembro se você conheceu o meu filho. Você conheceu Antônio Carlos?

— Mas oh, doutor Camarinha! Então, não conheci seu filho? Não se lembra daquela festa, a festa do meu aniversário? Ele foi. Dançou comigo. Não se lembra? Foi meu par constante, doutor.

— Me lembro. Agora me lembro.

— Pois é, doutor!

Tinha vontade de passar as unhas nas brotoejas até sangrar.

Subitamente, faz a pergunta:

— Escuta. Por que é que você pediu para ser examinada? Você sabia que não era virgem. Por que pediu para ser examinada? Hein, por quê?

Desviou o rosto. Camarinha começou a se irritar:

— Você fez isso sem motivo? Fala. Sem motivo?

Ergueu o rosto duro:

— Eu tinha um motivo.

— Qual?

— Vamos andando, doutor?

Zangou-se.

— Estou lhe fazendo uma pergunta. Não sou criança. Responda.

No portão central do cemitério, toca o sino de mais um enterro. Camarinha tem uma longa convivência com túmulos, alegorias, inscrições, virgens-marias, cristos. Costumava parar diante de um anjo, adolescente e nu — flechado nas costas. Ao mesmo tempo, tinha a sensação de que o cemitério estava povoado de bonecos — bonecos de préstitos carnavalescos.

Lia, relia, as legendas fúnebres. Ninguém se lembrava de gravar, num túmulo, uma verdade assim casta e singela: "Aqui jaz um bom filho da puta. Orai por ele".

Gostava daquele anjo em mármore escuro — flechado nas costas. Glorinha tinha um motivo que não queria confessar.

Perguntou:

— Foi seu noivo?

Ela apanhara uma folha e a mordia:

— Não, não foi meu noivo.

Parecia ressentida, como se acusasse o noivo de não a ter deflorado. E, súbito, Glorinha estaca:

— Já passamos. O túmulo do seu filho é ali. Lá.

Voltam. Chegam ao mausoléu. Lá está inscrito o nome: Antônio Carlos Gomes Camarinha. E, embaixo, as duas datas, do nascimento e da morte. Enfiara os cornos dentro de um poste.

Numa curiosidade, que o humilha, torna a perguntar:

— Se não foi seu noivo, quem foi?

Tiritava como se o sol a gelasse:

— Seu filho.

Segurou-a pelo braço:

— Você quer dizer que meu filho? Meu filho deflorou você? Antônio Carlos?

Curvou-se, numa ternura de velho:

— Olha pra mim. Não vira o rosto. Quero te olhar. Foi ele? Eu não sabia, eu não sabia!

Apanhou a mão da menina e a beijou. E, ao mesmo tempo, teve pena da mulher, pena de sua ilusão de velha. Ela imaginava que o Pitanguy[24] ia arranjar-lhe dois seios bonitos. Não tinha seios bonitos nem na lua de mel.

— Mas explica: como é que ninguém viu nada, ninguém sabia de nada? Vocês namoraram?

— Só vi seu filho duas vezes. A primeira na tal festa. No dia seguinte, nós nos encontramos e fomos ao apartamento.

Faz uma pausa e acaba:

— No outro dia, ele morreu.

Camarinha não entende:

— Quer dizer que, já na segunda vez, aconteceu tudo?

O rosto da menina tomou um jeito taciturno, maligno:

— Doutor Camarinha, o senhor não entende, não vai entender, nunca.

O que o apavora é o defloramento sem amor. Perguntou:

— Por que, por quê? E você já era namorada. Não era namorada, quase noiva de Teófilo?

Disse, no seu desespero:

— Eu estava fugindo. Fugindo de um homem que... Eu não podia gostar desse homem. Compreende? Fui eu que provoquei Antônio Carlos. Me ofereci. Seu filho não foi culpado de nada.

— Você não gostava de meu filho?

Baixa a cabeça:

— Antes, não. Depois que morreu, comecei a gostar. Venho muito ao cemitério por causa dele. O senhor pergunta ao coveiro. Fiz questão de vir hoje, que é a véspera do meu casamento.

Puxou-a:

— Meu anjo, vamos sair daqui, vamos sair desse sol.

Pararam na primeira sombra:

— Olha aqui. Vou te falar como se você fosse minha filha. Presta atenção. Te chamei no meu escritório para te contar uma coisa que aconteceu. Na hora, me faltou coragem e eu não disse nada. Teu pai sabe, mas eu desconfio, sei lá, que ele vai cruzar os braços. Portanto, vou te contar tudo. É melhor.

Tomou a respiração:

— Ontem, eu estava no meu consultório. E precisei apanhar não sei o que na sala dos curativos. Entrei lá de repente e vi teu noivo, teu noivo Teófilo, beijando na boca o meu assistente. O meu assistente, aquele rapaz. Você conhece: o José Honório.

Repete:

— Beijando? Mas isso quer dizer o quê? Não estou entendendo.

— Minha filha, é claro. Quando dois homens se beijam na boca, como se um fosse mulher do outro, isso quer dizer o quê? Não há dúvida possível. Temos todo o direito de achar que são homossexuais.

Glorinha treme, novamente gelada de sol. Ele continua, arquejante:

— Eu sei que é duro dizer isso, na véspera do casamento. Mas depois que eu soube que foi meu filho, entende? Então, resolvi te contar.

Ergue o rosto:

— O senhor está querendo que eu desmanche o casamento? É isso?

— Absolutamente. Não estou querendo nada. Ou por outra: quem tem de querer é você. Você. Ninguém mais, compreende? Se você quiser casar, casa, mas sabendo. Sabendo que seu marido pode desejar outro homem e que já beijou outro homem na boca. Uma coisa eu queria lhe dizer: não tenha medo de escândalo. Faça escândalo na igreja, no juiz, se for o caso.

Os dois se olham. Camarinha termina:

— Vá pra casa e pense se você é capaz ou não de amar um homossexual.

Disse, bruscamente:

— Doutor, eu vou-me embora.

Ia chamá-la, mas desistiu. Não sentira na menina nenhum espanto, nenhum terror. (Ou um mínimo de espanto e nenhum terror.) Deixou que Glorinha se afastasse. E, então, desesperado de volúpia, coçou com os dez dedos as brotoejas da cabeça.

11

Saiu do cemitério e atravessou a rua. Em frente, havia um café. Passa por ele e retrocede.

Pergunta ao charuteiro:

— Tem telefone aí, tem?

O homem, com certo ar nostálgico, mordia um pau de fósforo:

— Na caixa.

Foi lá.

— Dá licença de falar no telefone?

Esperou o sinal e discou para casa. Viu, numa mesa, um português forte, moreno, de olho azul. Despejava cerveja no copo. O sujeito passa na boca as costas da mão e dá um arroto de bárbaro.

Glorinha vira o rosto, sem nojo. Há portugueses lindos.

Atendem do outro lado:

— Mamãe? Sou eu. Escuta: alguma novidade?

— Onde é que você está?

— Cidade.

O português bebia a cerveja com uma sede brutal.

— Você não vem pra casa? Vem. Teu noivo telefonou, e olha: chegou o presente do Ministro.

— Do Ministro? É o quê?

— Um castiçal de prata.

— Bonito?

— Prata portuguesa!

— Deve ser caro pra chuchu!

— Caríssimo! Mas você já vem? O quê? Não amola. Dirce! É tua irmã que está aqui. Não me deixa sossegada.

— Mamãe, vou desligar.

E Eudóxia:

— Não desliga. Tua irmã quer falar contigo. Olha. Vou passar o telefone, mas vem logo. Um beijo.

O português da mesa tem bigode e passa a língua na espuma do bigode.

Dirce começa:

— Saiu aqui uma discussão e eu quero saber de você o seguinte...

— Fala depressa, que eu não posso demorar.

Do outro lado, Eudóxia diz qualquer coisa. Dirce pula:

— Mamãe, deixa eu falar, sim? Ouviu, Glorinha? Mamãe, não amola, mamãe! Glorinha, você se lembra daquele dia? Aquele dia. Papai disse, na mesa, que não admitia que você usasse calcinha de *nylon*. Pela primeira vez, eu vi papai zangado com você. Você se lembra? Fala!

— Sei lá!

— Responde, Glorinha. Mamãe está dizendo que é mentira minha!

Eudóxia encosta a boca no fone:

— Que conversa boba!

Desesperada, a outra repete:

— Não é verdade, Glorinha?

Suspira, farta:

— Ah, meu Peres! Não me lembro de nada!

— Como você é falsa. Deus me livre. Papai disse, disse, que eu ouvi. As outras também ouviram. Até parece que você é filha única. Nós não existimos. Você não pode usar calcinha de *nylon* e nós podemos usar o diabo, andar sem calça, nuas, que papai nem liga. Papai só gosta de você. Ou estou mentindo?

Na sua fúria, falava em falsete. Vira-se para Eudóxia:

— Mamãe, a senhora sabe que é isso mesmo. Não é isso mesmo? Ó, mamãe! Não queira tapar o sol com a peneira. O casamento da Glorinha está muito melhor do que o meu, do que o das outras. A senhora nega? Não tem nem comparação.

Glorinha olha o português da cerveja. Não tivera nojo nenhum do arroto.

Diz:

— Dirce, vou ter que desligar, porque estão precisando do telefone.

A outra, possessa, não parava:

— Você é uma mascarada!

Respondeu, com alegre crueldade:

— Olha aqui. Quer saber de uma coisa? Se papai gosta mais de mim, me prefere, azar! Vá lamber sabão!

Pagou o telefonema. De passagem, olha para o latagão da cerveja. Imagina aquele homem nu. As costas, o peito, a barriga, os quadris, as coxas, os joelhos, as pernas, as canelas. Só não gostava do pé. O calcanhar pode ser bonito. Mas os pés, propriamente, os dedos dos pés, não. Quando estudava no Jacobina[25] dizia às colegas:

— Vou pedir a meu marido pra dormir de meia.

Antes de chegar na porta, viu o dr. Camarinha saindo de automóvel. Esconde-se para não ser vista.

Pensava no filho do ginecologista. Quando Glorinha fez dezessete anos, houve uma festa na casa de Sabino. Ela conhecia Antônio Carlos, digamos assim, de anedota. Não se sabia o que era fato e o que era folclórico na vida desse rapaz. Fora namorado de uma amiga de Glorinha, Maria Inês, e tinham brigado.

Maria Inês estava lá e levou Glorinha para um canto:

— Ele vem?

— Mas quem?

— O Antônio Carlos?

— Por quê?

— Me disseram que ele vem só pra me humilhar.

— Nem foi convidado. Ou você duvida?

Disse, varada de arrepios:

— Se ele vier, eu não fico, Glorinha, eu não fico!

— Deixa de ser boba!

Põe a mão no braço da outra e faz espanto:

— Está com febre?

Cruza os braços:

— Ódio!

Daí a dez minutos, entram o dr. Camarinha e o filho. O médico atravessa toda a sala:

— Vem cá, Glorinha, vem cá.

Beija a menina e tira, do bolso, um embrulhinho:

— Toma. Uma lembrancinha vagabunda. Olha. Minha mulher não pôde vir. Está resfriadíssima, febre, o diabo. Mas em compensação, olha quem está aqui. Conhece?

— Seu filho?

O rapaz, com um quê de cínico e de mau, mascava chicletes.

O dr. Camarinha põe a mão no ombro do garotão:

— O famoso Antônio Carlos. Quer dançar contigo.

Saem os dois. Sabino aproxima-se:

— Toma o quê? Vem cá, ó garçom. Serve aqui o doutor Camarinha.

O médico apanha o seu primeiro copo de uísque. A vitrola está tocando. E, já na primeira volta, Glorinha pergunta, de rosto erguido:

— Sabe que eu acho chicletes nojento?

Teve um riso macio:

— Olha, olha!

Abriu a boca na cara da menina.

— O que é isso?

— Viu? Não tem chicletes nenhum.

Mascava um chicletes imaginário. Antônio Carlos pergunta:

— Você é corajosa?

— Depende.

Riu:

— Depende ou?

— Por quê?

— Responde.

— Não tenho medo de nada.

— Nem de mim?

— De você muito menos, ora!

Puxou-a para si.

Glorinha resiste:

— Não me aperta, que papai está olhando.

Ele era meigo, brutal, cínico, tudo:

— Bom. Vamos ver se você tem coragem de me responder a uma pergunta.

Pausa. E faz a pergunta:

— Você já teve alguma experiência sexual?

— É da sua conta?

Olham-se. De vez em quando, por imitação involuntária, ela masca também um chicletes imaginário. Já tinham dançando duas, três, quatro vezes.

Ele está dizendo:

— Vou rasgar o jogo contigo. Sou da seguinte teoria: tudo, menos cabaço. Menina que começa com chiquê pra cima de mim, chuto pra córner.[26] Logo, logo!

Disse, com raiva:

— Mas eu não quero nada com você, ora que mania!

Sabino estava lindo. Nunca vi papai tão bonito.

— Glorinha. Seu nome é Glorinha? Agora falando sério. Eu tenho um programa fabuloso. Você topa? É amanhã. Topa?

— Que programa? Não, não topo.

— Por quê? Vamos, eu, você e uma amiga. Arranja uma amiga. A Maria Inês, pronto.

— Vocês não brigaram?

Mascava o chicletes imaginário:

— Continua tarada por mim.

Maria Inês dança com outro. Passa por eles, não tira os olhos do namorado.

Glorinha deixa o outro falar:

— Conhece o José Honório, o assistente do meu pai? Conhece? Pois é. É na casa do Zé, no Engenho de Dentro.

Ela não entende:

— Na casa do José Honório? Mas ele não mora com o pai? Escuta, escuta. O pai do José Honório teve um derrame. Teve. Diz que está mal, desenganado.

Acha graça:

— Exato, exato. Paralítico, não se mexe. Eu estive lá. A gente sabe que ele vive, porque pisca. Pisca. Mas compreende? É lá o negócio. Vamos?

Passam por Sabino que conversa com o dr. Camarinha. Antônio Carlos pensa: "O velho está alto pra chuchu".

O dr. Camarinha fala em "pederastia sem vocação e sem prazer". Quando a música para, um momento, Glorinha suspira:

— Estou morrendo de sede. Vou tomar um negócio.

— Te espero.

Deixa o rapaz. Primeiro, vai fazer xixi. Depois, para um momento na copa. Pede coca-cola.

Maria Inês aparece, desatinada:

— O que é que ele te disse de mim? Falou de mim?

— De ti?

Crispa a mão no braço de Glorinha:

— Falou, sim. Não falou?

E a outra:

— Quer coca-cola?

— Mas falou?

Bebeu meio copo:

— Não.

Parecia assombrada:

— Fala de qualquer uma, de todas. Glorinha, olha pra mim. Falou de mim? Diz, Glorinha. Se você é minha amiga, não me esconda nada. O que é que ele disse de mim?

Bebeu o resto:

— Palavra de honra. Juro, Maria Inês. Não tocou no teu nome.

Passa o garçom com a bandeja de copos, a copeira com os salgadinhos. Outro garçom precisou da geladeira:

— Dá licença, dá licença?

Puxa Maria Inês:

— Vamos sair daqui, vem.

A outra ia dizendo, baixo e febril:

— Sabe quantas vezes você já dançou com Antônio Carlos, sabe? Glorinha, escuta. Você tem namorado. Teu namorado está na Europa.

— Você fala como se eu... Não tenho nada com Antônio Carlos, nem me interessa.

— Deixa eu falar.

— Fala.

— Dançar é uma coisa. Ser par constante, outra. Vocês estão flertando. Não negue.

— Nego. Que bobagem.

No corredor, Maria Inês estaca. Encosta-se à parede, hirta. Glorinha tem medo:

— O que é que você tem? Está sentindo alguma coisa?

Ofegante, disse e repetiu:

— Esse canalha! Esse canalha!

Arrasta a amiga:

— Vem cá. Vem cá.

Trancam-se no quarto. Maria Inês começa a chorar:

— Se você soubesse o ódio, o nojo!

— Mas que foi que houve?

— Tem um lenço? Me empresta um lenço.

Foi apanhar na gaveta. A outra enxuga a coriza do pranto:

— Glorinha, te juro pela alma de minha mãe. Quando me lembro que esse sujeito tocou em mim, tenho vontade de vomitar.

Por um momento, fecha os olhos, aperta os lábios, como se trancasse uma náusea. Toma entre as suas as mãos de Glorinha:

— Você está gostando dele. Não está gostando dele? Não minta.

— Juro.

— Glorinha! Vi pelo teu ar, por tudo. Antônio Carlos é bonito. Reparou que ele tem cheiro de mar? Reparou? Nos cabelos e na pele. Sempre foi vagabundo de praia. Mas olha: vou te contar uma coisa, porque você tem, tem, sim, Glorinha, ilusões sobre ele.

— Ilusão nenhuma.

Teimou, como uma fanática:

— Tem. Você quer saber o que esse cachorro fez comigo?

Quando ela começou o namoro, o pai avisou: "Não presta! Não presta!". E não só o pai. Todo mundo dizia horrores de Antônio Carlos, até que tomava dinheiro de mulher. Ele sempre prometendo que casava, que casava:

— Ou você não acredita em mim?

— Acredito.

— Então, não dá mais palpite.

Um dia, chamou a pequena:

— Olha. Estou tomando conta de um apartamento. É de um amigo, que está fora. Vamos lá ouvir uns discos?

Teve medo, mas acabou indo. E, lá, Antônio Carlos leva a menina para o *sommier*:

— Vem, anda, vem.

Nem vitrola tinha. Geme:

— Fica quieto! Olha essa mão.

Quando ele a segura, quis desprender:

— Vou-me embora! Larga, larga, Antônio Carlos!

Ergueu-se e ficou de longe:

— Não toco em você. Dou-lhe a minha palavra, juro. Não toco. Você fica aí e eu aqui.

Ele enfia as duas mãos nos bolsos:

— Viu? Você se assustou à toa. Agora quero ver se você gosta de mim. Escuta. Se você gosta de mim, você vai tirar a roupinha.

Recua:

— Vamos embora, Antônio Carlos! Vamos!

— Olha. Eu não toco em você. Deixa eu falar. Você mesma, com suas próprias mãos, tira o vestido, tira tudo. E eu não toco em você. Ouviu? Fico de longe. Eu só quero ver.

Disse:

— Você me chamou pra ouvir música!

O outro puxa um cigarro:

— Então, tira só o vestido. Pronto. Tira o vestido. Olha, Maria Inês. Eu vou ser teu marido. Não vou casar contigo? Tira, meu anjo. Sou eu que estou pedindo. Ou você não gosta de mim? Vou me sentar aqui. Maria Inês, eu não toco em ti, só olho de longe.

Apanha uma cadeira e senta-se, longe dela. Fuma, olhando.

Começa a pedir, com uma doçura intolerável de menino:

— Tira, meu amorzinho, tira. Só o vestido. Faz isso, faz.

Responde, violenta:

— Não! Eu me conheço! Se eu tirar o vestido, eu tiro tudo! Eu vou-me embora! Você fica?

Sem uma palavra, ele arranca e atira longe a própria camisa. E, então, como se o imitasse, Maria Inês tira o vestido. Só de calcinha (não usava sutiã), pôs as mãos nos seios.

Contrai a boca:

— A calça, não tiro! Eu não posso, sem calça eu fico louca! Louca!

Aperta a cabeça entre as mãos. E quando ela ficou completamente nua, ele veio, lentamente, como um magnetizado. Maria Inês soluçou:

— Não me beija! Não me beija!

Mas abria a boca, procurando o beijo. Rápido, ele baixa a cabeça e beija, morde, quase arranca o bico do seio.

Trinca o grito nos dentes. Então, Antônio Carlos grita:

— Pode vir! Vem!

Ela se vira, atônita. Sai da cortina um rapaz que Maria Inês conhecia, o Sampaio. Como uma louca corre no apartamento. Mas é cercada, segura. Luta ainda, mas Antônio Carlos a derruba com uma bofetada. Rola na cama.

Antônio Carlos dizia:

— Vai você primeiro, você!

Glorinha ouve, ouve e baixa a cabeça:

— Um cara assim merece um tiro.

Maria Inês torce e destorce as mãos:

— Foi o outro que me deflorou. Antônio Carlos ficou assistindo. Só depois que o Sampaio acabou, é que ele veio. Sabe que eu desmaiei de dor?

Silêncio. Glorinha pergunta:

— E teu pai?

— Papai não sabe, nem desconfia. Fui pra casa e não disse nada. Mesmo assim, papai viu no rosto a marca da bofetada. Sabia que Antônio Carlos tinha mania de bater nas namoradas. Só te digo o seguinte: papai apanhou o revólver e ia matar esse crápula. Vovó teve que pedir de joelhos.

— E agora?

Maria Inês responde, quase sem voz:

— Agora, sei lá. Não acredito mais em nada, em ninguém. E só quero uma coisa: morrer.

Glorinha ia falar, quando batem na porta e mexem no trinco.

— Quem é?

— Abre, abre, Glorinha!

Eudóxia. Entrou, ralhando com a filha.

— Você some, desaparece. Você é aniversariante, menina. Estão procurando você e você aqui.

Suspira:

— Não faz carnaval, mamãe. Já vou, já vou.

Eudóxia vai na frente. Maria Inês ainda pergunta:

— Vê-se que eu chorei?

— Mais ou menos.

Pôs, rapidamente, um pouco de pó:

— E agora?

— Agora, não.

— Ih, vamos que tua mãe está tiririca.

Chegam na sala. Antônio Carlos mascando o falso chicletes, aproxima-se:

— Maria Inês, quer dançar?

As duas sentiram o cheiro do mar. Maria Inês quase não moveu os lábios:

— Quero.

12

Antônio Carlos dançou três ou quatro vezes com Maria Inês. Só ele falava; ela ouvia, crispada, e tinha um olhar de martírio.

Glorinha bebia uma coca-cola, geladíssima, quando apareceu o dr. Camarinha:

— Que tal meu filho, hein? Que tal meu filho?

Trazia meio copo de uísque. Puxou o garçom:

— Vem cá, rapaz, vem cá!

Respira forte:

— Gelo. Põe mais gelo aqui. Gelo, gelo.

Aperta e abre os olhos. Antônio Carlos passa com Maria Inês (os dois de rosto colado). Com o olho úmido, o médico pergunta:

— Não é bonito? — Baixou a voz e tinha uma cintilação no olhar: — Machão! O telefone lá em casa não para. O dia todo. Mulheres, mulheres!

Dizia "machão" com uma euforia cruel. Bebe mais. Curva-se para Glorinha:

— Estou meio alto. Mas hoje é dia dos teus anos. Não é dia dos teus anos?

Riu:

— O senhor me deu presente!

O bêbado exulta:

— Se dei presente, é dia dos teus anos, pronto. E vale tudo, compreendeu? Vale tudo. Vem cá, ó garçom, vem, meu filho. Uísque, uísque.

O garçom baixa a bandeja e oferece.

— Coca-Cola, Guaraná, Crush.

O dr. Camarinha pergunta, na sua falsa cólera:

— Tu me achas com cara de coca-cola? Olha pra mim. Uísque, vai buscar uísque. Chispa.

O garçom ergue a bandeja e se afasta. Uma vizinha, do apartamento de cima, vem com a filha, uma menina de óculos. Percebe-se o estrabismo da garota por trás das lentes fortes. E a vizinha, gorda, com brotoejas no pescoço, está dizendo:

— Glorinha, já vou.

— Mas é cedo!

— Tarde!

— A senhora não vai cantar o meu bolo?

A gorda (com braceletes nos pulsos) geme:

— Não posso, sério, não posso, Mariazinha tem prova amanhã. Fica quieta, Mariazinha. Ouviu? Mariazinha tem que dormir cedo.

Glorinha beija e é beijada. Suspira:

— Que pena!

A gorda já vai:

— Tudo de bom pra você.

— Pra senhora também.

Mas quando puxa a filha, a estrábica reage:

— Me larga, mamãe! Tira a mão!

A gorda ameaça, baixo, mas sempre risonha:

— Vou dizer a teu pai. Você vai ver.

Cada movimento da mulher é um alarido de pulseiras, colares, pingentes. O dr. Camarinha larga um comentário brutal de bêbado:

— Que vaca!

Servido de uísque, encharca-se mais ainda. Está eufórico, novamente. Ele próprio dizia: "Meu porre é doce". Seu corpo balançava. E, nesse fluxo e refluxo, ameaçava entornar a bebida no vestido de Glorinha.

Diz:

— Meu filho, está ouvindo? Vai longe. — E baixa a voz: — Só não gosto da tal Maria Inês. Chata e, ainda por cima, neurótica.

— Minha amiga.

Com a mão livre, espeta o dedo no plexo da menina:

— Pode ser tua amiga, mas é chata. E, além disso, não tem bunda. Não topo mulher sem bunda. Ou estou dizendo bobagem? Estou dizendo bobagem? Fala!

Desesperada, balbucia:

— Vou ali um instantinho.

— Fica aí!

— Volto já.

— Ou está fugindo de mim? Eu acho que você está fugindo de mim. Escuta, escuta. Não estou bêbado. De pilequinho. Fica aí. Pilequinho, compreendeu? Boa pro Antônio Carlos é você.

— Está bem, está bem.

Com a mão potente, aperta o braço da moça:

— Já imaginou um filho de vocês?

Tem ódio do médico:

— Ai, o senhor está machucando o meu braço!

Largou-a:

— Antônio Carlos tem que chutar essa Maria Inês. Chutar. Não é batuta meu filho? Não quero nora sem rabo. Não quero. Mas olha o Antônio Carlos.

Graças a Deus, vinha Sabino. Glorinha tinha medo e asco, um certo asco, de bêbado. Papai quase não bebe, bebe pouquíssimo.

Sabino salva Glorinha:

— Vai que tua mãe está chamando.

A menina sai e o dono da casa leva Camarinha. O ginecologista diz, passando o braço em torno do amigo:

— Sabino, eu acho que fui impróprio com tua filha. Mas hoje vale tudo. Não estou bêbado. Estou bêbado?

E, ao mesmo tempo, olhava em torno:

— Cadê o garçom? Manda trazer mais uísque. O garçom sumiu.

— Vamos lá pra dentro. Vem cá.

— Quero o garçom.

E Sabino:

— O garçom vem já. Escuta. Deita lá no quarto.

— Está pensando que eu estou bêbado? Olha aqui. Eu disse à tua filha que a esposa sem rabo estraga um casamento. Falo por experiência própria, entende? Por experiência própria.

Antônio Carlos está ao lado de Glorinha:

— Meu pai está dando vexame. Não pode beber. Mas como é? Você topa ou não topa? O tal programa?

— Desista. Eu não quero nada com você.

— Não é nada disso que você está pensando. Tipo de coisa inocente.

— Mas você vai? Não vai?

— Vou.

— Se você vai, eu não vou, pronto.

Ele era tenaz, persuasivo e tinha, por vezes, um riso de criança. (Cheirava a mar, além disso cheirava a mar):

— Já sei. Foram fazer veneno contigo.

— Veneno nenhum.

Disse, baixo, sem desfitá-la:

— Não minta. Foi a Maria Inês. Não foi a Maria Inês?

Glorinha apanha, em cima de um móvel, três ou quatro castanhas-de-caju. Morde a primeira:

— Antônio Carlos, posso sair com qualquer um. Menos você.

Ele passa na boca as costas da mão:

— Agora tenho a certeza. Foi mesmo a besta da Maria Inês. Paciência. Tchau.

Deixou Glorinha. Era bonito, mas tinha, por vezes, um ar de louco. Ela notara que ele estava de sapatos sem meias. E teve nojo. Os pés de Antônio Carlos, ou de qualquer outro. Não há pé bonito. Quando se casasse, o marido teria que dormir de meias; e pôr talco nos pés, entre os dedos. Não tinha nojo de calcanhar. Mas não podia ver, sem enjoo, os dedos e a sola do pé. Fosse de quem fosse.

— Glorinha, olha aqui.

Era Eudóxia. Baixa a voz para a filha:

— O doutor Camarinha vomitou tudo, meu Deus.

— Onde?

— No gabinete. Está lá com o teu pai. Não pode beber. Bebe, pronto! É um caso sério!

Eudóxia vai dar uma ordem e volta. Ralha, baixo:

— Modos, Glorinha!

Vira-se, atônita:

— Mas o que é que eu fiz?

— Não ri tão alto.

Balbucia:

— Não estou rindo.

— Está dando gargalhadas como uma louca.

Glorinha parou, confusa e dilacerada. Teve uma brusca vontade de chorar. Não ouvira o próprio riso. Papai, onde está papai? Não vejo papai. Os pés de Antônio Carlos. Não há pé bonito.

Vieram chamá-la para cantar o bolo. Desesperada, pergunta:

— Papai não vem?

— Está lá com o doutor Camarinha. Vem, Glorinha.

Logo depois do bolo, veio Maria Inês:

— Preciso de um favor teu.

— Fala.

— Vou sair com o Antônio Carlos.

— Não vai dormir aqui?

Olha para os lados:

— Vem cá. Aquela cara está ouvindo. Eu vou dormir aqui, sim. É só uma volta. Nós damos uma volta e... Ouviu?

Glorinha começa:

— Olha o que você está arranjando! E me explica. Você me conta aquilo, picha o cara e vai dar uma volta?

Geme:

— Depois te explico. Olha, olha. Não posso falar agora. Antônio Carlos está olhando pra cá. Não me demoro. E se minha tia telefonar, inventa um troço. Diz que eu estou dançando. Dor de barriga, não, que pode assustar. Até logo.

Agarra Maria Inês:

— Deixa de ser burra. Você está cega, cega. Esse rapaz é louco. O que ele fez contigo não tem perdão. Não é papel de homem.

Repetiu:

— Depois te explico. Não me demoro. Té logo.

Deixou-a ir. E, então, Glorinha começou a ter medo. No meio dos convidados e sorrindo para os convidados, tinha medo.

Eudóxia vinha passando. Agarrou-a:

— Mamãe, cadê papai?

A outra suspira:

— Lá com o doutor Camarinha. Doutor Camarinha é um santo, mas quando bebe! Não vai lá, ouviu? Não vai lá. Dizendo cada palavrão! Palavrões que eu não conhecia.

Quando Eudóxia foi receber um casal que vinha chegando, Glorinha não se conteve. O gabinete do pai ficava no fundo do corredor. Disse, baixo, para uma amiga:

— Vou fazer xixi, volto já.

Atravessou todo o corredor. Encostada à porta, ouviu o choro do dr. Camarinha. O médico estava dizendo:

— Sabino, ouve. A brasileira é a melhor mulher do mundo porque tem bunda. E eu me casei com uma que não tem.

Glorinha ouvia a voz do pai:

— Doutor Camarinha, não fala assim. Escuta, Camarinha. Tem senhoras na casa, mocinhas! O pessoal aí fora está ouvindo!

O outro chorava sem parar:

— Sabino, eu sou um pulha! Espalha pra todo mundo que eu sou um pulha!

Glorinha não voltou para a festa. Pensava nos pés de Antônio Carlos. Os pés. E quando, pouco depois, veio Eudóxia, já estava de *baby-doll*:

— Vai dormir?

Abre a boca:

— Cansadíssima.

— Então dorme, dorme.

Da porta, a mãe ainda pergunta:

— E Maria Inês?

— Dançando. A bênção, mamãe.

— Deus te abençoe. Fecha a luz.

De manhã, bem cedinho, Maria Inês vem acordá-la. Pula na cama:

— Que é? Que é?

— Glorinha, olha! Glorinha!

Deita-se, outra vez, furiosa:

— Não chateia! Não amola!

Vira-se para outro lado. A outra a sacode:

— Glorinha, preciso falar contigo. Ouve, Glorinha. É um assunto de vida ou morte.

Senta-se na cama, outra vez:

— Que merda você também!

— Escuta.

Coça a cabeça:

— Dormi tarde pra burro. Que horas são? Oito? Você tem coragem de me acordar às oito horas?

Maria Inês está chorando:

— Eu não dormi nada, um minuto. Fumei um maço de cigarro. A noite toda em claro!

Atira-se na cama. De bruços, morde o lençol para abafar o choro. Glorinha olha em silêncio. Comichão no nariz, coça.

Pergunta:

— O que é que há? O que é que houve? Fala, Maria Inês!

A outra não responde, aos soluços. Glorinha sai da cama:

— Olha, eu já volto. Vou lavar a boca.

Lavou o rosto, escovou os dentes, coçou a cabeça com o cabo da escova. Voltou para o quarto. Maria Inês estava sentada na extremidade da cama. Ergueu-se:

— Glorinha, preciso de um favor teu. Quero ver se você é minha amiga de verdade ou se...

Interrompe:

— Calma. Primeiro, deixa eu falar. Olha: tomei nojo desse rapaz.

— Você não sabe de tudo. Eu te explico.

— Explica nada. O que é que você explica? Não tem explicação. Nenhuma, nenhuma.

— Deixa eu falar?

E Glorinha:

— Você está ficando cínica? Você não era assim. Olha. Se fosse entre vocês dois, só vocês. Entre um homem e uma mulher, vale tudo. Mas o que é que ele fez? Põe outro dentro do quarto. Manda o outro deflorar você e fica assistindo. Sabendo que você era virgem. Nojento, nojento!

A outra começa, na sua humildade:

— Você acredita em mim? Acredita?

— Ora, Maria Inês, ora!

— Eu dou razão a você.

— Ainda bem.

— Espera. Dou razão, porque você não sabe tudo.

Levantou-se feito uma fúria:

— O quê? O cara fez o que fez. E você tem a coragem de defender, defender esse cachorro?

Parecia uma fanática:

— Defendo, defendo! Olha aqui: ele me explicou tudinho. Estava maconhado, ouviu? Maconhado. E, nessa hora, o sujeito mata pai, mãe, mata filho, e não sabe o que está fazendo. Glorinha, ouve. Naquele momento, eu não era eu, nem ele era ele. Se você visse o arrependimento. Deu a volta comigo e chorou, Glorinha, chorou. Sabe o que ele me disse? Que se matava, que se matava!

Glorinha apanha a serrinha na mesa de cabeceira e passa nas unhas:

— Quer dizer que você já esqueceu tudo, tudo?

— Perdoei.

— Ótimo!

E, súbito, agarra Glorinha pelos dois braços:

— Me ajuda, Glorinha. Pelo amor de Deus. Te peço por tudo que há de mais sagrado: vem comigo, vem!

Desprendeu-se:

— Contigo pra onde?

— Tem um lenço? Estou com o nariz pingando. Me empresta um lenço.

— Vou buscar um lencinho.

Maria Inês assoa-se. Fala:

— Quero de ti o seguinte. Antônio Carlos soube que eu tinha contado tudo a você. Ficou que só vendo. Desesperado. E quer conversar contigo, explicar, Glorinha.

Pausa. Enxuga a coriza:

— Você vai, vai? Ele quer convencer você, como me convenceu. Não há ninguém mais infeliz no mundo. Eu prometi que te levava. Faz isso por mim, hein, Glorinha?

Foi buscar um cigarro. Onde está a merda do isqueiro? Ali. Acendeu o cigarro. O ópio deve ser leve como cigarro americano.

— Está bem. Vou contigo. Mas toma nota: é o maior fora que você vai dar na sua vida.

Maria Inês apanha e beija a mão de Glorinha. Mais tarde, depois do almoço, foram para a esquina da avenida Atlântica com Siqueira Campos. Antônio Carlos já passara por lá várias vezes e vinha, agora, buzinando.

Encosta no meio-fio e abre a porta da frente:

— Entra aqui, Glorinha.

Vacila:

— E Maria Inês?

— Eu vou atrás. Pra vocês conversarem.

O Gordini arranca. Antônio Carlos vai tenso de felicidade:

— Escuta. Vocês querem tomar alguma coisa? Vamos ali no Jangadeiros.

— Acabamos de almoçar.

E ele:

— Então, vamos dar uma volta na Lagoa. E a gente conversa.

Estava com uma camisa leve, de listas azuis. Quando entraram no Corte, ele começou:

— Glorinha, eu faço questão de explicar certas coisas.

Interrompe:

— A mim, não precisa explicar nada. Maria Inês sabe a minha opinião. E, além disso, olha: você vai perder o seu tempo. Eu não acredito em você.

Maria Inês está desesperada:

— Você não sabe o que ele vai dizer!

Glorinha fez uma boca de nojo:

— Você foi dizer a essa boba que se mata. Olha, Maria Inês. Que se mata nada. Conversa.

Antônio Carlos contido (e pálido) diz:

— Continua, continua.

Baixa a cabeça:

— Acabei.

Ele para o automóvel:

— Bem. Glorinha deu sua opinião. Agora, vocês vão descer aqui.

Por cima dos joelhos de Glorinha, estende o braço e abre a porta:

— Sai, Glorinha, pode sair. Você também, Maria Inês. Desce, meu anjo.

Desatinada, pergunta:

— Mas descer por quê? Não salta, Glorinha! Eu brigo com você. Fica aí, Glorinha, fica aí!

Por detrás, abraça o rapaz:

— Meu bem, vamos passear. Saltar por quê?

Ele está com os braços cruzados no volante:

— Ela duvida de mim, não duvida?

Descruza os braços e volta-se, com um olhar de louco pra Glorinha:

— Quer dizer que eu não me mato, hein? Sou um conversa. Pois eu vou mostrar quem sou eu. Ninguém me conhece. Olha o que eu vou fazer.

Falava para Glorinha:

— Vocês saltam. Então, eu... Está vendo aquele poste ali? Aquele, o último? Eu vou meter o carro naquele poste, a toda. A cento e vinte. Ouviu, sua Glorinha? Quero ver se, depois, você vai dizer que eu sou vigarista. Mas antes, antes de me matar, quero te dizer umas liberdades, sua mascarada. Olha aqui, sua cagona. Viu como eu te chamei de cagona? E você não vai nem piar, porque eu te quebro os cornos antes de morrer. Comigo não tem esse negócio de mulher, não. Apanha homem, apanha mulher, apanha todo mundo. E nem acredito que você seja cabaço coisa nenhuma. Agora desce, desce e vai-te pra puta que te pariu.

Glorinha não se mexe, gelada. Maria Inês agarrou-se ao rapaz:

— Então, eu vou com você. Vou, sim. Vou, Antônio Carlos. Não tenho medo de morrer contigo.

Soluçava:

— Quero ir!

— Ninguém vai morrer comigo. Morro sozinho. Sozinho. Não quero ninguém morrendo comigo. Ninguém.

Maria Inês grita para Glorinha:

— Você é má, Glorinha, você não presta. E agora? Agora acredita? Fala, diz!

Responde, crispada:

— Antônio Carlos, eu acredito em você. Agora eu acredito em você.

13

Entrou no cabeleireiro perguntando:

— Que horas são?

Adelaide, a manicure, olha no pulso:

— Duas.

— Ali são duas e vinte.

Alguém disse:

— Aquele relógio está maluco.

Então, veio lá de dentro o Vicente (era bicha). Perfila-se diante de Glorinha e, súbito, inclina-se para beijar-lhe a mão, longamente.

Suspira:

— Estou com uma pressa danada!

Houve um espanto divertido. Pressa na véspera do casamento? Explicou:

— Fora de brincadeira. Daqui vou-me encontrar com o papai. Está ouvindo, Vicente? Ouve, ouve.

E o outro, de olhos verdes, pálido como um santo:

— Vou fazer na tua cabeça a minha obra-prima.

— Mas olha. Você me solta quando? Fala sério.

Calculava:

— Que horas são? Duas e quanto? Dez? Te solto às cinco. Cinco, pronto.

Sentou-se. Fazia o cabelo e, ao mesmo tempo, as unhas.

Sonha:

— Vou dar o meu último passeio com papai.

Mas pensa em Antônio Carlos. O rapaz no Gordini, com ela e Maria Inês, quase na esquina de Montenegro com Lagoa. Ele estava de sandálias duras e feias.

Ele volta-se para Glorinha:

— Você acredita? — E repetia, quase estrábico de espanto: — Acredita em mim?

Repetiu, transida:

— Acredito.

Baixou a cabeça e viu os pés enormes, o dedo grande empinado. Antônio Carlos não tirava a vista de Glorinha e seu olho era límpido e era triste.

Disse:

— Dá aqui tua mão, dá.

Aperta a mão da menina e a beija:

— Se você soubesse o bem que me fez! Você me salvou. E olha. Eu não estava brincando. Juro e Maria Inês sabe. Eu ia me estourar naquele poste. Palavra de honra. Ontem, Maria Inês me salvou.

Vira-se e passa a mão na cabeça da namorada:

— Hoje, você me salvou. Todos os dias alguém me salva. Alguém me salva, entende?

Crispa as duas mãos no volante como se fosse arrancá-lo. Enche o pulmão e sopra o ar:

— Eu sou uma besta!

Glorinha começa a sofrer:

— Vamos sair daqui?

— Por quê?

E ela, nervosíssima:

— Aquele guarda está olhando pra cá.

Espia pelo vidro:

— Quer que eu vá lá quebrar a cara dele?

Há o pânico das meninas:

— Está maluco? Vamos embora! Vamos, Antônio Carlos!

Ligou o motor:

— Gosto de bater em guarda. Um dia, dei uma cutilada, assim, olha, na nuca de um PM. Aqui. O cara caiu, duro. E nem sei se matei. Acho que matei, sei lá. Não interessa.

Solta, o riso potente. O carro está fazendo oitenta. Maria Inês pede:

— Meu bem, não precisa correr. Não corre.

Glorinha pergunta:

— E se o PM morreu? Você não tem remorso?

O carro passava pelo viaduto. Antônio Carlos exalta-se:

— Você não entende, ninguém entende. Mas olha. Está vendo?

Guiando com uma mão só, mostrava a outra que realmente tremia:

— Tem momentos, momentos, em que eu preciso bater nas paredes, derrubar um poste, rebentar alguém. Você compreende, compreende?

Detrás, Maria Inês pedia:

— Não grita, meu bem, não grita.

Berrou:

— Eu não estou gritando! Quem é que está gritando? Mania de dar palpites!

Mas Glorinha insistia, desesperada:

— Quer dizer que você, quando tem raiva, é capaz de matar?

— Ora, ora. Depende do momento, sei lá. Mas aconteceu uma comigo, uma que eu vou contar a vocês. Eu era garoto. E, uma vez, no colégio, vi uma menina ter ataque. Estava na forma e, de repente, caiu. Aliás, é tua prima, Glorinha, tua prima, sim. Silene. Sobrinha de tua mãe.

Crispou-se:

— Silene. Prima.

— Epilética. Caiu de gatinhas, no pátio do colégio. Mas antes de cair, gritou. Glorinha, foi um grito como eu nunca ouvi, um ai como, nem sei. Agora o pior vocês não sabem. O olho da menina mudou de cor. Não é castanho o olho da tua prima?

— Verde.

E ele, com a voz estrangulada:

— Castanho e ficou azul. Azul, azul, azul.

Glorinha berra:

— Muda de assunto! Muda de assunto!

O outro cala-se por um momento. Maria Inês sopra:

— Não se exalte. Calma, calma.

Ele está meio calado. Pergunta:

— O que é que você perguntou, Glorinha? Ah, se eu era capaz de matar.

Falou, num crescendo:

— O que eu acho é que, um dia, mais cedo ou mais tarde, vou ter um ataque assim. Vocês vão ver eu cair de gatinhas e de olho azul. Um azul que ninguém viu, nunca. Tenho medo até de falar. Mas eu sinto coisas, uma luz na cabeça, uma pressão aqui, uma febre que sobe pelos cabelos. De noite, eu fico pensando: "É agora". Vou perguntar a Silene o que ela sente antes do ataque.

As duas estão caladas. Maria Inês apanha o lenço, enxuga o rosto e a nuca do namorado. O lenço ficou encharcado.

Glorinha pergunta:

— Vamos voltar?

Ele reduz a marcha:

— Escuta, Glorinha. Você agora acredita em mim. Você acredita? Então, vamos ao tal programa.

— Não posso.

Começou a se exaltar, novamente:

— Glorinha! Eu não sou mau.

— Não estou dizendo que você é mau.

Repetiu, desesperado:

— Faço certas coisas, mas não sou mau. Eu me conheço. Não sou mau.

Maria Inês quis enxugar novamente a nuca alagada. Vira-se, furioso:

— Não aporrinha você também, Maria Inês! Olha, Glorinha. Eu preciso que você vá. Preciso. E, além disso, você não está sozinha. Maria Inês vai com a gente.

— Mas que programa? Nem sei que programa. É o quê?

— Se eu disser, perde a graça. A graça é a surpresa. Aposto que você vai gostar, aposto. Vai?

Antônio Carlos tem medo. Não lhe sai da cabeça o olho azul. A menina de gatinhas e o olho azul.

Maria Inês diz:

— Vai, sim, não vai, Glorinha? Por mim. Faz isso, por mim.

Antônio Carlos prometeu tudo:

— A que horas você quer estar de volta? Sete? Sete e meia? Às sete e meia te deixo na porta de casa. Juro. Sete e meia ou até antes.

Suspira:

— Vou, pronto. Sete e meia, no máximo, quero estar em casa. Não tenho medo de nada. Só tenho medo do meu pai. Mas diz logo, o que é?

— Segredo. Já te disse que você vai gostar. A Maria Inês também não sabe. É no Engenho Novo.

Glorinha nunca fora ao Engenho Novo. Imaginou plantações de cana, debaixo da chuva.[27] Quando o Gordini passou pelo Ministério da Guerra, a menina olhou o povo, sem pena, nem curiosidade. A multidão tinha qualquer coisa de fluvial no seu lerdo escoamento. Escorria da tarde, em cima da Central, um azul lívido, um azul miserável.

Praça Onze, o relógio da Brahma, a avenida do Mangue. Antônio Carlos ri para Glorinha:

— A Zona é ali, ali!

Vira-se, transfigurada:

— Onde, onde?

Olham, os três. Glorinha dá um muxoxo:

— Não se vê nada.

Maria Inês, sôfrega, põe a mão no ombro de Antônio Carlos:

— Vamos passar por lá, vamos? Mas não para, passa, sem parar.

Tentado, ele olha o relógio de pulso:

— Tarde.

— Então, passa na volta.

— Na volta, passo.

O viaduto estava pertinho. Glorinha ainda se virou, com brusca nostalgia, para olhar na direção da Zona:

— E como é que elas ficam? As mulheres? É verdade que ficam nuas?

— Calça, sutiã ou maiô.

Suspira:

— Desde garotinha, que eu tenho a mania de ver a Zona. Deve ser fogo.

E, então, Antônio Carlos vira-se para Glorinha:

— Você ainda não respondeu aquilo que eu te perguntei.

— Não me lembro.

Contornam o Maracanã.

— O que é que eu te perguntei na festa?

— Me dá um cigarro?

— Maria Inês, apanha lá no blusão. Nesse bolso aí. Apanha.

A outra dá o cigarro a Glorinha. A própria Maria Inês acende. Glorinha sopra:

— Você perguntou se eu já tive alguma experiência sexual.

— Teve?

— Não sei.

— Você é mineira?

— Por quê?

— Porque a mineira é a tal que não confessa. Pode estar na cama, nua, com um cara. Mas se você perguntar se ela está nua, a desgraçada nega até o fim.

Disse, com jeito de nojo:

— Não faz graça.

E ele:

— Graça, uma pitomba. Escuta, Glorinha. Deixa de ser chata e responde "sim" ou "não". Anda. Você é cabaço?

A menina atira o cigarro pela janela (mas teve, imediatamente, vontade de fumar outro):

— Olha, Antônio Carlos. E você também, Maria Inês.

Ele teima:

— Você é cabaço?

Gritou:

— Não fala assim comigo!

Riu:

— Está ofendida por que eu disse "cabaço"?

— Escuta aqui. Vocês estão pensando que eu sou alguma débil mental?

O rapaz está, de novo, com o olhar de louco:

— Diz, puta que pariu. Quero ver. Diz, puta que pariu.

Esganiçou-se:

— Sua besta! O que você diz não me interessa! Vocês pensam que me enganam? Eu vou a esse programa, porque quero e porque sei o que faço. Essa é uma. Agora outra: estou fugindo de um homem, um homem que, esse, sim, é minha tara.

Baixa a cabeça, ofegante. Maria Inês pergunta:

— Teu namorado?

Respondeu, violenta:

— Ora, ora! Meu namorado é outra coisa.

— Diz, Glorinha. E com esse tal? Você fez tudo?

Fala de olhos fechados:

— Um dia, eu saí de casa. Sem calça, sem sutiã, com o vestido em cima da pele. Fui ao escritório desse homem. E, lá, enquanto ele virava as costas para atender o telefone, eu arranquei o vestido. Quando ele largou o telefone, me viu completamente nua.

— Que mais?

— Só.

Deu uma gargalhada de possesso:

— Quer me convencer que não houve mais nada? Ficou nisso?

Repetiu, novamente fechando os olhos:

— Só.

— O cara é casado? — perguntou Maria Inês.

Teve um desespero:

— Pior do que casado. Mas olha. Vocês fiquem sabendo que eu não me espanto, nada me espanta.

Ainda repetiu:

— Estou fugindo. Fugindo.

Quando Antônio Carlos perguntou ("você é ou não é cabaço?") deu-lhe uma fúria:

— Fala assim, que eu te dou na cara!

Maria Inês deixa passar um momento:

— Meu bem, falta muito?

Ele diminuíra a marcha:

— Estamos chegando. Está vendo aquela casa, lá embaixo? Ali, olha, ali.

— Aquela que tem samambaia na varanda?

— Samambaia, tinhorão, lacraia, tudo do tempo do onça. Casa de mil e oitocentos e lá vai fumaça.

O automóvel parou pouco antes. Saltaram os três.

Antônio Carlos ia dizendo:

— Naturalidade, pessoal. A vizinhança aqui é superfamiliar. Vamos, anda.

Maria Inês cola-se a Glorinha. Geme:

— Tenho medo, tenho medo!

Glorinha para:

— Ora bolas! Você me chamou, insistiu, e agora está com medo?

Antônio Carlos volta. Diz, baixo:

— Vocês estão chamando atenção! Aquela, aquela cara está olhando pra cá!

Glorinha teima:

— Que é que nós vamos fazer?

O rapaz olha para os lados:

— Glorinha, pelo amor de Deus! Vocês estão fazendo escândalo. Falta pouco. Vamos entrar. Vem. Te explico lá dentro.

Abre o portão e fala alto para a vizinha escutar.

— O velho vai ficar feliz com a visita.

As meninas passam e Antônio Carlos entra, em seguida. Fecha o portão. Baixa a voz:

— Vocês esperam na varanda, enquanto eu entro um instantinho só. Olha, não me demoro. Senta lá, ali.

No fundo da varanda, havia um banco de madeira. Antônio bate três pancadinhas na porta. As duas sentam-se.

Maria Inês sussurra:

— Essa casa não tem ninguém. Tudo fechado. Está vazia.

Antônio Carlos bate outra vez. Sorri para as meninas. De dentro, alguém pergunta:

— Quem é?

— Eu.

— Sozinho?

— Abre.

Mais um momento. A porta é aberta e Antônio Carlos entra. Glorinha aperta o braço da outra:

— Vamos embora, vamos?

Maria Inês suspira:

— Se eu for, ele me bate. Não ouviu o que ele disse?

— Não. O quê?

— Disse que me dava umas porradas.

— Então, vou sozinha.

— Pelo amor de Deus!

E Glorinha, baixo:

— Nunca mais, Maria Inês, nunca mais! Foi a última vez!

Abre-se a porta e vem Antônio Carlos:

— Olha aqui. É o seguinte: a besta do Zé está com vergonha de você, Glorinha.

— De mim? E por quê?

— Você sabia que ele era bicha?

— Quem?

— O Zé Honório?

— Bicha?

— E nem desconfiava?

— Não pode ser. O Zé Honório?

Ele disse tudo:

— Não vamos perder tempo. Bicha, sim, viado, viado. Pouca gente sabe, aliás. Meu pai nunca desconfiou e Deus me livre. Mas entende? De Maria Inês não tem vergonha. De você tem, por causa do doutor Sabino, sei lá.

A menina ergue o rosto:

— Quero ir-me embora!

Rápido, ele a segurou:

— Embora, os colarinhos!

— Larga o meu braço!

E ele:

— Não largo, não, senhora. Ouve o resto. Eu convenci aquela besta. Ouviu? Disse que você já sabia que ele era bicha. Podemos entrar. Vem.

Rente à parede, Maria Inês vinha dizendo:

— Não posso me demorar.

Antônio Carlos empurra a porta:

— Rápido, rápido!

As duas entram, empurradas. Zé Honório estava, no fundo da sala, com um copo pela metade, com uma sunga mínima e o resto nu.

Disse, de olhos baixos:

— Olá, Glorinha.

132

Tenta sorrir.

— Olá.

Então, Antônio Carlos começa:

— Vem cá, chega aqui, Glorinha.

Na parede, numa moldura oval, o retrato de uma senhora antiga. Devia ser a mãe do Zé Honório. Nenhuma mulher podia ser mais defunta.

Antônio Carlos continua:

— Glorinha, diz aqui pra o Zé Honório. Você sabia que ele era bicha, não sabia?

Respondeu, desviando o olhar:

— Sabia.

E Antônio Carlos:

— Não disse? Pois é, rapaz. Zé, só há um problema. As duas estão com certa pressa. Vamos começar o negócio?

14

ZÉ HONÓRIO PUXA Antônio Carlos:

— Vem cá.

Passam para a sala do lado. O Zé cochicha:

— Chato pra burro!

— Quem? A Glorinha?

— Sei lá!

E o outro:

— Mas cadê o teu cinismo, rapaz? Você sempre foi cínico!

— Pois é. Está me dando, sei lá, uma inibição cretina!

Antônio Carlos o arrasta:

— Bebe, bebe!

Quando voltam, Glorinha está sentada, fumando. Ergue-se:

— Antônio Carlos, vê que horas são, vê?

Deu-lhe uns gritos:

— Não chateia! Fica quieta!

Encarou-o, sem medo:

— Não grita comigo!

O rapaz mostrou-lhe o dedo:

— Você vai quando eu quiser. Cala a boca!

Glorinha amassou o cigarro no cinzeiro. Zé Honório, num canto, bebia, em silêncio. Mas olhava para Glorinha com um ressentimento absurdo.

Antônio Carlos vira-se para o amigo:

— Como é? Vamos começar o troço ou não vamos?

Antônio Carlos bate nas costas do Zé Honório:

— Bebe, anda, bebe!

Zé Honório bebe o resto do uísque e pousa o copo na mesa. Antônio Carlos pergunta:

— Passou a inibição? Você hoje está brochadíssimo, ó, Zé!

E, súbito, Glorinha fala:

— É sua mãe?

O outro não entende. Estupefato, olha em torno como se a mãe pudesse estar, ali, vendo tudo. Põe a mão entre as pernas como uma folha de parreira. Balbucia:

— Minha mãe?

Aponta:

— O retrato.

O outro levanta o olhar para a moldura ovalada. Volta-se para Glorinha (tem uma bolinha de espuma no canto do lábio):

— Eu não quero falar de minha mãe! — E bate no peito: — Só me interessa falar do meu pai!

Antônio Carlos está furioso:

— Zé, nós temos o problema da volta! Vamos logo resolver o caso!

Quis segurar o braço do rapaz, mas o outro se desprendeu, possesso. No meio da sala, dizia:

— Eu vou contar! Me larga, Antônio Carlos! Elas têm que saber!

O rapaz quis ganhar tempo:

— Eu explico num instantinho. Glorinha, você conhece, não conhece, o pai do Zé?

O pai. Positivista, ex-diretor dos Correios e Telégrafos. Era chamado de "conselheiro", e ninguém sabia por que conselheiro. Glorinha o vira três ou quatro vezes, de passagem. Não se podia desejar um velhinho mais ereto e, ao mesmo tempo, mais limpo, mais imaculado. Era tão irreal e tão antigo quanto o retrato ovalado da mulher.

Mas Zé Honório falava ao mesmo tempo:

— Sou eu que vou contar tudo. Cala a boca, Antônio Carlos!

Antônio Carlos vai sentar-se:

— Fala, pronto.

O Zé passa a mão na barba:

— É o seguinte, seguinte. Um dia, o meu pai chegou em casa mais cedo. Chega mais cedo e passa no meu quarto. Entra de repente. Eu tinha doze anos. Entra e me vê com um garoto, um pouco maior do que eu. Os dois nus. Eu era a mulher do outro. O velho tirou o sapato e correu com o garoto às sapatadas.

Glorinha pergunta:

— Sua mãe era viva?

O Zé olha, por um momento, o retrato na parede. Toma-se de raiva:

— Já disse pra não falar de minha mãe! Não fala de minha mãe!

Antônio Carlos bebe:

— Continua, Zé, não para.

O outro passa a mão na cabeça:

— Depois, o velho apanhou um chicote, chicote mesmo, trançado, e me deu uma surra. E eu não podia chorar. Ele batia, gritando: "Engole o choro, engole o choro!". Eu chorava e ele batia mais.

Rodando pela sala, dizia:

— Batia nas pernas, nas coxas, nas costas. Mandava eu engolir o choro. No dia seguinte, a mesma coisa.

De copo na mão, Antônio Carlos ri:

— O velhinho era fogo!

O Zé não parava:

— Durante trinta dias, apanhei de chicote. E o velho dizendo: "Engole o choro, engole o choro!". Cheguei à perfeição de apanhar sem um suspiro. Quando completou o mês, ele me disse: "Se fizer isso outra vez, eu te mato, te mato!".

O rapaz calou-se, exausto de si mesmo. E Glorinha não entendia as trinta surras. E não aparecia ninguém para salvar o menino? Sempre há mãe, uma tia, uma cunhada, ou um vizinho, ou alguém, alguém.

Antônio Carlos ofereceu-lhe o copo:

— Bebe esse resto.

O outro bebeu de uma vez só. Exalta-se, de novo:

— O velho não me largou nunca mais. Uma vez, me esbofeteou na mesa: "Não fala fino. Fala como homem!".

Zé Honório para, olha Glorinha, olha Maria Inês e tem o rompante:

— E eu não queria ser homem! Desde garoto, eu não queria ser homem! — E repetia, aproximando a cara de Glorinha: — Eu não queria ser homem!

Glorinha pensava no menino esbofeteado na mesa. E os outros? Os outros não faziam nada? Assistiam apenas, apenas olhavam?

Antônio Carlos fala para as meninas:

— Pra encurtar a conversa, o velho está lá em cima. Teve um derrame brabo, não mexe um fio de cabelo. Paralítico da cabeça aos sapatos.

O outro põe a mão no peito:

— Chegou a minha vez. Esperei quinze anos pra me vingar. E hoje é o grande dia. A minha forra.

Glorinha levanta-se:

— O que é que vocês vão fazer?

Maria Inês puxa a amiga:

— Fica quieta!

O Zé fala alto:

— Tomei todas as providências. Mandei o enfermeiro assistir *My Fair Lady*. Três horas de projeção. A cozinheira foi pra Caxias, a copeira pra Niterói. Quer dizer, o campo está livre. E até a meia-noite, o velho é meu.

Deu um riso delirante. Antônio Carlos chamava:

— Vamos subir. Vem, Glorinha.

A menina recua:

— Eu não quero ver.

Retrocede:

— Que frescura é essa?

Começou a tiritar:

— Isso é alguma maldade. Antônio Carlos, eu não vou, não adianta. Se você ficar, eu vou sozinha.

Rápido, o rapaz a segura:

— Deixa de ser besta, que te...

A menina baixa a cabeça e morde-lhe a mão. Esbofeteou-a:

— Te quebro os dentes.

No meio da escada, o Zé chamava:

— Vocês vêm ou não vêm?

De joelhos, agarrada à perna de Antônio Carlos, Glorinha tem um choro manso. Maria Inês está apavorada:

— Não bate nela! Não bate nela!

O Zé Honório desce correndo:

— Estão falando alto demais! Olha a vizinhança! Cuidado com a vizinhança!

E Antônio Carlos, levantando Glorinha:

— Vem, vem, anda. Não chora.

Deixou-se levar:

— Não quero que papai saiba que eu estive aqui. Papai não pode saber nunca. Eu não presto, eu não presto.

Maria Inês vem atrás:

— Glorinha, eu estou aqui, estou contigo.

E, súbito, Antônio Carlos a carrega:

— Pronto. Vem no meu colo. Agora para de chorar.

Pousou a cabeça no peito largo de havaiano de Hollywood. Ela pensa no pai. Nunca vira Sabino de pijama, nunca.

Lá em cima, Glorinha balbucia:

— O que é que vocês vão fazer?

Ele a põe no chão:

— Cala a boca.

Entram no quarto. É uma penumbra lunar de fundo submarino. Glorinha, crispada, apanha a mão de Maria Inês. No meio da parede, uma vitrina de santa, voltada para a cama. E tinha uma pequenina lâmpada triste como a luz do círio. Na cama antiga, estava o doente. Era um esqueleto com um leve, muito leve, revestimento de pele. E o resto da vida estava no espanto de cada olho.

E, súbito, o Zé Honório aperta o comutador. Uma luz forte, cruel, enche o quarto. E com a luz até os cheiros da agonia e da morte tornaram-se mais nítidos e obsessivos.

Antônio Carlos, Glorinha e Maria Inês se juntam num canto. Zé Honório, magro e de sunga, faz, lentamente, a volta da cama. (A agonia tem cheiro de excremento.)

O velho fecha os olhos. Tem cílios de piaçava como os defuntos.

O filho põe as duas mãos na beira da cama.

Diz, com a voz estrangulada:

— Abre os olhos, homem.

Nada. Glorinha pensa no pai que ela nunca vira de pijama, nem sem meias. Não conhecia os pés do pai. Sabino dormia de meias, como se achasse indignos os próprios pés.

O velho continua de olhos fechados.

Aquilo exaspera o filho:

— Velho, você não está dormindo. Não está dormindo, nem morreu. Eu sei que tu vê e ouve. Então, escuta. Escuta o que eu vou te dizer. Esperei quinze anos por esse momento. Está ouvindo, velho?

Deita-se na cama, ao lado do doente. Fala ao seu ouvido:

— Aqui tem duas meninas. Eu nunca, nunca, quis ser homem. Durante toda a minha vida, eu quis ter xoxota como as meninas, como todas as meninas. Escuta o resto.

Pausa e continua, ofegando:

— Agora, eu vou fazer, na tua frente. Vou fazer na tua frente com um chofer de ônibus o que eu fiz com aquele menino. Vou fazer aqui dentro. Tu vendo, vendo e ouvindo.

O moribundo tem o perfil gelado dos mortos. Antônio Carlos aproxima-se da cama:

— Não está morto?

O filho pula:

— Não, não! Que morto!

E fala para o pai:

— Velho, a mim você não engana. Eu te conheço. Anda, abre os olhos, abre. Não abre?

Vira-se para Antônio Carlos e as meninas:

— Querem ver como ele abre?

Fala, de novo, ao ouvido do pai:

— Ou tu abre os olhos ou eu te queimo as pestanas com esse isqueiro!

Glorinha, crispada até o ânus, viu abrir-se aquele olho de espanto. O olho começou em Zé Honório, passou para Antônio Carlos, depois para Maria Inês e, agora, estava fixo em Glorinha.

Zé Honório está desatinado:

— Não olha para os outros. Olha pra mim. Cadê teu positivismo? Adiantou teu positivismo? Olha pra mim, vai olhar pra mim.

Antônio Carlos masca o chicletes imaginário. Acaba falando:

— Como é, Zé? Olha a hora, rapaz!

Maria Inês sente as pernas bambas:

— Isso está me dando dor de barriga.

O Zé corre e abre a porta. Grita para baixo:

— Romário, Romário! Pode vir! Vem!

Então, Glorinha aproxima-se, lentamente, da cama. Maria Inês ainda pede:

— Volta, volta!

Glorinha inclina-se para o moribundo. Por um momento, olha aquela cara de agonia. Os beiços roxos; com o bigode por cima, branco de estopa suja. E, súbito, ela recua. Atraca-se a Antônio Carlos, aos soluços:

— Está chorando! Está chorando!

O rapaz a segura pelos dois pulsos:

— Está maluca? Quietinha!

Maria Inês vai espiar também as lágrimas caindo.

Glorinha esperneia:

— Não deixa, Antônio Carlos! Não deixa! Se você é homem, quebra a cara desse cretino!

— Para com esse histerismo!

Disse:

— Se não quebrar a cara, é porque você é igual a ele, puto como ele! Seu puto!

Zé Honório volta com o Romário. É um mulato forte, lustroso, de ventas obscenas. Entra de boca aberta, olho incandescente. Tem a coxa plástica, elástica, vital, como a anca de um cavalo.

Zé Honório diz, maravilhado:

— Está chorando! Chorando!

Antônio Carlos solta Glorinha. Rápida, a menina o esbofeteia. Quer fugir, mas ele a subjuga. Ela trinca as palavras:

— Você é pior do que ele! Seu nojento!

Novamente, ele a solta e novamente ela o esbofeteia. Ele apanha de braços arriados. E, então, enlouquecida, a garota une o seu corpo ao dele, beija-o na boca:

— Eu não quero ver! Me leva contigo! Eu não quero ver!

Maria Inês balbucia:

— Olha, Glorinha, olha, meu Deus!

Novamente, Antônio Carlos a carrega. Perdida, ela o beija no pescoço, e no peito (ele parece suado de mar):

— Quero ser tua. O homem que eu gosto não é para mim.

Quis mordê-lo no peito. Os dentes escorregam na carne suada de mar. Antônio Carlos a leva do quarto e Maria Inês vem atrás.

Glorinha esperneia:

— Eu quero ser tua, mas sozinha. Não quero que Maria Inês veja. Sozinha, meu amor.

Mas o outro berra:

— Vem, Maria Inês, vem!

Com o pé, Antônio Carlos empurra a porta, ao lado. Atira Glorinha na cama e volta para fechar a porta. Torce a chave. Glorinha aponta:

— Sai, Maria Inês! Eu não quero que você veja. Vai embora!

Antônio Carlos arranca e atira longe a camisa:

— Agora todo mundo nu! Tira a roupa, Maria Inês! Tira, Glorinha!

Glorinha vira na cama e sai do outro lado:

— Manda ela sair! Só se ela sair!

Antônio Carlos pula a cama e a agarra:

— Ninguém vai sair. Fica aí, Maria Inês.

Ele baixa a cabeça, fecha os olhos. Fica assim por um momento, como se rezasse. E, depois, aperta a cabeça entre as mãos:

— Eu estou sentindo aquilo, outra vez, aquilo. É o ataque.

Cai de joelhos diante de Glorinha, abraçado às suas pernas. Chora como um menino:

— Glorinha, Glorinha, eu queria tanto ter o ataque!

A menina, espantada, passa a mão na sua cabeça. Ela pensa no olho do moribundo. Olho que vê tudo, sabe tudo, entende tudo. Sabino dorme de meias, como se tivesse nojo dos próprios pés.

Antônio Carlos ergue-se. Maria Inês está nua. Deitada, de olhos fechados e nua. O próprio Antônio Carlos despe Glorinha. Ela põe uma mão em cada seio. O rapaz a empurra:

— Pra cama, com a Maria Inês. Um dia, vocês vão me ver cair, de gatinhas. E o meu olho vai ficar azul.

Respira fundo e toma-se de uma euforia brutal:

— Agora vocês vão se beijar na minha frente. Na boca. Começa, Maria Inês. Na boca.

A menina foge com o corpo:

— Quero com você! Glorinha é mulher!

O outro berra:

— Maria Inês, faça o que eu mando! Você não disse que é minha escrava? Não disse que era capaz até de arranjar mulher pra mim? Então, beija Glorinha na boca!

Maria Inês chega-se para Glorinha. E, de repente, fica por cima da amiga. Glorinha vira o rosto, foge com a boca:

— Não quero, não quero!

A outra beija no queixo, na face, no nariz, no pescoço.

Antônio Carlos está desesperado:

— Beijo de língua!

As duas rolam, e lutam, e gemem, e choram. Há um momento em que Glorinha fica abandonada, quieta, perdida. Sente a boca ativa, devoradora, que sorve a sua língua. Então, numa frenética agilidade, passa para cima da outra, beijando e mordendo.

15

MARIA INÊS DIZ, boca com boca:

— Meu amor! Meu amorzinho!

Glorinha bebe a saliva da outra.

Antônio Carlos açula Maria Inês:

— Dá-lhe na cara! Dá-lhe!

A menina ergue meio corpo, esbofeteia Glorinha. Depois, baixa a cabeça e a beija na boca, Glorinha foge com o rosto, soluça:

— Me bate! Me bate!

Esbofeteia, de novo. Glorinha continua pedindo:

— Mais! Mais!

Antônio Carlos põe a mão na cabeça de Maria Inês e a puxa pelos cabelos:

— Agora, sai! Sai, Maria Inês! É minha vez!

A outra resiste:

— Não, não!

Quer morder o seio de Glorinha. Mas Antônio Carlos a empurra. Maria Inês rola para o lado. Glorinha sonha com os pés do pai, sempre de meia. Os pés de Sabino não têm cheiro.

De bruços na cama, Maria Inês morde o lençol. Glorinha abre os olhos. Vê a cara enorme de Antônio Carlos, a potência das mandíbulas. Ela deseja e tem medo. Geme:

— Não, Antônio Carlos, não!

Mas o rapaz não continua. Senta-se na cama. Passa a mão pelo rosto, enxuga a boca com a mão. Tem o hálito quente como o de um bicho.

Está de costas para Glorinha, com a cabeça pendida sobre o peito. De joelhos, ela o abraça por trás:

— Vem. Eu quero, eu quero.

Beija-o nas costas, passa a língua na espinha do rapaz. Antônio Carlos desprende-se. Cerra as duas mãos, trinca os dentes.

Geme:

— Outra vez! Outra vez!

Era a tensão, a euforia de sempre.

Maria Inês olha o reloginho de pulso:

— Ih, seis horas.

Pula da cama. De cócoras, vai apanhando a roupa pelo chão. Avisa:

— Glorinha, seis horas!

Enfia a calcinha:

— Tarde pra chuchu!

Glorinha espera Antônio Carlos. A outra chama:

— Glorinha, você não vem se vestir? Está na hora. Glorinha: seis horas! Não. Seis e cinco!

Antônio Carlos cai de joelhos no meio do quarto.

Chora de medo:

— É aquilo, outra vez, aquilo!

Desesperada, Glorinha salta da cama. Põe as duas mãos na sua cabeça, enfia os dedos nos seus cabelos:

— No chão, quer no chão? Sou eu que estou pedindo.

Maria Inês está vestida e descalça. Apanha um sapato e vai buscar o outro debaixo da cama. Vira-se para a amiga:

— Glorinha, eu prometi à minha tia, dei a minha palavra. Disse que chegava às sete. Glorinha, está na hora!

Glorinha está nua e de pé. De gatinhas, Antônio Carlos faz a volta da cama, balançando a cabeça e falando de boca torta:

— Tua prima caiu de quatro. Assim mesmo. De quatro. Estavam cantando o hino e ela deu um grito e caiu. E o olho ficou azul. Nunca vi nada tão azul. O olho dos cavalos é castanho dourado.

Vira-se para Glorinha:

— E a baba, Glorinha, caía assim, olha, assim. Meu Deus, o que é que eu tenho? Tenho medo de ficar louco. E o pior é a dormência na cabeça, a metade da cabeça dormente.

Volta e sempre de gatinhas. Junto de Glorinha ele baixa a cabeça. Pousa o rosto nos seus pés. Estira-se no chão. De bruços, molha de saliva os pés da menina.

Fora de si, Glorinha o agarra pelos cabelos:

— Olha! Não quer? Estou me oferecendo e você não quer?

Passando o pente no cabelo, Maria Inês não para:

— Glorinha, você me paga! E foi a última vez. Minha tia não vai me perdoar.

Olha o relógio e tem um desespero maior:

— Seis e vinte! Minha tia me avisou: "Não passa das sete!".

Foi apanhar, no chão, a roupa de Glorinha:

— Toma, toma! Glorinha, pelo amor de Deus!

Glorinha não ouve nada. Diz e repete para Antônio Carlos:

— Beija, me beija!

Quando ele a beija no ombro, Glorinha sente as entranhas geladas. Depois, foi levada, carregada. Quer que ele a rasgue.

Rouca de angústia, diz com voz de homem:

— Deixa doer! Deixa doer!

Ela ouve batidas na porta. Uma voz chamava:

— Antônio Carlos! Antônio Carlos!

Glorinha não tinha medo da dor e queria que doesse. Maria Inês dissera: "Dor com sensação!". Ah, dor com sensação.

Do lado de fora, a voz chamava:

— Abre, Antônio Carlos!

Maria Inês vem correndo:

— Abro? Abro?

Bateu nas costas de Antônio Carlos:

— Posso abrir? É Zé Honório! Abro?

O outro bate mais:

— Uma desgraça! Uma desgraça!

Como uma louca, Maria Inês corre para a porta e torce a chave. Zé Honório invade o quarto. Logo atrás, vem o crioulo lustroso e gigantesco. Num instante, o suor do mulato apodrece no ar.

Zé Honório para, estupefato, diante da cama.

Fala quase sem voz:

— Antônio Carlos, Antônio Carlos.

Glorinha prende o grito:

— Continua, continua!

Então, o outro berra:

— Papai morreu, Antônio Carlos, papai morreu!

Maria Inês olha outra vez o pulso. Esganiçou-se toda:

— São vinte pras sete! Se eu chegar tarde, papai me mata! Glorinha!

O mulato repete:

— Seis e quarenta! Já vou, Zé!

Arremessou-se, furioso:

— E eu? E eu?

O crioulo tira o braço:

— Estou na minha hora. Entro às sete. Não quero bronca comigo.

Segue o Romário:

— Papai morreu. Fica comigo. Romário, fica comigo.

Quis agarrá-lo. Romário atira-o longe e desce correndo. Então, Zé Honório volta para o quarto. Está de joelhos junto à cama:

— Antônio Carlos, ouve, Antônio Carlos. Papai morreu. Está ouvindo?

Maria Inês começa a dar socos nas costas de Antônio Carlos:

— Vamos embora! Vamos embora!

Responde, com a voz estrangulada:

— Não chateia!

Ela bate mais. O rapaz vira-se, um momento:

— Te dou um tapa!

A menina soluça, rodando pelo quarto:

— Que é que eu vou dizer à minha tia?

Zé Honório repetia, sem esperança de ser ouvido:

— Meu pai morreu. Morreu, e agora?

Antônio Carlos fala no ouvido de Glorinha:

— Olha o Zé Honório, juntinho. Está vendo a gente.

— Deixa ver.

E Antônio Carlos:

— Não é bom fazer isso na frente dos outros?

— Bom demais.

— O crioulo também te viu.

— Não faz mal.

E, então, Glorinha diz, junto à sua orelha:

— Deixa eu fazer uma coisa em você?

— O quê?

Fala, ofegante:

— Sempre tive nojo de pé.

— O que, o quê?

Beija a orelha do rapaz:

— Sempre achei pé, o nosso pé, uma coisa horrível, nojenta. Mas com você, não tenho nojo. Nenhum. Deixa eu fazer? Sai, meu bem, sai. Fica deitado. Assim, deitado.

Então, Glorinha deita-se, de bruços, para os pés do rapaz. Zé Honório começa:

— Papai morreu, Antônio Carlos.

146

Maria Inês corre para a cama:

— Toma o teu vestido, toma.

Glorinha põe o rosto nos pés de Antônio Carlos. Maria Inês está chorando:

— Você ainda não acabou?

Glorinha beija cada dedo e morde de leve, o dedo grande. O pai dorme de meias, como se os pés fossem uma expiação do homem. Mas ela não tinha mais nojo. Naquele momento, não.

Vira-se, delirante, para o rapaz. Pousa a cabeça no seu peito:

— Gostou? Gostou?

Vira a menina. Glorinha está perdida:

— Me xinga! Diz palavrões! Meu amor, aí, meu amor.

Ao lado, Zé Honório está mudo, numa espera triste. E, por um momento, diante do espelho, Maria Inês entretém-se em coçar a cabeça com o cabo do pente.

Glorinha morde até sangrar o ombro de Antônio Carlos. Querido, querido. Vê o rosto do pai, a boca do pai, os lábios finos e meigos, as mãos diáfanas de santo. O rapaz queima a sua pele com o sopro quente de animal, de cavalo, de vaca. Glorinha está suando debaixo de um seio. Ela transpira mais debaixo do seio direito. Cai entre os dois uma paz desesperadora.

Antônio Carlos senta-se na cama. Zé Honório agarra-o, voraz:

— Papai morreu!

Coça o peito:

— Morreu mesmo ou? Tem certeza?

— Morreu, morreu, sim, morreu.

Maria Inês deu o vestido a Glorinha. Vai apanhar os sapatos. Glorinha põe o vestido:

— Onde é que está a minha calça? A minha calça?

Foi achá-la debaixo do travesseiro:

— Aqui, imagine.

A outra estava desesperada:

— Põe logo, põe logo.

Glorinha pergunta:

— Onde é o banheiro?

Maria Inês volta-se, aterrada:

— Ainda vai fazer xixi?

— Vou me lavar.

Só faltou bater em Glorinha:

— Lavar coisa nenhuma! Glorinha, eu te dou um tapa. Vamos, Antônio Carlos. Não espero nem mais um minuto. Põe a calça, Glorinha. Vamos embora.

Zé Honório corre para Antônio Carlos:

— As duas podem ir. Você, não.

— Que piada é essa?

O outro começa a chorar:

— Elas apanham um táxi. É simples. Um táxi. Você fica, Antônio Carlos. Não vai me abandonar agora.

Antônio Carlos apertou o cinto:

— Tenho que ir, rapaz. Tenho que levar as meninas, seu!

Zé Honório agarra o amigo pela gola:

— Você não vai! Não vai!

— Tira a mão!

— Eu não vou ficar sozinho!

— Tira a mão!

Obedece. Antônio Carlos abotoa a camisa:

— Teu macho não fugiu?

— Fugiu.

Mascou o chicletes:

— Se fugiu, eu é que vou ficar, sua besta?

— Então, me faz um favor.

— Fala, depressa. Depressa.

— Olha. Olha. Vai lá dentro e vê se o velho está morto mesmo. Faz isso. Pelo amor de Deus.

— Olha a hora — disse Maria Inês.

Mas Glorinha vacila, tentada:

— Vamos lá?

Recua:

— Não gosto de defunto. Nunca vi um defunto na minha vida. Não tive nem coragem de olhar minha mãe no caixão.

— Vou lá — decide Antônio Carlos. — Um instantinho só.

Vai e volta:

— Ora, ora!

— Está morto?

— Mortíssimo.

O filho insistia, apavorado:

— Não há dúvida?

— Mais morto do que aquilo não é possível. Vamos, Glorinha, vamos, Maria Inês.

Zé Honório foi atrás:

— Antônio Carlos, não faça isso!

O outro para:

— Olha aqui, sua bicha indecente!

Dá um passo atrás:

— Nós somos amigos.

Riu de nojo:

— Amigos? Desde quando? Amigos, os colarinhos. Essa é uma. Outra: você vai se virar sozinho. Sozinho, percebeu? Teu pai está lá, de olhos abertos. Não fechou na hora, agora não dá mais pé. E tem mais: você, sim, você, é o assassino.

— Não, não. Eu não esperava, não podia imaginar. Te juro. Se eu soubesse, eu nunca, nunca. Eu não sou assassino.

Antônio Carlos chama as meninas:

— Vamos.

Zé Honório segue os três:

— Eu me arrependo. Palavra de honra que me arrependo. Mas eu não me dou com os vizinhos. Não posso chamar um vizinho, não posso chamar ninguém. Antônio Carlos, elas vão de táxi e você fica comigo.

— Sai da frente, Zé Honório.

Estavam junto à porta.

Repetiu:

— Sai da frente e, quando você me encontrar, atravessa a rua.

Glorinha não dizia nada. Mas teve ódio daquele magro de sunga, eternamente de sunga. Enfureceu-se ao olhar, sem querer, o volume do sexo.

Quando Antônio Carlos abriu a porta, e as duas passaram, o Zé baixou a voz, desfigurado:

— Você vai morrer, Antônio Carlos, vai morrer!

Falou com um ódio que só o homossexual sabe ter.

Na volta para a cidade, Maria Inês pedia pelo amor de Deus:

— Corre, corre, Antônio Carlos.

— Não tem medo de morrer, menina?

— Só tenho medo de minha tia. E do meu pai.

— Ora, ora!

E ela:

— Claro! Eu tinha que estar em casa às sete horas. A minha tia vai me esculhambar.

Numa raiva fria, ele diminui a marcha:

— Olha aqui, Maria Inês. Diz qualquer palavrão, menos esse. Mulher não diz "esculhambação", "esculhambar", não diz. Me dá nojo. Você pode dizer "puta que o pariu", "porra", o que você quiser. Mas "esculhambar", "esculhambação", é o fim.

Maria Inês reage:

— Vocês não pensam em mim. E sou eu que vou entrar pelo cano.

— Olha aqui. Quer saber de uma coisa. Você, Maria Inês, é a maior chata que eu já vi na minha vida. Chata, chata.

Antônio Carlos vira-se para Glorinha:

— Está vendo? Essa cara diz que é minha escrava. Agora, olha. Só pensa na tia, na tia, oh! Maria Inês, você está nojenta!

— Mais do que eu fiz? Você disse "beija Glorinha na boca" e eu beijei, pra te dar prazer. Ou você pensa que eu gosto de mulher? Fiz aquilo porque você pediu.

Debocha:

— Gostou pra burro!

— Eu gostei? Você está louco. Gosto de homem. Homem.

— Pois sim!

— Antônio Carlos, você brinca, brinca. Mas olha. Meu pai é homem pra te dar um tiro.

Teve um riso feroz:

— Um tiro do teu pai?

Para de rir:

— Se teu pai, ou o pai de Glorinha, me desse um tiro, até que eu agradecia. Não estou brincando, não. Eu estou esperando que alguém me dê um tiro. Faz o seguinte. Conta a teu pai. Diz que eu fiz uma suruba contigo. Ah, se teu pai me matasse!

16

GLORINHA ESTAVA NO seu canto, muda, meio calada. Mas quando o carro passou pelo gasômetro, começou a chorar, alto, forte.

Antônio Carlos não entende:

— Mas que piada é essa? Chorando por quê?

Soluçava:

— Pena, pena!

— O quê? Fala, Glorinha! Que é que há? Limpa o nariz.

— Tem lenço, Maria Inês?

A outra abre a bolsa:

— Ih, não. Deixei lá.

Antônio Carlos olha, pelo espelho, um carro que buzinava atrás:

— Limpa na minha camisa.

Ela curva-se, puxa a camisa do rapaz e assoa-se. O automóvel para no sinal.

Antônio Carlos deixa de mascar o chicletes:

— Agora fala.

Glorinha suspira fundo:

— Estou com pena do velho, uma pena, uma pena!

— Do pai do Zé Honório?

— Sim, do pai.

Começa a rir:

— Mas agora? Agora? Lá, não teve. E tem pena duas horas depois, sossega!

— Pois tenho, tenho.

Olhando o gasômetro, fora inundada por uma piedade fora de hora, uma compaixão feroz e retardatária.

O carro passava por debaixo do viaduto. Antônio Carlos vira-se para Glorinha:

— Vamos passar pela Zona?

Maria Inês tem um ataque:

— Você está maluco? Quero ir pra casa!

Gritou também:

— Não se mete, Maria Inês. Estou perguntando à Glorinha. E vê se não aporrinha. Quer ir, Glorinha?

Maria Inês puxa a outra:

— Glorinha. Diz que não, diz, Glorinha!

Glorinha quase não mexe os lábios:

— Não fale comigo!

— Está zangada?

— Maria Inês, se você tiver vergonha na cara, não fale comigo. Não quero mais falar com você, pronto.

Aquilo enfureceu a outra:

— Deixa de ser mascarada! Por que é que não teve pena do velho, lá, hein? Mascarada, sim, ouviu?

E começou a gritar:

— Não para, Antônio Carlos, não para!

Perdeu a paciência:

— O sinal, sua besta!

Maria Inês rebentou em soluços:

— O que é que eu vou dizer à minha tia! Ó, meu Deus, nunca mais, juro!

O sinal abriu e Antônio Carlos arranca:

— Gozado! Quer que eu faça o quê? Que passe por cima dos outros?

— Você diminuiu a velocidade?

Numa brusca euforia, pergunta:

— Você quer correr? Então, vou correr. Se bater, melhor! Vou tirar um fino daquele carro ali!

Como um louco, passa no meio de dois carros. Gritam, da calçada:

— Palhaço!

E, então, Glorinha se transfigura:

— Bate, bate! Se você é homem, bate. Fecha esse ônibus.

Cruza o ônibus, tira um fino de um Aero Willys. Derrapa, aderna, raspa o meio-fio. Um táxi tem que virar a direção e quase, quase, trepa na calçada.

Pedestres uivam:

— Viado! Viado!

Glorinha atiça Antônio Carlos:

— Vamos morrer!

Repete:

— Morre! Morre!

E pensa nos pés, que ela beijara. De repente, sumira o nojo, o nojo que ela sentia desde garotinha. Sabino andava de meias, como se os pés fossem a humilhação do homem. E ela beijara, e ela desejara os pés de Antônio Carlos. Maria Inês dá socos na cabeça de Antônio Carlos:

— Para, para! Eu quero saltar! Eu salto, eu salto, eu salto!

Ele responde:

— Pois salta, salta! Abre a porta e salta!

Só agora, Glorinha tinha nojo dos pés que beijara. Ninguém tem pés bonitos, não há pés bonitos.

De repente, Maria Inês começa a vomitar de medo. Antônio Carlos reduz a marcha:

— Que é isso? Não vomita pra dentro do carro. Vomita pra fora!

Maria Inês, branca, quase asfixiada, geme:

— Não quero morrer! Não quero morrer!

Antônio Carlos encosta o carro. Olha:

— Me vomitou o carro todo. Que papel! Puta que o pariu!

A menina recosta-se, com a mão no ventre:

— Ah, meu Deus! Ah, meu Deus!

Glorinha fala:

— Vamos embora, vamos embora.

Antônio Carlos parte, depois de avisar:

— Se passar mal, vomita pra fora, pelo amor de Deus.

Glorinha deita a cabeça, para trás. Toda sua euforia passou. Beijara os pés de Antônio Carlos e Sabino dormia de meias.

Maria Inês olha o relógio:

— Sete e meia. Glorinha, você vai descer comigo, não vai?

Responde, de olhos fechados:

— Não falo mais com você.

— Mas escuta, escuta! Desce e fala com minha tia.

— Não.

Está desatinada:

— É um favor, Glorinha! Um favor!

Diz, baixo, sem inflexão:

— Estou com nojo de mim, de você.

Insultou-se:

— Quem é você pra ter nojo de mim?

Antônio Carlos acha graça.

— Deixa de ser cínica, ouviu, Glorinha? Eu estava lá e vi. Você gostou. Virou por cima de Maria Inês e deu um beijo de língua.

Disse, repetiu:

— Não interessa, não interessa. E nem respondo. Não fala comigo. Nem quero falar com ninguém.

— Pois fica sabendo.

Glorinha tapa os ouvidos. Cantarola. Maria Inês puxa o braço da outra:

— Escuta!

Glorinha a enfrenta:

— Te quebro a cara!

— Ou pensa que eu tenho medo de você?

— Chega.

— E chega mesmo. Quem teve nojo de você, fui eu. Graças a Deus, não gosto de mulher. Sou bem feminina!

O rapaz boceja:

— Duas chatas!

Finalmente, entram na rua da Maria Inês. Esta grita:

— Para, para.

— Não é lá?

— Eu salto aqui.

Encostou. Maria Inês põe a mão no braço de Glorinha:

— Você não vem? Vem, Glorinha. Fala com minha tia. Ela não vai acreditar em mim.

— Tira essa mão. Tira!

— Está bem. Mas você me paga.

Maria Inês salta. Em passos rápidos e miúdos, caminha rente ao muro. Antônio Carlos manobra para voltar:

— Essa cavalona, nem se despediu de mim. Vocês são de amargar, puxa!

Parou, porque viu, pelo espelhinho, que Maria Inês voltava, correndo. Fez a volta pela frente do carro e falou, arquejando, para o rapaz:

— Meu bem, olha. Eu não gosto de mulher. Eu faço o que você manda. Eu te adoro. Você me telefona, telefona?

— Veremos.

— Está zangado?

E ele, farto:

— Lembranças.

— Me beija.

Ofereceu a boca. Ele foi duro:

— Vai-te pro diabo que te carregue!

Maria Inês recuou, atônita. Antônio Carlos arranca. O carro saiu aos pulos.

Antônio Carlos vai dizendo:

— De vez em quando eu tenho asco de mulher. O sujeito deve usar mulher e dar-lhe um pontapé na bunda.

Glorinha suspira:

— Não gosto de mulher.

O rapaz dá um murro no volante:

— Você não gosta de mulher. Eu também não gosto de mulher. Ninguém gosta de mulher. Mas uma pergunta que eu gostaria de fazer.

Glorinha corta, violenta:

— Mulher é muito mais porca do que homem. Mulher fica incomodada. E pra quê? Incômodo interessa? Que coisa asquerosa!

Com a mão livre, ele apanha um cigarro:

— Posso fazer a pergunta?

— Sei lá.

— Apanha o fósforo aí. Onde está? Apanhe e acenda aqui.

Risca o fósforo. Ele puxa a fumaça:

— O que eu queria te perguntar é o seguinte: e se você ficar grávida?

Fica tensa:

— Grávida?

— Que é que você faz?

Ela começa a sofrer:

— Mas só fizemos uma vez.

— E daí? Uma vez basta. Ora, Glorinha. Se acontecer, o que é que você faz, diz?

Fecha os olhos:

— Não quero pensar nisso.

Antônio Carlos insiste:

— Tira, naturalmente?

Custa a responder:

— Tirar, não tiro. Não sei. Tenho medo de papai. Não de minha mãe nem de minhas irmãs. De papai, sim.

Param num sinal. Olhando a luz, diz:

— Sabe que eu estou gostando de você?

— Por quê?

Abriu o sinal e ele parte:

— Sei lá. A Maria Inês é uma bunda suja, uma cretina. Você, não. Você até, quem sabe?

Acendia um cigarro:

— Eu não presto.

Riu:

— Também não presto. Mas escuta. Fora de brincadeira, você gostaria de ter um filho meu?

— Teu?

— Não é meu?

Disse, pondo a mão no ventre:

— Meu, meu! E quer saber de uma coisa?

Ela faz uma pausa:

— O seguinte. Não quero filho nenhum. De ninguém. Se pegar gravidez, tiro. Chato, muito chato!

— Engrossou outra vez!

E ela:

— Isso mesmo. Engrossei. E olha, Antônio Carlos.

— Sua vaquinha!

— Vaquinha é…

Se ela dissesse "sua mãe" o rapaz ia bater-lhe na boca. Mas Glorinha para. Baixa a cabeça:

— Talvez eu seja, nem sei. Não entendo mais nada. O que eu fiz hoje. Eu fiz coisas que… Sabe que eu tenho medo de ficar louca?

— Sua vigarista!

— Juro!

— Você é cínica mesmo! Está repetindo o que eu disse, disse a você, ainda agora. Você achou bonito e repete pra mim, ora que graça.

O carro era ultrapassado por todos os outros. Antônio Carlos fazia agora uma velocidade de passeio. Sem olhar a menina, ia dizendo:

— Eu, sim, é que tenho medo, tenho, de ficar maluco. Acho que herdei isso de minha mãe, sei lá. Minha mãe é muito nervosa. Nervosíssima. E ela diz que tem medo de acabar no hospício, como uma tia. Eu tenho uma tia que está no hospício, até hoje. Uns quarenta anos, já. Caíram todos os dentes. Louca varrida e não morre.

Quando ele se cala, Glorinha pede:

— Continua falando, continua.

— Acabei.

Ela começa:

— Quem sabe se você não está louco?

Volta-se, atônito:

— O quê?

— Você faz coisas de maluco.

Ia reagir, mas o palavrão morreu na garganta. Disse, sem raiva:

— Na casa do Zé Honório, quando o velho começou a chorar, eu pensei: "Estou louco!". Entende? Naquele momento, eu me senti louco.

Olhou-o, espantada:

— Tenho pena de você.

— Ou nojo?

— Pena.

Enfureceu-se:

— Ainda agora era nojo!

Glorinha aperta a cabeça entre as mãos:

— Eu não sou como as outras! Eu não sou como as outras!

Desatou a chorar. Ele para o carro:

— Glorinha, você quer fazer uma coisa comigo?

Ergueu o rosto:

— Acho que vou ter que me assoar, outra vez, na tua camisa.

— Pode assoar.

Ela mesma ria por entre lágrimas:

— Que porcaria!

— Não faz mal.

Perguntou:

— O que é?

Apanha a mão da pequena. Glorinha suspira:

— Tua mão é quente!

Antônio Carlos respira fundo:

— Ainda agora, na Presidente Vargas, você queria que eu batesse. E queria morrer. Que tal a gente meter a cara num poste, num muro, a uns cem?

— Pra quê?

— Uma batida, num muro, num poste, a toda velocidade, o sujeito não sente nada, nada. Morre na hora, ah. Glorinha, olha pra mim.

Perguntou, com um encanto de menino:

— Quer morrer comigo? Vamos morrer juntos?

Fugiu com o corpo:

— Não, não. Que é isso?

Exaltou-se:

— Você disse, disse que queria morrer. Eu não sou mau. Você pensa que eu sou mau? As pessoas têm uma certa ideia de mim, mas eu não sou mau. Escuta. Quando eu era garoto...

A menina começou a ter medo:

— Vamos embora, Antônio Carlos.

— Mas deixa eu contar.

— Conta no caminho. Eu tenho hora. Vê que horas são.

O rapaz liga o motor.

— Eu tinha quatro anos. Vê bem a idade. E, um dia, apareceram quatro ceguinhos, na esquina, tocando violino. Geralmente, o cego toca harmônica. Mas esses tocavam violino. Compreendeu? E aquilo me deu uma tristeza! Você acredita que eu fui pra cama de tristeza, de pena? Com quatro anos! Você acha que um sujeito assim é mau? Diz, diz.

Ela foi dura:

— Não sei, não sei.

Antônio Carlos deixa passar um momento:

— Escuta, Glorinha. Eu queria um favor teu. Você faz?

Disse, com surda irritação:

— Que favor? Depende, só vendo. Mas fala.

Ela não entendia por que beijara os pés de Antônio Carlos.

O rapaz está dizendo:

— Eu queria de você o seguinte.

E, novamente, encosta o automóvel. A menina assusta-se:

— O que é que você vai fazer? Eu grito, Antônio Carlos, eu faço um escândalo!

Numa sofrida humildade, começou:

— Glorinha! Você não sabe o que é. Ouve, ouve. Eu não vou fazer nada com você. Juro. Ouviu?

A menina esperou. E o rapaz, lento, sem desfitá-la:

— Eu quero que você…

Oferece o rosto:

— Me cuspa na cara.

Balbucia:

— Por quê? Por quê?

Agarrou-a pelos dois braços:

— Eu quero! Eu estou mandando!

Transida, olha aquele rosto tão próximo e crispado. Antônio Carlos espera. E só a largou quando Glorinha, chorando, cuspiu-lhe na boca. Continuaram a viagem. Não houve mais nada entre os dois.

Deixou-a na porta, sem uma palavra.

17

Entrou em casa, perguntando:

— Papai chegou?

Eudóxia vinha passando:

— Onde é que você esteve?

— Chegou?

— Telefonou que vem mais tarde.

Sentou-se, apanhou uma revista:

— Fui ao cinema, com a Maria Inês.

Graças a Deus, Sabino não estava, que sorte. Eudóxia apanhou não sei o quê debaixo de um móvel:

— O filme, que tal?

Bocejou:

— Mais ou menos. Bonzinho.

Bocejou, novamente, folheando a *Manchete* da semana passada.[28] Viu fotografias de Charlie Chaplin com Sophia Loren.[29] Pôs a revista de lado. Espreguiçou-se. Eudóxia estendia a mão:

— Passa a *Manchete*.

Deu a revista e foi ao banheiro. Trancou-se e examinou a calcinha. Sangue nenhum. Por um momento, com a calcinha na mão, ficou sem saber o que pensar. Vestiu a calça. Lembrou-se de Ana Isabel, sua prima, sobrinha de Sabino. Ana casara-se havia três meses com Luís Adolfo, por sinal ex-namorado de Glorinha.

Sabino emprestara aos noivos a sua Mercedes. Lá foram os dois para Petrópolis, onde passariam a lua de mel. Luís Adolfo trabalhava no arquivo do Itamaraty e era um ótimo rapaz, inteligente, delicado (talvez delicado demais).

Às duas da manhã, bate o telefone. Eudóxia atende, pensando numa desgraça. E era, sim, uma desgraça.

Luís Adolfo soluçava:

— Ana Isabel está morrendo! Ana Isabel está morrendo!

Eudóxia não queria entender:

— Mas quem? Quem?

Do outro lado, o rapaz berrava:

— Coitadinha! Coitadinha!

Sabino, amarrando o roupão veio do quarto:

— Que é que houve? Fala, Eudóxia!

A mulher estava fora de si:

— É o Luís Adolfo. Não estou entendendo nada. O telefone está ruim. Luís Adolfo, repete.

O outro repetia:

— Subam imediatamente! Subam, já!

A ligação foi interrompida e Eudóxia esganiçava-se: "Alô? Alô?".
Glorinha estava ao lado, de *baby-doll* e descalça. Perguntou:

— Ana Isabel morreu, morreu?

Eudóxia teve que ralhar:

— Ninguém morreu! Vai dormir, menina!

A primeira ideia de Sabino foi esta: a Mercedes! Se Ana Isabel
estava morrendo, o automóvel devia ter batido na estrada. Só podia
ser desastre. No quarto, enfiando o nó da gravata, imaginou que a
recuperação do carro ia custar uns dez milhões. Ele e Eudóxia cha-
maram um táxi e foi combinada a viagem, de ida e volta, por um
preço astronômico.

Batem na porta do banheiro:

— Minha filha, vai demorar?

— Um instantinho.

Como estava lá dentro à toa (nem fizera xixi), puxou a descarga.
O curioso é que então deu a vontade do xixi. Mas decidiu: "Faço depois que mamãe sair". Abriu a porta. Eudóxia entra, avisando:

— Teu pai já vem. Está chegando.

Glorinha veio para a sala. Apanhou a *Manchete*, que não abriu,
pensava ainda no casamento de Ana Isabel. Durante a viagem, Sabino disse à mulher:

— O prejuízo é o de menos. O que interessa é a saúde, a vida!

Quando chegam, Sabino não vê sinal da Mercedes. Portanto, era
mesmo batida. Graças a Deus, Ana Isabel estava melhor. A noiva,
muito branca, os lábios de morta, disse, baixinho:

— Ah, titia, pensei que ia morrer!

O noivo, ao lado, implorou:

— Não fala, não fala!

Sabino sai, um momento, com o médico. Estava numa curiosidade mortal. O médico tira um cigarro:

— Um defloramento tem surpresas. Pegou um vaso. Acontece.

Sabino está maravilhado:

— Quer dizer que...

Pensa na Mercedes, que está intacta. E tem vergonha da alegria cruel que o inunda. Passa o braço em torno do médico, numa efusão agradecida. O outro dizia:

— Está medicada, está medicada.

Sabino ainda comentou, grave, quase fúnebre:

— Que lástima, que lástima!

O noivo saiu do quarto. Vinha numa humilhação de tarado. Sabino teve que ir, no fundo do corredor, bater-lhe nas costas:

— Que é isso, rapaz? Você não teve culpa!

Baixou a cabeça:

— Sou um animal, um cavalo.

Uns dez dias depois, a noiva apareceu na casa de Sabino. Por acaso, Eudóxia não estava, só Glorinha. A menina agarrou Ana Isabel:

— Me conta tudo, tudinho.

E, então, com a vaidade da hemorragia, a outra foi dizendo:

— Olha. O sangue começou e não parava.

— Mas é assim com todo mundo?

Suspira, radiante:

— Com as outras, sei lá. Comigo, foi.

Glorinha estava aflita para saber:

— E dói? Dói?

— Pra burro!

— E você?

Deu risada:

— Sabe que eu gritei? Dei um grito. Se dói!

Glorinha ficou sempre com aquela ideia — de que o defloramento era uma carnificina. E pensava que o seu fora tão diferente. Com a revista no colo, repetia para si mesma, com pena e uma certa humilhação: "Quase não saiu sangue".

Eudóxia vinha do banheiro:

— Estou desarranjada, outra vez. Não posso comer melancia.

— Melancia não faz mal.

— A mim, faz. Como melancia, pronto.

Glorinha estava curiosa de saber como ela mesma ia se portar diante de Sabino. Ficaria nervosa ou? Abriu a revista para não conversar com a mãe. Disse:

— Vou ler isso aqui, mamãe.

Mas logo abandonou a *Manchete* porque o pai entrava. Correu e se lançou nos seus braços:

— Papaizinho!

Beijou e foi beijada. Sabino perguntava:

— De quem é essa filhinha adorada?

— Tua.

— E esse pai feio?

— Meu.

Tudo como sempre. Nada mudara. Ela fora deflorada e não estava nervosa, nem sentia medo, nenhum, nenhum. Um mulato bonito de escola de samba vira o seu defloramento. E, antes de ser deflorada, fora possuída por uma menina. Ainda agora estava no banheiro e não tivera nem a ideia de se lavar. Pensa: "Vou ao banheiro me lavar". Como se ouvisse a voz interior da filha, Sabino diz:

— Vou ao banheiro. Tira, Eudóxia.

Tinha a obsessão das mãos limpas. Lavava as mãos e, depois, ainda as cheirava. Foi para o banheiro e Glorinha ficou na extremidade do corredor, cantarolando. Pouco depois, ouviu o barulho da descarga. Imagina que o pai também fizera xixi. O barulho da descarga ofendia e humilhava Sabino.

Antes de sentar-se para o jantar, brincou com a filha. Disse-lhe coisas de namorado. Ao ser beijada, ela sentia o hálito do pai. Sabino tinha uma boca cheirosa de moça, de menina.

Sabino perguntou:

— Seu pai é muito feio, é?

— Lindo.

Eudóxia disse, a sério:

— Seu pai é parecido com Rodolfo Mayer[30] quando era magro!

No colo de Sabino, Glorinha protestou:

— Não compara, mamãe, não compara.

Glorinha ria, conversava, brincava, como se não tivesse havido nada. "Se papai soubesse que eu fiz amor com Maria Inês." Sentam-se para o jantar.

Sabino abre o guardanapo.

— Falou com Glorinha?

Eudóxia prova a sopa (quente demais):

— Fala você.

Sabino começa:

— Minha filha, é o seguinte. A sopa está pelando. O seguinte: cuidado com esse rapaz, o filho do Camarinha.

Eudóxia ajuntou, vivamente:

— O Camarinha é um santo.

Depois que vira o Camarinha, bêbado, vociferando palavrões, Sabino já o via com menos indulgência. E o que o irritava era a fixação do ginecologista por bunda.

Mas admitiu:

— O Camarinha é um santo — e insinuou a restrição —, quase um santo. Mas o filho, eu estive sabendo de umas coisas bem desagradáveis. Soube, por exemplo, que a tua amiga Maria Inês paga cinema pra ele. E ele nem desconfia. Aceita, tranquilamente.

Ela, como se não existisse nada (nem defloramento, nem amor lésbico, nem pai de Zé Honório), fingiu espanto:

— Mas, papai, eu não tenho nada com o filho do doutor Camarinha. Conheci ontem, nem conhecia. Não há nada, papai.

Sabino enxugou os lábios no guardanapo:

— Claro, claro. De mais a mais, você tem namorado firme. Não faria isso. Estou só avisando. Rapaz cheio de vícios, fuma inclusive maconha. Não é, Eudóxia?

A mulher suspira:

— Maconha, sim. Só o doutor Camarinha não enxerga.

Pararam por aí. Glorinha pensava no pai de Zé Honório, morto, os olhos abertos e morto. Depois do jantar, e quando Glorinha, finalmente, ia se lavar, apareceu o dr. Camarinha.

Sabino abriu-lhe os braços:

— Não morre tão cedo!

Eudóxia completou, risonha:

— Estávamos falando do senhor.

E Camarinha, depois de beijar Glorinha:

— Quem morreu foi o pai do Zé Honório.

A própria Eudóxia dizia que gostava de chorar defuntos, mas fazia logo a ressalva: "Estou brincando. Deus me livre". Excitada, perguntou:

— Quando?

— Agora, acabou de morrer.

Então, Sabino, que conhecia o morto (e o admirava), disse gravemente:

— Homem de bem, aquele!

Camarinha faz humor:

— O homem de bem é o gângster da virtude.

A frase lhe escapara, e sem nenhuma premeditação. Mas gostou do som "O homem de bem é o gângster da virtude". Seria bobagem? Mas isso, dito numa sala, para senhoras, tinha o seu efeito.

Sabino perguntou, contrafeito:

— O senhor acha?

Camarinha ergueu-se:

— Sei lá. Não entendo mais nada.

Começava a duvidar da frase. Talvez fosse mais exato, e menos pretensioso, dizer: "O homem de bem é um gângster". Assim evitaria a ênfase da palavra "virtude".

O ginecologista pôs a mão no ombro de Sabino:

— Estou aqui por isso mesmo. O Zé Honório apareceu lá em casa. Me deu uma pena! Tinha loucura pelo pai e está arrasado.

— Imagino.

— Pois é — continuou Camarinha. — E o Zé Honório me pediu emprestado o dinheiro do enterro. Mas é uma nota firme, entende? E eu gastei o meu último cheque e me esqueci de pedir outro talão. Você podia safar a onça, por hoje?

Sabino foi perfeito:

— Ora, meu caro doutor! O senhor manda. Quanto é?

Fez as contas:

— Eu tenho, em dinheiro, uns duzentos. O Zé Honório juntou trezentos. Faz o seguinte: um cheque de quatrocentos. Pode ser?

Sabino estava na mesa e abria o talão:

— Só? E chega? Não quer mais?

— Chega. Amanhã, se for preciso, eu apanho no meu banco. Rapaz admirável, o Zé Honório!

Sabino perguntava:

— Que dia é hoje?

— Dezessete.

Datando o cheque, concordou:

— Flor de rapaz!

Glorinha dizia a Eudóxia:

— Mamãe, acho que conheci o pai do Zé Honório. Não era um velhinho bem vestido?

— Espigadinho.

Sabino lembrou:

— Bem aprumado.

— Conheci, conheci.

E, ao mesmo tempo, pensava: "Por que é que eu estou dizendo isso?". Ofereceu o rosto para o beijo do médico. Camarinha estendeu a mão para Sabino.

— Já vou. Obrigado, Sabino. Até logo, dona Eudóxia.

Saiu. No dia seguinte, pela manhã, bem cedinho, o telefone chama Glorinha. Grita:

— Homem ou mulher?

— Homem.

Pensou que fosse o seu conhecido do "cinema novo", que fazia documentários. Veio atender. A mãe, que ia passando, disse:

— Pijama transparente, sem calça?

— Estou na minha casa.

— Seu pai não gosta.

Fez maus modos:

— Sossega o periquito, mamãe!

Era Antônio Carlos:

— Glorinha, você não sabe o bem que você me fez, cuspindo na minha cara. Foi na boca. Sabe que foi na boca?

A menina não disse nada. Ele estranhou o silêncio:

— Alô? Alô?

— Estou ouvindo.

— Há muito tempo que eu não dormia sem tomar comprimido. Ontem, não tomei. E dormi bem pra chuchu. Acordei ainda agorinha.

Coça a cabeça:

— Antônio Carlos, quer me fazer um favor?

— Fala.

— Vê se não me telefona mais. Eu não quero nada com você, nem me interessa.

Na sua ardente humildade, insistiu:

— Glorinha, ouve. Tenho o palpite que vou gostar de você.

— Que horror!

— Fora de brincadeira. Você não é como as outras. E eu sou melhor do que muitos. Responde: você me considera mau? Sinceramente, considera?

Não teve pena nenhuma:

— Antônio Carlos, você precisa se tratar. Olha. O melhor que você faz é procurar um psiquiatra. Como é que seu pai, que é médico, não desconfiou que você não regula, tem um parafuso de menos?

O outro fez uma pausa. Pergunta:

— É só isso que você tem pra me dizer?

— Não chateia!

— Seja delicada!

Respondeu:

— Não sou delicada, não quero ser delicada, pronto!

— Não se esqueça. Escuta, Glorinha, escuta. Não se esqueça que você pode estar grávida de mim. Ouviu? Nesse momento, você pode estar grávida de mim.

Assustou-se:

— Você está falando de onde?

— De casa.

Baixou a voz:

— Seu idiota, tem gente ouvindo e você falando assim?

— Foram ao enterro do pai de Zé Honório.

Glorinha olha em torno. A mãe está lá dentro. Encosta a boca no fone:

— Antônio Carlos, olha. Eu não disse, nunca, que gostava de você. Disse? Fala a verdade. Alguma vez eu dei a entender que gostava de você? Eu te conheço de ontem.

— Anteontem.

— Ou anteontem. Anteontem. Estou quase noiva. Quando Teófilo chegar, vou ficar noiva. E tenho mais que fazer. Tchau.

Bateu com o telefone. Passou o resto da manhã lendo *A história de Carlitos*,[31] que o pai lhe dera. Ainda perguntou a Eudóxia:

— Mamãe, a senhora não achou *A história de Carlitos* meio chata? O princípio é bom, a infância. Mas, depois, fica sem graça, não é?

Lia e não pensava no próprio defloramento. Era como se a deflorada fosse outra e não ela mesma. E também outra a que se entregara a Maria Inês. O beijo de Maria Inês, a língua, a saliva, o ventre de Maria Inês. Depois, virara para os pés de Antônio Carlos e os beijara, mordendo o dedo grande.

Depois do almoço, Eudóxia grita:

— Telefone, Glorinha.

— Quem é?

Quando soube que era Maria Inês, veio até a porta do quarto:

— Mamãe, eu e a Maria Inês brigamos. Não quero conversa com essa cretina.

— Que é que eu digo?

— Deixa que eu falo com ela. Falo, ah, meu Deus!

Eudóxia resmunga:

— Brigam por bobagem!

Apanhou o telefone. Ia dizer: "Não telefona mais pra mim". Mas a outra gritava:

169

— Glorinha? Glorinha?

E deu a notícia:

— Sabe quem morreu? Acaba de morrer? Antônio Carlos, Glorinha!

Encostou-se à parede:

— Quem?

Soluçava:

— Antônio Carlos! Antônio Carlos!

Glorinha gritou também:

— Não pode ser! Impossível! Falou comigo hoje! — E repetia: — Hoje, falou comigo!

— Morreu, Glorinha! Desastre! O carro bateu no poste!

— Ou está ferido?

— Morto! Morto! Ouve, Glorinha, ouve! Viram Antônio Carlos na rua, com uma vela! Viram! No chão com uma vela!

Glorinha não quis ouvir mais nada.

Desligou e caiu de joelhos, debaixo do telefone. Mergulhou o rosto nas duas mãos e gemia grosso como um homem.

Eudóxia veio correndo:

— O que é? Que foi?

A filha estendeu-se no chão:

— Antônio Carlos morreu, mamãe. Morreu.

— Que Antônio Carlos? Fala. O filho do doutor Camarinha?

Deitada, de bruços, ela batia no assoalho com os punhos cerrados.

18

Uivava, debaixo do telefone. No meio de sua fúria, pensava que, se caísse de quatro, havia de ficar de olho azul como a prima epilética.

Batia com a mão cerrada no assoalho e mordia a própria saliva. Foi levantada pela mãe e pela criada. Eudóxia dizia:

— Segura, segura! Não deixa! Segura!

Esperneou. Queria bater com a cabeça na parede. Era castigo, era castigo. Na véspera, fora deflorada pelo morto de hoje. E quase não saíra sangue. Zé Honório deixara-se possuir por um mulato de rancho, de escola de samba. E tudo na cama do pai e na frente do pai. O suor do crioulo apodrecera nos lençóis, nas fronhas.

Glorinha não ia esquecer, nunca mais, o olho do velhinho. Nos braços da mãe e da empregada — e gritando —, a menina lembrava-se do olhar, só do olhar. Um olho límpido, sim, de uma limpidez desesperadora. Assim o velhinho positivista vira o filho e o mulato.

Desatinada, Eudóxia diz à empregada:

— Fica aí, que eu vou chamar o doutor Sabino! Não deixa, não deixa!

Chegou a se levantar. Mas Glorinha desprende-se. Eudóxia atraca-se, novamente, com a filha:

— Que é isso, Glorinha? Escuta, minha filha!

A menina ouvia, espantada, os próprios gritos. Como era bom sofrer. E esse desespero fazia-lhe um bem tão grande, tão grande!

Ainda esperneava:

— Me larga! Me larga!

E, de repente, morde a mão da criada. A outra pula:

— Ai!

Eudóxia arqueja:

— Não liga. Estão batendo. Vai ver quem é, vai.

A crioula corre (a cozinheira tinha ido à feira). Eram os vizinhos. Uns entraram pela porta da cozinha, outros pela porta da frente. Toda a rua, ou quase toda a rua, ouvira os gritos.

Eudóxia pedia:

— Segura aqui!

A menina berrou:

— Não sai daqui, mamãe!

— Eu não vou sair. Estou aqui, estou aqui!

Explicava para os lados:

— Foi um amigo de Glorinha que morreu!

Glorinha gemia:

— Ai meu Deus, ai meu Deus!

Eudóxia vira-se para uma vizinha:

— Me faz um favor? Telefona pra meu marido. O número é... Estou aqui, Glorinha. Dois, dois, três, um.

A outra já estava discando:

— A senhora fala?

— Não, não. Fala mesmo a senhora. Diz que Glorinha não está passando bem. Pra vir pra casa com urgência. Com urgência.

Sabino veio para casa apavorado, pensando em morte, o diabo. A vizinha do telefonema o esperava na porta:

— Não foi nada, doutor Sabino, não foi nada!

O outro abriu os braços:

— Como não foi nada, se, se...

Começou a chorar. Quando entrou no quarto da filha, Glorinha estava na cama, varada de arrepios. Sabino arremessou-se:

— Minha filhinha, minha filhinha!

A menina soluçava no seu peito. Eudóxia disse baixo:

— Foi o filho do Camarinha que morreu.

Abraçado à menina, não entendeu:

— E daí?

Continuava sem entender a ferocidade da filha. Morrera e daí?

Glorinha fala, ofegante:

— Antônio Carlos morreu, papai! — Pausa e veio o soluço: — Morreu!

Apertou a filha no peito:

— Não chora, Glorinha, não chora! Ouviu, minha filha? Não chora.

Baixa a voz para Eudóxia:

— Sai, sai, que eu quero ficar só com Glorinha!

Na porta, duas vizinhas espiavam. E quando Eudóxia veio, uma delas perguntou:

— Precisa de alguma coisa, dona Eudóxia?

Suspira:

— Obrigada.

E a outra:

— Querendo, já sabe. Não faça cerimônia.

Eudóxia saiu com as duas. Sabino veio fechar a porta. Voltou e senta-se na cama:

— Minha filha, fala com teu pai, fala.

Soluçava agora sem lágrimas e batia os dentes. Sabino passou a mão nos seus cabelos:

— Diz, diz.

— Ah, papai!

— Minha filha, explica. Eu não estou entendendo. O seguinte: você conheceu esse rapaz no seu aniversário. Não foi no seu aniversário?

Está de olhos baixos:

— Foi.

— Anteontem. Dois dias, portanto. E você não o viu mais. Viu só uma vez.

— Coitado!

Toma entre as suas as mãos da filha:

— Se você mal o conhecia, e se não era nada seu, por que você está assim?

Ergueu o olhar:

— Papai, ele estava vivo! Estava vivo e morreu!

Estava com aquilo na cabeça. Durante muitos dias, havia de repetir: Estava vivo, vivo! Com a cabeça no peito do pai, disse:

— Telefonou pra mim antes de morrer. Falou comigo. A última pessoa com quem ele falou fui eu.

Ouvia a voz de Antônio Carlos: "Você me cuspiu, me cuspiu na boca!". Assim como os espíritas cospem na boca de um peixe, assim ela cuspira na boca de Antônio Carlos. Pensou: "Ele queria morrer e pediu para eu cuspir na boca".

Desprendeu-se do pai:

— Papai, eu quero ir ao necrotério.

— O quê?

Apertou a mão de Sabino:

— Vamos ao necrotério, papai?

Levantou-se, aterrado. Quis demonstrar o absurdo:

— Minha filha, você sabe o que é o necrotério? Já foi ao necrotério? Fala.

— Nunca.

— Pois é. Horrível, horrível! Não queira saber o que é aquilo!

Saiu da cama, abraçou-se a Sabino:

— Papai, eu preciso ir! Preciso!

Repetiu:

— Precisa? Mas por que, hein, por quê? Vem cá, Glorinha. Vamos fazer o seguinte: vamos à capelinha, pronto.

— Papai, a capelinha demora. Eu quero ir já, ouviu? Agora! O senhor vai comigo.

— Glorinha, eu não posso. Estou resolvendo um negócio importante, uma incorporação. Saí um instantinho pra vir aqui. O pessoal está me esperando. Tenho que voltar, Glorinha.

Bateu o pé:

— Então, vou com mamãe. Mamãe vai. Mas o senhor não diz que gosta de mim?

— Adoro.

— Se gosta, não me negue isso, papai.

Beijou a filha:

— Está bem, está bem. Vou falar com tua mãe. Fica aí.

Foi falar com Eudóxia no corredor:

— Glorinha quer ver o rapaz no necrotério.

— Absurdo!

Glorinha estava junto da porta, ouvindo a conversa.

— Não vamos discutir, Eudóxia!

— Ora! Ir ao necrotério para ver um quase desconhecido!

— Eudóxia, sentimento nunca é demais, compreendeu? E eu confesso que estou gostando de ver Glorinha. — E acrescentou, depois de limpar um pigarro: — Pelo menos, já sei que, quando eu morrer, vou ser chorado. É um consolo. Leva a menina, que eu tenho uma reunião com os corretores.

Pouco depois, Glorinha saía com Eudóxia. No táxi, ia quieta, pacificada. E, de repente, a menina volta-se para a mãe:

— Mamãe, e a Maria Inês? Sabe que eu estou com medo que ela faça uma bobagem, uma asneira?

— Não vai fazer nada, e por quê?

Suspira:

— Era louca por Antônio Carlos. Tinha fanatismo, adoração. Capaz de, sei lá.

Saltam no Instituto Médico Legal. Glorinha vai hirta, como uma sonâmbula. Eudóxia olha em torno:

— Onde é?

Entra por uma porta:

— Fica aí que eu vou perguntar àquele senhor.

O homem, junto a uma pequena secretária, lia o *Jornal dos Sports*. Tirou os óculos para ouvir Eudóxia.

Era meio surdo:

— Como? O quê?

Repetiu:

— Boa tarde.

— Boa tarde.

— Por obséquio. Um rapaz, que teve um desastre de automóvel. Um rapaz.

Glorinha estava junto de Eudóxia. O funcionário repõe os óculos:

— Quando?

— Hoje, de manhã.

— Preto?

— Branco.

O outro vira a página do *Jornal dos Sports*:

— O que temos aí é preto.

Desesperada, Eudóxia volta-se para Glorinha:

— Viu, minha filha?

A menina pergunta:

— Mas o senhor tem certeza?

O homem estava lendo o jornal. Levanta o rosto. Ela continua, sôfrega:

— Um rapaz forte, louro?

Tirou os óculos:

— Rapaz?

Com raiva, perguntou:

— Não é pra cá que se vem? Aqui não é o necrotério? Não vêm todos pra cá?

O funcionário ergue-se:

— Vou chamar aquele meu colega, ali. Estou chegando agora. Bezerra, Bezerra! Quer vir aqui um momentinho?

Veio o outro, de paletó cintado, gravatinha borboleta. Há anos que Glorinha não via uma gravatinha borboleta.

Bezerra olha pra Glorinha e inclina-se diante de Eudóxia:

— Suas ordens.

Eudóxia sorri:

— Boa tarde. Um atropelado. Um rapaz.

Glorinha interrompe:

— Mamãe, não é atropelado — e diz para o Bezerra: — Um desastre. O rapaz vinha guiando. Batida.

— Antônio Carlos Camarinha — acrescenta Eudóxia.

O primeiro funcionário voltava a ler o *Jornal dos Sports*. Bezerra tem uma dúvida e logo a desfaz, radiante:

— Ah, já sei. Veio do Souza Aguiar. Como é mesmo o nome?

— Antônio Carlos Camarinha.

Disse, com satisfação:

— Autópsia.

E, súbito, entra ali o próprio dr. Camarinha. Ia passando pelas duas, sem lhes falar. Glorinha diz, quase sem voz:

— Mamãe, mamãe, olha o doutor Camarinha!

Eudóxia dá dois, três passos:

— Doutor Camarinha!

Voltou-se, atônito. Olha Eudóxia e pergunta como um cego:

— Quem é?

Disse, apavorada:

— Maria Eudóxia.

O outro a olha, longamente, como se a visse pela primeira vez. Eudóxia estende a mão:

— Meus pêsames, doutor Camarinha.

A mão ficou no ar. O ginecologista virou as costas e foi apanhar o telefone. Eudóxia ia insistir, mas Glorinha travou-lhe o braço:

— Não, mamãe, não.

O dr. Camarinha acabava de discar e esperava. Olha para as duas sem ver ninguém. Desde a morte do filho não via ninguém, simplesmente não via ou não reconhecia ninguém.

Do outro lado, atenderam. Dr. Camarinha começa:

— Setembrino? Sou eu. Camarinha. Meu filho acaba de falecer.

Não tirava os olhos de Eudóxia e Glorinha e não as via. Continuou:

— Meu filho, Antônio Carlos, faleceu. Hoje. Não precisa dar os pêsames. Quem sente sou eu e só eu... Você não sente nada, ninguém sente nada. Não, não, Setembrino. Basta o meu sentimento. Escuta.

Toma respiração:

— Desde que meu filho morreu, estou telefonando até pra desconhecido. Não fala, Setembrino. Quem fala sou eu. Estou telefonando pra dizer, a todo mundo, que eu sou um bom filho da puta. Quê? Não é você. Escuta. O filho da puta sou eu e não você.

"Você não é nada. Escuta o resto. Ontem, eu dei na cara do meu filho. Na véspera de morrer, meu filho apanhou na cara. Era um homem, um macho. E apanhou de mim, sem reagir. Entende? Por um falso respeito filial, meu filho não quebrou a minha cara. Se ele me dá um tapa, um bofetão, eu era um homem morto. Morto, não digo. Mas ficava de cara partida. E meu filho morreu. Morreu, Setembrino."

Glorinha ouvia, fascinada. O médico enche a voz:

— Quer me fazer um favor? Diz a todo mundo, diz, que eu sou um filho da puta da pior espécie.

O funcionário do *Jornal dos Sports* vem bater-lhe nas costas:

— Cavalheiro, cavalheiro.

O dr. Camarinha despedia-se do Setembrino. O rapaz diz:

— O senhor dizendo palavrões! Tem senhoras!

O médico desliga. Vira-se para o funcionário. Responde, imperturbável:

— Rapaz, você está falando com um filha da puta. Com licença.

Vira-lhe as costas e apanha o telefone. O outro insiste:

— O senhor não pode dizer palavrões aqui dentro.

Camarinha larga o telefone:

— Você é pai? Tem filhos?

O funcionário põe os óculos no bolso de cima:

— Não se trata disso.

— Rapaz, estão fazendo autópsia no meu filho. Morreu de manhã. Foi levado ainda com vida para o Souza Aguiar e morreu na mesa. E, agora, estão fazendo a autópsia.

Quis interrompê-lo:

— O senhor não pode faltar com o respeito.

— Posso. Desculpe, mas posso. O que importa é a autópsia. Meu filho está com os ossos esmigalhados. Sabe o que é autópsia?

Repetiu, obtusamente:

— Tem senhoras.

— Mas eu não chamei ninguém de filho da puta. O filho da puta sou eu.

Deixou o funcionário e dirigiu-se a Eudóxia:

— Minha senhora, tenha a bondade.

Eudóxia disse, trêmula:

— Eu sou Eudóxia, esposa de Sabino.

— Esposa, esposa. Tanto faz, tanto faz. Eu quero ouvir sua opinião, minha senhora. O seguinte. Ontem, há vinte e quatro horas portanto, eu esbofeteei meu filho. E meu filho morre hoje. Agora a senhora vai dizer se eu sou ou não sou um filho da puta.

Eudóxia diria, depois, que teve vontade de se enfiar pelo chão.

Balbuciou:

— Doutor Camarinha, meus pêsames.

Curvou-se, gravíssimo:

— Um seu filho da puta, às ordens.

Era demais para os nervos de Eudóxia. Deixou o médico passar, e desabou na primeira cadeira, aos soluços. Ali, só Glorinha estava maravilhada com aquela dor obscena. O funcionário, trêmulo, apanhava o *Jornal dos Sports*. Disse, feroz:

— Não me entra mais aqui, nem me fala mais no telefone.

Glorinha quer convencer Eudóxia:

— É natural, mamãe, é natural!

Soluçava:

— Doutor Camarinha não é disso. Só de pileque, mas ele não está de pileque.

As duas voltaram para casa. Glorinha chega, liga para Maria Inês. A amiga atende. Diz:

— Fala depressa, porque minha tia foi na vizinha e volta já.

Pergunta, com vontade de chorar:

— A que horas você vai à capelinha? Podemos ir juntas.

A outra fala baixo:

— Eu não vou. Meu pai disse que me dava uma surra de vara de marmelo, se eu fosse. Olha, Glorinha. Ouviu? Não quero que minha tia me veja no telefone.

Desesperada, perguntou:

— Você não vai ao enterro?

E a outra:

— Glorinha, eu não me governo. Deixa eu ir-me embora. Não posso ir, já disse. Ih, minha tia está chegando. Té logo, té logo.

Glorinha trinca os dentes:

— Cachorra!

Maria Inês tinha desligado, nem ouviu.

De noite, foram com Sabino para a capelinha. Um amigo comum já tinha avisado: "O Camarinha está subindo pelas paredes". E a mulher e a filha contaram tudo. No caminho, Sabino foi dizendo:

— Não falem com o Camarinha.

E, na capela, tratou de isolar o médico. Sabino e mais uns dois ou três ficaram na porta avisando aos que chegavam:

— Não falem com o Camarinha.

A mãe do morto tinha arrancos de velório antigo. De vez em quando, punha-se a gritar como as mães de 1920, 1921, época ainda dos enterros residenciais. E era um casal raro aquele. De um lado, a mãe que se esganiçava em ataques inatuais; de outro lado, o pai que dizia um só palavrão, sempre o mesmo, imutável.

Ao lado, havia um velório menos numeroso, quase sem lágrimas e sem nenhum gemido. E, de lá, vinha alguém, de vez em quando, espiar os ataques de Madame Camarinha. Glorinha tinha vontade de dizer, à mãe, ou ao pai: "Ele me deflorou. Antes de morrer, me deflorou. E talvez eu esteja grávida".

A menina foi falar com Sabino:

— Papai, eu quero ficar até o fim.

— E não dorme?

Crispou a mão no braço do pai:

— Não me negue isso, papai! Sim?

Naquele momento, a mãe de Antônio Carlos tinha nova crise. Nos braços de uns três ou quatro, parecia estrebuchar em espasmos mediúnicos. Eudóxia pede:

— Um copo d'água. Por favor, um copo d'água.

Veio a água. Ela arquejava no banco. Apanha o copo com as duas mãos. Olha a água e, ofegante, pergunta:

— Filtrada?

Disseram:

— Bebe, bebe.

Começou a beber, e com tanta sede que a água voltava, escorria como uma baba.

De manhã, na hora de fechar o caixão, Camarinha vai beijar o filho. Disse:

— Teu pai é um bom filho da puta.

19

Perguntou:

— Vê as horas, vê?

Vicente mexe nos seus cabelos:

— Cedo.

Suspirou:

— Tenho que sair com papai.

Quatro e meia ainda.

— Às cinco saio?

Aproximou a cara como se fosse beijar Glorinha:

— Sai. Às cinco, sai.

A menina fazia, ao mesmo tempo, o cabelo e as unhas do pé. As mãos estavam prontas, as mãos de noiva. E, então, Vicente começa a falar do Cristo de Salvador Dalí.[32] Descrevia. Jesus visto de cima para baixo. Não de frente ou de perfil, mas olhado do alto. E, como a cabeça pendia sobre o peito, não se via o rosto.

Com os dedos enfiados nos cabelos de Glorinha, bradou:

— Genial, genial!

"Genial", para a sua admiração desvairada, era a falta de rosto. Outro qualquer teria posto a cara idiota de um modelo. Sim, de um sórdido modelo, pago a tanto por hora. Mas vem o gênio e descobre que Cristo não tem rosto, nunca teve rosto. De mais a mais, nada de um Deus magro, ossudo, morto a fome. Não. O Cristo de Dalí tinha a musculatura de um nadador. Aí estava outro achado genial: o Jesus nadador.

Glorinha deixa passar um momento. Diz:

— Eu gosto do Drummond.

O outro repete:

— Ah, o Drummond.

E, novamente, o cabeleireiro baixa a cabeça como se fosse beijá-la:

— E o Fernando Pessoa?

Fernando Pessoa era muito citado no grupo de Glorinha. O cineasta dos documentários sabia de cor um dos seus poemas.

Vicente fala:

— Se Deus me perguntasse se eu preferia ser Drummond ou Fernando Pessoa, não tem conversa.

Sua opção estava feita: Fernando Pessoa. Repetiu, pensando em Salvador Dalí:

— Claro, claro. Mais poeta.

Ela pensava em Antônio Carlos, de braços abertos, nu, de cabeça pendida e visto de cima. Antônio Carlos sem rosto.

Naquele momento, Sabino ia, na sua Mercedes, para a imobiliária. De repente, muda de ideia. Diz para o chofer:

— Olha. Vamos fazer o seguinte. Volta, volta.

— Como?

— Vamos dar um pulo em Paulo de Frontin.

— Na igreja?

— Exato, exato.

Resolvera passar no Monsenhor Bernardo. Mas perguntava a si mesmo: "Por que e para quê?". A rigor, a rigor, não tinha nenhum motivo preciso, concreto.

Imaginou a cena absurda: ele, entrando na sacristia e caindo de joelhos, simplesmente caindo de joelhos, aos pés do Monsenhor. O outro diria, por certo diria: "Levante-se, levante-se!". Chamando-o "meu filho", o vasco gigantesco perguntaria:

— O que é que há? O que é que houve? Fala!

Responderia, atônito:

— Não sei, não sei.

Eis a verdade: não sabia de nada. Sabia apenas que, na véspera do casamento da filha, acordava com um brutal sentimento de culpa.

Quando viu a igreja, teve medo. Era melhor voltar, fugir. Quase disse ao chofer: "Volta, volta". Mas prendeu os lábios. E pensava na filha que ia se casar, no dia seguinte, com um pederasta.

O automóvel encosta, diante da igreja. Respirou:

— Me espera.

O outro vira-se:

— Não ouvi.

Explodiu:

— Está surdo, rapaz? Ora, bolas! Me espera. Aqui pode estacionar. Ou é melhor subir na calçada? Sobe na calçada, antes que me levem o para-lama.

Salta. Fez o caminho por dentro da igreja. Caminhava, de fronte erguida, por entre alas de santos seminus (os santos estavam vestidos, mas ele os imaginava seminus).

Na sacristia, estava o padre do esparadrapo, escrevendo num caderno grosso. Sabino teve a ideia de uma repetição. Monsenhor viria atendê-lo cá fora, iriam os dois para o mictório e o vasco diria: "O ato sexual é uma mijada!".

O padre ergueu a vista:

— Voltou?

Disse, vermelho:

— Preciso falar com o Monsenhor. Ele está?

— Um momentinho.

O outro levanta-se. Sabino acrescenta:

— Uma palavrinha só.

Lá foi o padre. Sabino recosta-se na secretária. Aquele sujeito, por causa talvez do esparadrapo, lembrava uma daquelas caricaturas anticlericais do Eça. Ao mesmo tempo, tinha uma afetação suspeitíssima. Aquele esparadrapo escondia, isto é, não escondia uma ferida. Sabino veio até a porta e pensava na pupila azul, translúcida, de Glorinha. Na porta da sacristia, pisou o cigarro que deixara cair.

O outro voltava:

— Tenha a bondade.

— Obrigado.

O padre foi sentar-se, novamente. Caminhava para a sala do Monsenhor e pensava que tudo ia se repetir, palavras, mímica e atos.

Monsenhor estendia-lhe as duas mãos (gesto repetido):

— Alguma novidade?

Disse, confuso:

— Propriamente, novidade, não.

"Falo na pederastia?", pensava Sabino.

Puxa a cadeira e senta-se. O genro, o genro. Começa:

— Vim aqui porque...

O outro interrompe:

— Sentindo alguma coisa?

Fica com o riso parado:

— Por quê?

— Está pálido.

Engole em seco:

— Não, absolutamente. Apenas calor.

Realmente, transpirava. Passou o lenço no rosto e, depois, na nuca. Guardando o lenço, lembrou-se que ainda não almoçara. Monsenhor levanta-se e vai fechar a porta.

Volta, de mão estendida:

— Sabino, me dá outro cigarro.

— Pois não.

Monsenhor suspira:

— Caso sério. Estou fumando pra burro. Engraçado. Te vejo e me dá vontade de fumar.

— Não faça cerimônia.

Sabino acende o cigarro. E, então, puxando a primeira tragada, Monsenhor nota:

— Sua mão está tremendo.

Sabino ergue-se:

— Pois é. Não estou me sentindo bem. Não sei se é o calor. Está quente, hoje.

Na sua angústia, repetiu:

— Quente.

Mas o padre, entretido com o prazer do fumo, disse:

— Esse é o terceiro. Interessante é que o cigarro me dá um sentimento de culpa.

— Isso! Isso! O senhor me tirou as palavras da boca. Sentimento de culpa! Exatamente o que eu tenho, exatamente o que eu sinto.

Parou, ofegante. Monsenhor interessou-se:

— Está com sentimento de culpa?

Disse, com euforia:

— Estou.

Monsenhor recostou-se na cadeira:

— Então, ótimo, ótimo. Sabino, só não estamos de quatro, urrando no bosque, porque o sentimento de culpa nos salva.

Sabino exalta-se:

— Vou ficar de pé, porque de pé falo melhor.

— À vontade.

Teve vontade de afrouxar o nó da gravata, abrir o colarinho:

— Monsenhor, ainda agora, ao vir para cá, eu tive uma vertigem, uma espécie de vertigem. Não almocei ainda.

— Estômago vazio.

Protestou:

— Não, não e aí é que está. Não foi uma causa física, entende? É o sentimento de culpa.

Com um esgar de choro, faz uma pausa. Está decidido: não falaria na homossexualidade do genro. Poderia falar talvez no final.

O cigarro do Monsenhor está acabando. Bate a cinza:

— Continue, continue. Não pare.

Sabino baixa a cabeça:

— Eu devia estar aqui de joelhos. Mas não sei, não sei.

Levanta a cabeça, numa tensão insuportável:

— Preciso de movimento, de movimento.

O padre ergueu-se, abrindo os braços. Encheu a sala, até o teto, com a sua voz de barítono:

— Nada de ficar de joelhos. Ande, caminhe. Aqui dentro mesmo. Se é confissão, melhor.

Faz a volta da mesa e vem falar cara a cara:

— A grande confissão devia ser feita em marcha. Você e o confessor, lado a lado, marchando. O homem que caminha é mais livre, compreendeu? Mais aberto, mais indefeso. Vamos! Ande aqui, de um lado para outro, anda, vamos!

Naquele pequeno espaço, os dois começaram a andar, o Monsenhor em sentido contrário:

— Fale em movimento. Assim, isso mesmo. Quando me ajoelho, a simples dor da articulação altera tudo em mim. Ao passo que, andando, eu sinto que Deus caminha comigo.

Disse, forte, com o olho rútilo:

— Deus anda! Deus anda!

Falava tão alto que o padre de esparadrapo entreabriu a porta, assustado:

— Me chamou?

Sem parar, respondeu, irado:

— Fora! Fora!

Sabino estava dizendo:

— Quando eu fiz anos, no mês passado, o pessoal da imobiliária me deu um presente. Então, o doutor Barone, chefe do nosso Departamento Jurídico, fez um discurso. Bonito, discurso muito bonito. Entre outras coisas, disse que eu era um homem de bem. Homem de bem.

Estaca. Monsenhor o instiga:

— Ande, ande! Não pare!

Caminhou:

— Desde menino, que eu ouço falar em homem de bem. Monsenhor, eu queria sua opinião.

Perguntou, desesperado:

— Sou ou não sou um homem de bem?

Monsenhor senta-se:

— Vou fumar outro cigarro. Me dá um.

Sabino dá-lhe o cigarro e o acende. O padre fala:

— Mas não para, Sabino, não para. E nem precisa olhar para mim. Fala sem olhar para mim e sem se preocupar comigo.

O outro continuou:

— Imagine que, durante quase toda a minha vida, eu tive na minha frente um homem de bem: meu pai. Como meu pai, eu nunca vi. Nem sorria, como se o sorriso fosse um luxo, uma sensualidade. Eu era garoto quando ouvi uma conversa de minha mãe com minhas tias. E fiquei sabendo que ela só teve relações com papai até que ficou grávida de mim. Mas compreendeu? Essa foi a primeira e última gravidez de minha mãe. Depois disso, nunca mais foi mulher para meu pai.

Nova pausa. Ia acabar chorando. Perguntou:

— Eu queria que o senhor me dissesse: o que é isso?

Monsenhor traga e devolve a fumaça. A voluptuosidade do cigarro dá-lhe uma certa tensão dionisíaca. Teria preferido que, até a última tragada, Sabino não falasse, ninguém falasse. Para o homem que fuma pouco, o cigarro devia ser um prazer solitário.

De repente, Sabino faz a pergunta à queima-roupa:

— Devo dizer tudo? — E repetia, fora de si: — Deve-se dizer tudo?

Monsenhor não respondeu imediatamente. Ergueu-se e foi abrir a janela e atirar fora o cigarro. Ao mesmo tempo, pensava: "Daqui a pouco, peço outro". Fechou a janela e voltou.

Sabino, que já caminhara tanto, estava parado. Monsenhor pôs-lhe a mão no ombro:

— Meu filho, deve-se dizer tudo, exatamente tudo.

Sabino teve medo. "Tudo", menos as fezes do pai. Não diria que, desde manhã, só pensava na morte do pai. No casamento da filha e na morte do pai. Sentia, por toda a cidade, o cheiro de sangue e urina que há em toda agonia.

Monsenhor dizia:

— O que não se diz apodrece em nós. Entende ou não? Fala.

— Entendo.

— Pois então diga tudo. Mas andando.

O padre foi sentar-se. Sabino caminhava:

— Há um fato, um fato na minha vida, que ninguém sabe, que eu não contei a ninguém. E, agora mesmo, não sei se terei coragem de contar. Esse fato nunca entrou nas minhas confissões.

Quis acrescentar que "o fato" estava, dentro dele, como uma "gangrena". Mas "gangrena" foi a palavra que não lhe ocorreu.

E, então, caminhando, trôpego, Sabino foi até o fim:

— Monsenhor, quando meu pai e minha mãe passaram a dormir em quartos separados, eu tinha cinco anos, seis, no máximo. De noite, eu saía da minha cama e ia me deitar na cama de minha mãe. Uma vez acordo e ouço a minha mãe chorando. Não me mexi. O choro ia ficando mais forte. E eu fingindo que dormia.

Arqueja:

— Compreendeu, Monsenhor?

O outro dá um murro na mesa:

— Não interessa se compreendi, ou não compreendi. Você tem que dizer tudo, precisa dizer tudo. Vamos lá. Você acordou e sua mãe estava chorando. E o que mais?

Estende as duas mãos crispadas:

— Naquele momento, eu não entendi nada. Simplesmente, eu não soube o que era aquilo. Achei que minha mãe estava chorando e nada mais. Ao mesmo tempo percebi, intuitivamente, que não devia acordar.

Sabino caminha circularmente pela sala. Estaca, diante do Monsenhor:

— Pronto. Já disse tudo.

O padre balança a cabeça:

— É pouco. Você tem que ir até o fim.

Estendeu a mão, como se estivesse cobrando um dinheiro:

— O resto, o resto!

Sabino aperta a cabeça entre as mãos:

— O que eu disse, basta. E se o senhor entendeu, para que dizer mais?

Monsenhor põe na mesa a mão enorme:

— Você não quer se salvar? Não quer?

— Quero!

Recosta-se na cadeira, fecha os olhos:

— Então, fala, fala!

Tomou-se de fúria:

— Ah, o senhor quer que eu diga? Vou dizer. É uma morta, uma morta. Mas eu vou dizer.

Ergue a fronte. Disse, baixo, mas nítido:

— Ela não chorava. Só depois, eu compreendi que ela não chorava. Estava-se onanizando.

Range os dentes:

— Era onanismo, onanismo!

Acabou de falar e gira sobre si mesmo, com as duas mãos no ventre.

Diz, roxo:

— Quero vomitar! Vou vomitar!

Monsenhor se arremessa:

— Aqui, não! Aqui, não!

Puxa-o:

— Vem cá. Vem cá!

Sabino foi empurrado. Monsenhor abre a janela, de par em par. Diz, com satisfação:

— Pronto, pronto.

Sabino está debruçado no parapeito, em ânsias medonhas.

Monsenhor bate-lhe nas costas:

— Vomita, vomita, que faz bem, é bom.

Ao mesmo tempo, resolve fumar outro cigarro. "Fumo até o meio e jogo fora o resto". E quando Sabino, esverdeado, arquejante, parou, Monsenhor animou:

— Mais, mais. Enfia o dedo na garganta. Enfia.

A janela abria para um canteiro. Sabino vomitava em cima dos tinhorões.

20

Sabino estendeu a mão:

— Muito obrigado e já vou.

Monsenhor guardava papéis e fechava gavetas:

— Vou também. Saímos juntos.

Sabino, em pé, passando o lenço no rosto, resolvia despedir a "vaca" da Noêmia. Monsenhor olhava em torno:

— Não falta mais nada?

E ele próprio respondeu:

— Nada.

Passou-lhe o braço pelo ombro:

— Podemos ir. — E suspirou: — Sabino, Sabino!

Torcendo a chave, perguntou, risonhamente:

— Depois que vomitou, não se sente menos culpado?

Respondeu, gravemente:

— De fato, melhorei.

Pensava nos tinhorões vomitados. A solução era mesmo despedir Noêmia. Sem brigar, sem discutir. E se ela perguntasse por quê? Na certa, ia perguntar por quê. Medida de economia. Era a velha desculpa, velha como o mundo. Mas nada de ligar a demissão ao ato de amor. De amor, vírgula. Com d. Noêmia, o ato sexual fora uma típica mijada.

Ao ver o Monsenhor, o padre do furúnculo perfilara-se:

— Já vai?

— Até amanhã.

— Posso fechar tudo?

— Fecha.

Sabino sorriu-lhe:

— Até amanhã.

— Passar bem.

Na porta, pergunta ao Monsenhor:

— Quer que eu o deixe em algum lugar?

— Obrigado. Prefiro ir a pé. É aquilo que eu lhe disse.

Sabino repetiu, com satisfação:

— Deus anda! Deus anda!

O outro respirou, como se puxasse a tarde para os seus pulmões:

— Exato. Anda. Mas ouviu, meu caro Sabino? Quando caminho, quando marcho, eu me sinto quase onipotente. Mas vem comigo. Me leva até a esquina.

— Pois não, pois não.

— Ou está com pressa?

— Absolutamente.

Caminharam, de braço. Monsenhor foi dizendo:

— Aquilo que você me contou. A história da masturbação, entende?

Sabino não dissera "masturbação". E a palavra doeu-lhe na carne e na alma. "Onanismo" era muito menos vil.

Monsenhor continuou:

— Como você fez a sua confissão, eu tive a ideia de fazer a minha. Que tal? O confessor também se confessar? Está espantado?

— Oh, não e pelo contrário!

O padre riu:

— Que é o contrário do espanto? Mas vamos falar sério. No meu caso, ninguém se masturba.

Outra vez, a palavra! Monsenhor insistia, como se tivesse a intenção (gratuita e monstruosa) de brincar com uma ferida hedionda.

O padre fala:

— Minha confissão é o seguinte. Imagine você uma menina. Quem é não interessa, nem eu lhe diria o nome. Uma menina, pronto. Dezessete anos, talvez. Ou dezoito anos. Linda, linda.

Monsenhor para na calçada:

— Ou será melhor não continuar e ficar por aí?

— O senhor é quem sabe.

— Não, não. Já comecei, vou até o fim. Mas entende? Tudo aconteceu na minha sacristia. Outro dia, o fato é recentíssimo. Veja você: eu conheço o pai, a mãe, a família toda. A garota chegou quando eu já ia sair. Chegou e disse: "Eu preciso muito falar com o senhor". Não desconfiei de nada. A menina estava calmíssima. Como já era tarde, saí um momento e fui despachar o meu secretário, aquele rapaz.

— Do esparadrapo?

— Esse. Pederasta.

— Como?

— O padre do esparadrapo, meu secretário. E pederasta. Notou que ele dá umas rabanadas de vez em quando?

— Não reparei.

Param na esquina. Monsenhor pensa: "Aqui não posso fumar". Há padres que fumam em público. Monsenhor, porém, só acha prazer em fumar escondido. Continua:

— Mando o meu secretário embora e volto. Entro e cadê a pequena? Me viro e dou com ela, que se escondera atrás da porta. Mas nua, completamente nua.

Sabino está de boca aberta:

— Despida?

— Despida, nua, nuazinha. Enquanto eu ia e vinha, naquele minuto, a menina tirara toda a roupa e, até, os sapatos. Nua e descalça. Que tal?

Balbuciou:

— Por que e a troco de quê?

— Vá ouvindo. E eu a conheço, desde garotinha. Claro que antes não tinha havido nada entre nós. Nem nunca me passou pela cabeça semelhante hipótese. Vinha-se oferecer, Sabino. Apenas.

Pausa. Sabino pergunta:

— E daí?

Monsenhor exalta-se:

— Ou você não percebe? Menina noiva. Diz que ama o noivo. E talvez ame, sei lá. Mas queria ser deflorada por mim. Por mim, Sabino!

— E o que é que o senhor fez?

— Diga. O que é que eu fiz? Você me conhece. Vamos, use a sua imaginação. O que é que eu fiz?

Sabino não responde. Os dois se olham. Monsenhor fala:

— Fiz o seguinte. Em primeiro lugar, não me espantei, isto é, não demonstrei nenhum espanto. Nem a censurei. Disse, simplesmente: "Meu anjo, põe a roupa. Eu saio, enquanto você se veste. Estou esperando, aí do lado de fora". Saí e ela ficou. Um minuto depois, apareceu, vestidinha. Ainda lhe disse, com o maior carinho: "Isso não aconteceu. Não houve nada. E Deus te abençoe". Dei-lhe um beijo na testa e ela foi-se embora.

— Só?

— Só. Ou você queria o quê?

— Não queria nada, mas...

Numa curiosidade maligna, Sabino perguntou:

— E a sua opinião sobre essa menina? Como o senhor explica esse comportamento?

Monsenhor responde com outra pergunta:

— Que horas são?

— As horas?

— Vê no teu relógio. Quanto? Ih, comecei a me atrasar. Mas a garota nua valeu ou não a masturbação?

A mesma palavra, a mesma palavra. Onanismo, e não masturbação. Ia despedir Noêmia, a pontapés. Não merecia — uma sem-vergonha! — a mínima contemplação.

Monsenhor sorria:

— Quer mesmo saber a minha opinião sobre a pequena? Você pensa que eu vou arrasá-la, talvez.

— Em absoluto.

Riu:

— Confesse, Sabino. Mas olha: vou-lhe dizer apenas o seguinte. Se cada um conhecesse a intimidade sexual dos outros, ninguém falaria com ninguém. Deixa eu ir. Lembranças a dona Eudóxia.

Monsenhor chega a dar três ou quatro passos. Súbito, estaca e retrocede:

— Diz à Glorinha que eu rezo sempre por ela. Adeus.

— Adeus.

Ficou, parado, olhando o padre pelas costas. E, então, em cima do meio-fio, fez o sinal para o chofer. Olhou ainda uma vez o padre, que já ia longe, com suas passadas largas e furiosas. Sim, havia qualquer coisa de obsceno na vitalidade do Monsenhor.

Entra no automóvel (ainda bem que vomitara):

— Vamos para o escritório.

Devia ter almoçado. E, súbito, tem a certeza cruel: "Monsenhor mentiu!". Era mentira, mentira. Estirou as pernas, radiante. (E não perdoava ao padre ter dito "masturbação" em vez de "onanismo".) Um homem com aquelas ventas, aquela nuca, aquele tórax, não deixaria a pequena partir sem uma carícia.

Sabino pôs-se a imaginar a cena: Monsenhor, com o seu hálito de centauro, agarrando a garota nua, possuindo-a, atrás da porta, em pé. Uma posse feroz, sem uma palavra. Ou apenas Monsenhor pedindo: "Não grita, não grita!".

Sabino fecha os olhos. E já não era mais o vasco que a possuía, mas ele mesmo, Sabino. Desejou a menina desconhecida. Por um momento, sonhou que era ele, e não o outro, que beijava o ventre da garota. E, depois, beijava, não o seio, mas os peitinhos.

Monsenhor disse que a mandara embora sem lhe tocar na nudez. Mentira! No mínimo, a deflorou em pé. Ou talvez não fosse mais virgem.

Sabino pensa: "Minha filha vai-se casar amanhã e eu não almocei". Diz para si mesmo: "Vomitei o que não comi". O automóvel encostou na frente do edifício. Salta:

— Vai para o estacionamento e me espera lá.

Ao entrar no elevador, mudou de opinião: "Monsenhor respeitou a menina". Um santo pode ter ventas de fauno e alma de menina. O padre era essa menina.

O cabineiro sorria-lhe:

— Doutor, quer entrar no nosso bolo?

Perguntou, espantadíssimo:

— Que bolo?

Tirou um papel do bolso:

— Nós fizemos um bolo do jogo Fluminense x Vasco.

— Quanto é?

— Quinhentos.

Puxou a carteira. Tirou uma de quinhentos no meio de muitas de cinco mil. O cabineiro recebeu o dinheiro:

— Qual é o seu palpite, doutor?

Vacila:

— Olha. Põe Fluminense dois a um.

— Dois a um?

— Vê se tem muito dois a um.

— Dois a um pra burro!

Sabino corre os olhos pelo papel:

— Vamos fazer o seguinte. Tem Fluminense cinco a zero? Não tem? Então, põe Fluminense cinco a zero, pronto.

O cabineiro faz o espanto risonho:

— O senhor não acha muito?

Repetiu, firme:

— Põe, rapaz, põe cinco a zero. O Fluminense está bom. E o Tim,[33] desses que andam por aí, é o melhor.

O cabineiro escreve o palpite de cinco a zero. Mas pensa: "O velho está lélé!".

Sabino encaminha-se para o gabinete. Está novamente furioso com "essa vaca" da Noêmia. Cruza com o *boy* novo, que, ao vê-lo, põe-se em posição de sentido. E esse rapaz, que se perfilava por ele, deu-lhe uma sensação de onipotência. Na certa, d. Noêmia ia chorar. Nessas ocasiões, qualquer mulher chora. Vá pra o diabo!

Empurra a porta do gabinete e sua fúria some até o último vestígio. Via, sentado, lendo uma revista, o genro.

A cara amarrada desfaz-se num sorriso:

— Olá!

Teófilo abandona a revista, ergue-se:

— Estou à sua espera.

Sabino estendia as duas mãos (como Monsenhor):

— Foi bom você ter vindo.

Abraçou longamente o rapaz. Teófilo pergunta:

— Quer falar comigo?

— Pois é. Glorinha deu o recado?

— Deu. Telefonou.

Sabino suspira:

— Precisamos conversar.

Vira-se para d. Noêmia que, na sua mesinha, batia à máquina:

— Quer sair um instantinho? Ouviu, dona Noêmia? Quer sair um instantinho?

Levantou-se:

— Pois não.

E o que o irritou foi a naturalidade cínica da moça. Passou por eles e ainda sorriu, ligeiramente, para Teófilo. Pudor nenhum, nem constrangimento, nada.

Sabino mostra a cadeira:

— Senta, senta.

Apanha um cigarro:

— Não repare. Hoje, tudo me comove. Como é?

Teófilo senta-se, cruza as pernas. Sabino oferece a carteira de cigarros:

— Quer um?

— Não fumo.

Guarda a carteira:

— Ah, é mesmo! Você não fuma. O cigarro me faz um mal danado. Mas não largo. Já tentei, mas o pequeno vício é invencível.

Estava com o sorrisinho de Noêmia atravessado na garganta. Explica ao genro:

— Eu, quando tenho algum problema, não posso ficar sentado. Preciso de movimento. E, além disso, estou com uma opressão, aqui, no peito. Vago simpático, talvez. Mas não é nada que preocupe.

Com uma vontade absurda de chorar, ele vai espiar o quadro dos tamoios. O que sentiria um pederasta vendo aqueles índios nus? Lembra-se do papel que encontrara em cima da cômoda, no quarto do *rendez-vous*. Não mexer na terceira gaveta, onde estava a roupa limpa das crianças. Que coisa desagradável e, mesmo, repugnante!

Passa pela sua mesa e larga no cinzeiro a metade do cigarro. Pergunta: "Estou com raiva de quem?". Ah, da Noêmia. Não, não. Agora, tinha raiva de Teófilo. Acabava de descobrir que não gostava do rapaz. Nem agora, nem antes. Sempre o detestara, sempre.

Veio sorrindo, sentar-se, ao lado do genro:

— Desculpe, Teófilo.

Não o chamaria de "meu filho". Seria hipócrita chamá-lo de "meu filho". Nada pior do que o pederasta casado. O pederasta casado só tem uma ideia, dia e noite: a destruição da mulher.

Teófilo faz a pergunta, à queima-roupa:

— O senhor se lembra do filho do Camarinha?

Disse, pálido:

— Não ouvi.

Ouvira, sim, mas precisava ganhar tempo. O outro repetia, nítido, sem desfitá-lo:

— O filho do doutor Camarinha?

— O Antônio Carlos?

— Conheceu?

— Conheci.

Não satisfeito, o genro insiste, cruel.

— Conheceu bem?

— Bem, não digo. Mais ou menos. Por quê?

Tirou outro cigarro e o acendeu. Com esse ato, disfarçou a sua angústia. Eis o que não entendia: por que Teófilo vinha falar do filho, sim, do filho do homem que denunciara a sua pederastia? Sabino teve medo do que o genro ia dizer. Esperou, contraído.

Teófilo ergueu-se. Enfiou uma mão no bolso, e andava de um lado para outro, falando:

— Que ideia o senhor fazia desse rapaz?

Vacilou:

— Bem. Parece que era meio extravagante. Não sei. Aliás, morreu e eu não gosto de falar de morto.

Teófilo repetiu:

— Extravagante! O senhor diz extravagante. Olha, doutor Sabino. Eu vou lhe contar um fato. O senhor sabe que eu fui amigo do Antônio Carlos? Amicíssimo.

E, de repente, Sabino pensa: "Será que o hálito de Teófilo tem cheiro de esperma?". Ficou tenso ante essa ideia.

Teófilo continuava:

— Esse fato aconteceu na véspera da minha partida para a Europa. Foi o seguinte.

Sentou-se. Eis o que Sabino imaginava: "Vou-me chegar para perto dele. Assim eu sinto se ele tem hálito de esperma". Puxou a cadeira (mas não sentia ainda o hálito do genro). Aproximou a cadeira:

— Quer dizer quê?

— Pois é. Na véspera do embarque, eu estive no Castelinho.[34] E, de repente, ouço lá fora, um sujeito gritando: "Olha o cu! Olha o cu!". Isso, aos berros. Todo mundo veio para a porta. E eu também. Sabe o que era?

Sabino estava de boca aberta. O outro prossegue:

— Era um Volkswagen. Fazia a volta do quarteirão, a toda velocidade. Mas diante do Castelinho, o carro diminuía a marcha, para que todos vissem. Ao lado do chofer, vinha um rapaz sentado para fora. Entende? Ele arriara as calças, baixara o vidro e ficava com as nádegas viradas para nós. E gritava: "Olha o cu! Olha o cu!". A noite toda assim. Ninguém ria, não vi ninguém rir.

Parou. Olhava para Sabino. Perguntava:

— O senhor acha graça? Acha?

Numa angústia insuportável, Sabino balbucia:

— Nenhuma.

Imaginava a bunda, obsessiva, irreal, rodando pelo Castelinho, dentro da madrugada. Todo o Castelinho, amontoado na porta, olhando. Ninguém riu, porque todos se sentiam incluídos numa alucinação obscena e fúnebre.

Teófilo aumenta a voz:

— Sabe quem era o cara? Aliás, não havia cara, havia bunda. Mas sabe quem era o sujeito?

Sabino disse o óbvio:

— Antônio Carlos.

E o outro, com triunfante crueldade:

— Sim, o filho do doutor Camarinha. Meu amigo, mas tinha essa fixação. Só pensava nisso. Vamos lá, doutor Sabino. Que é que isso quer dizer?

— Não sei.

Insistiu:

— Outra pergunta. O senhor acha que o doutor Camarinha é algum moralista?

Respondeu:

— Não quero julgar, nem um morto, nem um amigo.

Teófilo inclina-se, satisfeito:

— Paciência.

Há um silêncio. E, mais do que nunca, Sabino quer falar cara a cara com o genro, para sentir-lhe o hálito. Tinha quase que a certeza que era um hálito de esperma.

Levanta-se. Numa brusca euforia, fala:

— Imagine você, Teófilo, que é uma emoção atrás da outra. Estive, hoje, ainda agora, com o Monsenhor Bernardo. Vim de lá, estou chegando de lá. Uma figura, uma figura!

O outro diz, olhando para o teto:

— Gosto do Monsenhor.

Sabino baixa a voz:

— E Monsenhor me disse uma, que eu não esperava. Disse que eu sou um homem de bem. Me desarmou, compreende? Teófilo, você é moço. Mas olha: foi o maior prêmio. Eu não podia desejar mais. Se Monsenhor diz que eu sou um homem de bem, eu me sinto realizado. Pronto, pronto. Não quero mais nada.

E acrescenta, vivamente, sem transição:

— Só lhe peço que faça a felicidade de minha filha.

Aproxima a cara do rapaz:

— Falei eu. Agora fala você.

Quando o genro falasse, ia sentir-lhe o hálito. Teófilo, porém, levanta-se. Fica andando de um lado para outro:

— Da minha parte, farei tudo, tudo. Gosto de sua filha, amo sua filha. E creio que ela também me ama, claro. Temos tudo para sermos felizes.

O que ele dizia era correto, banal, direito e, ao mesmo tempo, torpe. "Por que torpe?" era a pergunta que Sabino se fazia, sem lhe achar a resposta.

Comoveu-se, novamente:

— Teófilo, estou falando demais. Eu o chamei aqui porque... Glorinha disse o que era?

— Fez mistério.

— Ótimo. É o seguinte.

Tira o cheque da carteira:

— Tenho aqui uma lembrancinha de casamento. Pra você.

Apanha o cheque, passa a vista na quantia. Ergue o olhar:

— Cinco milhões?

— Pra você.

Teófilo olha ainda o papel:

— Por quê?

Com surda irritação, Sabino explica:

— O seguinte. Quando uma filha minha se casa, tenho por hábito dar um presente ao meu genro. Faço a mesma coisa com você. Entende?

O outro estava muito calmo:

— Dá licença?

Na frente do sogro, rasgou o cheque em pedacinhos. E depois foi pôr, no cinzeiro, o punhado de papel picado.

21

Tinha um bilhão, em dinheiro vivo. Fora o resto, prédios, terrenos e sem contar as joias da mulher. Esse bilhão dava-lhe um sentimento de onipotência. Era dinheiro. E, ao mesmo tempo, imaginava: "Ainda vou ganhar muito mais".

Ao rasgar o cheque, na sua frente, o genro humilhara e agredira a sua onipotência. Sabino ia dizer-lhe: "Que é isso!". Calou-se, porém. E, de repente, sentiu-se mais frágil e mais velho. Eis a verdade: a agressão de Teófilo (era uma agressão quase física) envelheceu Sabino.

Perguntou:

— Que é isso, afinal?

Teófilo respondeu, delicado, mas irredutível:

— Dinheiro, não!

Sabino já não se lembrava do cheiro de esperma. Esqueceu também a bunda espectral de Antônio Carlos, em voltas delirantes pelo Castelinho.

— Mas é um hábito de família!

O outro repetiu, de fronte erguida:

— Outro presente, sim. Dinheiro, não aceito. Desculpe, mas não aceito.

Sabino catava fósforos no bolso:

— Bem, paciência. Respeito a sua decisão. Se você pensa assim, pronto.

Teófilo ainda perguntou:

— Mas não está zangado? Ou está?

— Absolutamente, ora.

E o rapaz:

— Claro, claro! E fique certo de que eu lhe sou grato da mesma maneira.

Pausa. Teófilo pergunta:

— O.k.?

Disse, vivamente:

— O.k.

Sabino trouxe o genro até o elevador. Sentia-se tão velho, subitamente tão velho! (Ao mesmo tempo, a face ardia-lhe como se tivesse levado uma bofetada.) Antes de chegar ao elevador, Sabino para:

— Teófilo, eu queria te dizer o seguinte.

Olha em torno.

— Deixa eu jogar fora esse cigarro.

— Ali — disse Teófilo.

Sabino foi jogar o cigarro na caixa de areia.

Volta e começa:

— Quero que você saiba que achei o seu gesto, rasgando o cheque, e lhe falo com pureza de alma, achei um dos mais perfeitos atos morais que…

Procura palavras:

— … atos morais — e conclui, impulsivamente: — Perfeito ato moral.

E pensava: "Ah, filho da puta!". Estava convencido, mais do que nunca, de que só um pederasta podia ter feito aquilo. No mínimo, Teófilo sabia do cheque. Sabia e premeditara tudo. Nenhuma sinceridade. Puro teatro. Uma bicha fingindo escrúpulos!

O elevador chegava. O cabineiro enfia a cabeça:

— Desce?

— Um momento.

Sabino bateu-lhe nas costas:

— Deus te abençoe.

E o outro, com uma cintilação no olhar:

— Idem, idem. Até amanhã.

O genro entra, fecha a porta do elevador. Só então Sabino sente um cheiro estranho e retardatário. Aquilo que queria sentir no hálito do genro ėstava agora no ar, na parede, por toda a parte.

Volta, lentamente. Só um pederasta rasgaria um cheque de cinco milhões. Exaspera-se. Não estava sentindo mais cheiro nenhum. Queria crer que o olfato pode ter fantasias, alucinações como qualquer outro sentido.

Viu Noêmia conversando com o *boy*. Disse, de passagem:

— Pode vir, dona Noêmia.

A outra, mais moça, mais bonita, o acompanhou. Sabino entrou no gabinete e só parou diante dos tamoios nus. Olhando os índios, disse, sem se virar:

— Dona Noêmia, pode mandar embora esse rapaz, o *boy*.

Não se mexeu:

— O que é que o senhor disse?

Deu-lhe uma fúria:

— A senhora está surda, dona Noêmia?

Balbucia:

— O senhor falou baixo, doutor Sabino!

Veio falar-lhe, quase cara a cara:

— Manda embora o *boy*. — E faz sarcasmo: — Agora, ouviu?

— Ouvi.

— O que é que está me olhando? Vai, dona Noêmia, vai!

Desatinada, vai cumprir a ordem. Sabino aproxima-se da mesa. Olha, no cinzeiro, o bolo de papel picado. Quando d. Noêmia voltou, com uma dor do lado esquerdo, ele estava sentado, com uma das mãos cobrindo o rosto.

Noêmia deixa passar um momento. E, então, com o coração disparado, arrisca:

— Doutor Sabino?

Pergunta, como se acordasse:

— O quê?

E ela, baixo e humilde:

— Gostou?

Sabino ergue-se, estupefato:

— O que é que a senhora falou, dona Noêmia?

Tem medo:

— Nada, nada.

Ele fez toda a volta da mesa. Noêmia pensa que o patrão vem agredi-la.

— Dona Noêmia, a senhora fez uma pergunta. Agora vai repetir. O que é que a senhora perguntou? Quero saber.

Sabino continua não sentindo o cheiro estranho. Está agora certo de que fora vítima de uma alucinação do olfato.

Ela não diz nada. Sabino tem um meio riso:

— A senhora não me ouve quando eu falo normalmente. Vê se agora me escuta e responde.

Pôs-se a berrar:

— O que é que a senhora perguntou?

Balbucia:

— Perguntei se o senhor tinha gostado.

— Ah, foi isso, dona Noêmia? Se eu tinha gostado?

Falava doce, melífluo. E, novamente, grita:

— Quem lhe deu licença de usar esse tom comigo? Hein, sua?

Agarrou-a pelos dois braços:

— Ponha-se no seu lugar! Ponha-se no seu lugar!

Geme:

— O senhor está me machucando!

Empurra a moça:

— Dona Noêmia, nunca se esqueça — Sabino está ofegante —, nunca se esqueça que a senhora não soube nem fingir uma resistência. A senhora é o quê, dona Noêmia? Responda!

A moça está lívida. Mas o terror põe duas rosetas nas suas faces:

— Não estou entendendo.

— O que eu quero dizer, dona Noêmia, é que a senhora se portou como uma profissional. Profissional!

Começou a chorar:

— Não me humilhe! Não me humilhe!

A saliva era espuma na sua boca:

— Uma mulher como a senhora não se humilha!

E disse ainda:

— A senhora está abaixo de tudo! De tudo!

Chorou alto:

— Não fale assim, doutor Sabino! Não fale assim! — E repetia, dobrando-se: — Eu não mereço! Eu não mereço!

Como ela estava fora de si, Sabino pensou no *boy*, que ainda podia estar lá, ouvindo. Foi até a porta e chamou:

— Tem alguém aí? Tem alguém aí?

Nenhuma resposta. Assim mesmo teve uma última dúvida. Atravessou toda a sala, foi ver no mictório. Ninguém. A certeza de que não havia testemunha deu-lhe alma nova. Voltou para o escritório, tropeçando nas próprias pernas. Entra e torce a chave.

Noêmia, que se atirara em cima de uma cadeira, ergue o rosto. Olha-o e tem um rompante:

— O senhor não pode me tratar assim! Não tem esse direito!

Enfrentou-o:

— Eu não admito! Não admito!

Gritava, pela primeira vez gritava. Sabino sente que vai agredir aquela mulher:

— Aqui, quem admite ou deixa de admitir sou eu! Eu! E não grite, dona Noêmia!

Disse, violenta:

— Eu não sou profissional!

Ele berrava:

— Não grite! Cala a boca! — E repetia, possesso: — Cala a boca! Eu nunca bati em mulher e não me faça perder a cabeça!

Caiu de joelhos, no meio do gabinete. O insulto não lhe saía da cabeça:

— Eu não sou profissional! Nunca fui profissional!

Sabino está, em pé, de costas — exausto do próprio ódio. Lentamente, foi até o fim da sala e olhou os tamoios.

E, então, num choro manso, ela começou a falar:

— Doutor Sabino, eu tinha uma pessoa, um companheiro. Traí esse homem, pela primeira vez traí esse homem.

Sabino veio, do fundo do gabinete, com alegre crueldade:

— Então, pior, pior! A senhora trai esse homem com o primeiro que aparece? Não tinha havido entre nós uma palavra, um sorriso, nada! E a senhora trai, dona Noêmia? A senhora chega, vai tirando a roupa e abrindo as pernas? Eu era, praticamente, um desconhecido!

Levantou-se:

— Não, não! Não era um desconhecido!

Estava rouca:

— Ou o senhor não entende?

Avançou para ele. Pôs a mão no seu braço. Sabino desprende-se, num berro:

— Não me toque! Não me encoste a mão!

Sôfrega, ela vai dizendo:

— Doutor Sabino, eu fui, porque gosto, já gostava do senhor. O senhor pode não acreditar, mas eu adoro o senhor. Adoro!

O outro diz, quase sem voz:

— Adora nada! Conversa, conversa!

— Doutor Sabino, me ouça! Se fosse outro, eu não iria! Mas como era o senhor, fui! Quando cheguei aqui, briguei com o meu companheiro. Humilhei esse homem, por sua causa, doutor Sabino.

Sabino estava de perfil, os olhos fechados:

— Estamos perdendo tempo.

Ela bateu o pé:

— Doutor Sabino, eu estava aqui, no meu canto, quieta. E o senhor me chamou. O culpado é o senhor. O que é que eu faço? Quero que o senhor me diga: o que é que eu faço?

Vira-se, assombrado:

— A senhora está insinuando que há, entre nós, um compromisso... que eu tenho deveres para com a senhora? É isso, dona Noêmia?

Ela ia responder, quando bate o telefone. Sabino arqueja:

— Atende a merda desse telefone!

Vai, mais uma vez, até o quadro dos tamoios.

Noêmia atendia:

— Imobiliária Santa Teresinha, boa tarde.

Era Eudóxia. Noêmia faz um sorriso:

— Como vai a senhora? Bem? Assim, assim. Está, está. Vou chamar. Um abraço pra senhora. Um momento.

Volta-se para Sabino (desfaz o sorriso):

— Sua senhora.

O outro vem, sem pressa. Respira forte. Senta-se:

— Alô, o que é que há?

Do outro lado, a mulher fazia espanto:

— Resfriou-se?

— Eu?

— Está rouco!

Riu, amargo:

— Eudóxia, vamos ao que interessa. Fala, alguma novidade?

— Sabe quem está aqui? E vai ser *demoiselle d'honneur*? Dá um palpite?

— Quem?

— Silene.

Repete, atônito:

— Silene?

E continuou:

— Eudóxia, você está maluca? Meu Deus! O que é que vocês têm nessa cabeça?

— Por quê?

— Mas claro!

— Olha. Estou falando baixo porque a Silene está na sala do lado. Silene vai entrar no lugar de Tatiana, que está com rubéola!

Desesperado, pergunta:

— E vocês me arranjam uma epilética? Está ouvindo, Eudóxia? Uma menina que não pode se emocionar. Quando se emociona tem ataque. Imagina se ela cai na igreja, imagina!

— O que é que você quer que eu faça?

— Quem teve a ideia?

— Eu.

— Ah, você? Logo vi! Pois olha: sou contra. Como pai, sou contra!

A mulher perdeu a paciência:

— Sabino, como você é desagradável, chato, meu Deus! A menina é sua afilhada!

— E daí? E daí? Eudóxia, pelo amor de Deus. Escuta: vamos conversar com calma. Eu estou calmo. Você sabia que eu tenho um preconceito feroz contra essa doença. Tenho, confesso. Aceito qualquer doença, menos essa. Essa não. Você sabia disso, Eudóxia. Fala a verdade. Não sabia?

— Não me lembrei. Na hora, não me lembrei.

— Portanto, me faz esse favor, Eudóxia. É um favor que eu lhe peço. Desfaz esse troço. Arranja uma desculpa.

A mulher está desesperada:

— Sabino, me deixa em paz! Já convidei. Agora não tem mais remédio. Escuta, escuta. A Silene já experimentou o vestido da Tatiana. Cabe direitinho.

Sem se despedir, Sabino desliga. Por um momento, ficou mudo, numa meditação ardente e vazia. Viu Noêmia, de costas para ele, assoando-se.

Levantou-se e foi até onde estava a moça.

Disse, contido:

— Dona Noêmia, a senhora está despedida.

Girou, lentamente:

— O quê?

Repetiu, quase doce:

— A senhora está despedida.

Olham-se. Ela começa a tremer e a falar:

— Eu sei por que o senhor está assim comigo.

Chega a rir de angústia:

— Por causa daquilo. Daquilo que o senhor me disse.

Ao mesmo tempo, ela pensa: "Vou começar a gritar. Estou com vontade de gritar". Sabino imagina que a moça fala da fábula homossexual.

Pergunta:

— Aquilo o quê?

Diz, tiritando:

— O senhor disse o nome de sua filha. Não se lembra? O senhor chamou por Glorinha. Mas o senhor pode ficar sossegado, que ninguém vai saber. Eu não vou dizer a ninguém. Nunca, nunca!

Está cara a cara com a moça:

— Que é que você está dizendo? Hein? Está querendo insinuar o quê? É mentira! Mentira! Eu não falei nome nenhum! Sua filha da puta!

Veio para ela de mãos abertas:

— Vou te matar! Vou te matar!

Noêmia corre para o fundo do gabinete. Há entre ele e ela a mesa. Sabino diz:

— Não foge! Não foge! Te varejo com esse peso de chumbo nos cornos!

O ódio de Sabino a imobilizou. Não se mexia mais. Lentamente, ele fazia a volta da mesa.

208

Foi aí que alguém bateu na porta. Sabino tem medo e para. Ouviu a voz chamando:

— Papai, papai!

Vira-se para Noêmia:

— Sai daqui! Sai!

A moça passa por ele. Abre a porta e, sem falar com Glorinha, corre para o fundo do escritório.

Glorinha entra:

— Noêmia está chorando, papai? Que é que houve?

22

DEVIA TER ATIRADO na cara daquela vagabunda a frase do Monsenhor: "O ato amoroso é uma mijada!". Filha da puta, querendo fazer chantagem com o nome de Glorinha. Se tocar na minha filha, mato, mato. E, no dia do julgamento, digo ao júri: "Mataria, outra vez!".

Disse à Glorinha:

— Não foi nada. — E repetia: — Nada.

A menina ajeita o nó da gravata:

— Mas Noêmia saiu chorando, papai!

Beija a menina na face:

— O seguinte, o seguinte. Ela estava batendo, pra mim, um documento. Dessa grande incorporação. E errou, compreendeu? Bem. Dei-lhe uns gritos.

Glorinha suspira:

— Noêmia é tão boazinha, papai!

Sabino tirava o lenço:

— Pois é, pois é. Talvez tenha me excedido, sei lá. Teu casamento me põe maluco!

O ato sexual é uma mijada. O único vínculo entre ele e aquela gaja é, precisamente, essa mijada. Sorri para a filha.

Glorinha toma-lhe o lenço:

— Deixa que eu enxugo, papai. Eu enxugo.

Sabino transpirava no pescoço, no rosto. Sentia o colarinho alagado. Ofegante, disse:

— Não sei, estou meio afrontado. E nem almocei.

Passou o lenço fino no suor de Sabino. Ele pergunta, feliz:

— Pronto?

E ela:

— Acabou.

— Me dá aqui. O lenço, dá.

A menina pegou o lenço pelas extremidades:

— Está ensopado.

— Não faz mal.

Guardou o lenço molhado, atrás, no bolso da calça. Sabino faz a pergunta:

— Triste?

— Pena de Noêmia.

Apanha e beija a mão da filha:

— Olha aqui. Te prometo o seguinte: dou a ela uma caixa de bombons e passa tudo.

Disse, radiante:

— Boa ideia, boa ideia. Mas o senhor não se esquece?

— Vou tomar nota na minha agenda. Espera aí.

Foi na secretária e mostrou o caderno grosso:

— Minha bíblia!

Anotou, lá, a caixa de bombons. Veio iluminado:

— Agora esquece a Noêmia.

Apertou-a, no peito, como num adeus. Como se o casamento, no dia seguinte, fosse a morte da filha. Beijou-a muitas vezes, na face, na testa, na orelha (pela primeira vez, a beijava na orelha). Passou a mão pelas suas costas. E quase, sem querer, ia acariciando as nádegas.

Desprende-se da filha:

— Fez o cabelo?

— Gostou?

— Uma beleza!

— Vim do cabeleireiro pra cá.

Numa angústia que era uma delícia, agarrou-a pelos dois braços. E disse:

— Menininho!

Havia entre os dois uma linguagem de diminutivos, mas era a primeira vez em que ele a chamava de "menininho". Não menininha, não menina, mas menino. Com certas mulheres, o ato sexual é uma mijada.

— Não me canso de te ver!

E, então, Glorinha toma distância para se mostrar. Gira sobre si mesma, numa leve, ágil pirueta de balé. Depois, volta para o pai:

— Eu pensei que o senhor já tivesse ido embora. Foi o cabineiro que me disse, "ainda não desceu, ainda não desceu". Subi.

Sabino já não se lembrava de Noêmia. E tinha medo de que Glorinha o estivesse achando carinhoso demais. Mas quem seria a menina que ficara nua para o Monsenhor? Ainda agora, com a filha nos braços, deslizara a mão pelas suas costas. Se chegasse até as nádegas, e se as acariciasse, qual seria a reação da menina? Imaginou a menina, não como filha, mas como fêmea, fêmea nova.

Falou:

— Você é meu menininho, é?

Ergueu o rosto, petulante:

— Sou. Menininho.

Os dois achavam uma doçura cruel nessa troca de sexo. E, súbito, vira-se para Sabino:

— Papai, vou um instantinho lá dentro.

Pediu:

— Não usa esse banheiro, meu anjo. Sei lá se essas meninas são limpas.

— Eu tomo cuidado, papai. Não se incomode.

Foi levá-la até a porta:

— Vai, vai. Você não podia esperar até chegar em casa?

— Não, não.

Disse, grave:

— Está bem, está bem.

Glorinha atravessou o escritório. Torceu o trinco do banheiro. A porta estava fechada por dentro.

Chamou:

— Noêmia, Noêmia!

A outra abre:

— Entra, entra!

Glorinha passa e Noêmia torce a chave, em seguida. A menina faz espanto:

— Trancada?

Geme:

— Estou tão nervosa, Glorinha, mas tão!

Encarou-a:

— Noêmia, se eu te fizer uma pergunta, você responde?

Recua:

— Que pergunta?

— Responde?

Disse, com medo:

— Respondo.

— É o seguinte. Há alguma coisa entre você e meu pai?

— Alguma coisa como?

— Ora, Noêmia!

— Não estou entendendo.

— Noêmia! Pergunto se há, entre vocês, esse negócio de homem e mulher. Você sabe, Noêmia, ora!

Disse, rubra:

— Pelo amor de Deus, Glorinha! Você parece que não conhece seu pai! Acha que o doutor Sabino ia me dar essa confiança?

— Quer dizer que não há nada?

— Juro!

Glorinha riu:

— Eu sou boba mesmo! Sabe que eu desconfiei? Quando vi você chorando, eu disse, "não estou gostando". Ainda por cima, vocês trancados, a chave.

— Trabalho. Um relatório.

Glorinha olhou-se no espelho:

— Fiquei com ciúmes. Sabe que eu tenho ciúmes de papai? Tenho. Ciúmes no duro.

Fica de frente pra Noêmia:

— Gostou do meu cabelo?

Responde, humilde:

— De você gosto de tudo.

Glorinha entra no reservado:

— Vou fazer xixi. Mas não me sento, não. Tenho medo louco de apanhar doença.

— Faz em pé.

— É o que eu vou fazer.

Glorinha suspira:

— A coisa que mais me irrita, me dá aflição, é calça suada. Sabe onde é que eu suo mais? Gozado. Não é debaixo do braço. Debaixo do braço, eu quase não suo. Mas transpiro à beça debaixo dos seios e, mais ainda, no seio direito.

Sai lá de dentro com a calcinha na mão:

— Agora vou fazer outra pergunta.

Levanta o vestido e abana com a saia as próprias coxas. Põe a calcinha.

Faz a pergunta:

— Eu tenho a bunda arrebitada?

Riram as duas.

— Por quê?

Novamente, Glorinha vai-se olhar no espelho:

— O negócio é o seguinte. Você conhece as minhas irmãs, não conhece? São umas complexadas, ó, meu Deus. Adoram pôr defeito em mim. Hoje, vieram com a novidade de que eu tinha a bunda arrebitada. E elas não têm nada, compreende? Nunca vi bunda mais chata que a das minhas irmãs. Vira e mexe, fazem veneno pra cima de mim. Mas responde: tenho bunda arrebitada?

— Nem sei o que é isso. Bunda arrebitada?

Glorinha pôs-se de perfil:

— Olha agora. Está olhando?

— Já vi.

— Fala.

A outra começa:

— Glorinha, eu não sei se você tem bunda arrebitada, sei lá.

— Fala sinceramente.

E Noêmia:

— Estou falando. Nem vou citar a minha opinião. Vou dizer a opinião de todas as meninas do escritório. Todas. Desde a telefonista, sabe o que elas dizem? Que não pode haver bunda mais bonita!

— Que horror!

A outra não para:

— Horror por quê? Horror coisa nenhuma! Pois um dos meus complexos é esse. Sabe que é esse? Gostaria de ser assim como você. Tenho poucas cadeiras. E aqui detrás sou, como tuas irmãs, achatada. Olha, olha.

Glorinha diz, feliz:

— Eu sei, eu sei, que minhas irmãs têm mágoa. Nem ligo.

Torce a chave:

— Noêmia, você vai amanhã, não vai?

— Ao casamento?

— Faço questão.

Noêmia torce e destorce as mãos:

— Não sei, não sei.

— Amiga da onça? Olha que eu brigo contigo!

Agarra o braço de Glorinha:

— Não é isso. É que — e diz, impulsivamente: — Às vezes, seu pai me trata de uma maneira que. E sem razão, sem razão. Eu faço tudo pra agradar ao doutor Sabino. Vou-lhe dizer uma coisa, Glorinha, e quero que você guarde as minhas palavras.

Começou a chorar:

— Gosto do seu pai, mas sem maldade. Pra mim, o doutor Sabino é mais que um chefe. É um pai. Olha, Glorinha. Haja o que houver, quero que você saiba que eu tenho veneração pelo doutor Sabino. Veneração!

Glorinha deu-lhe um beijo na face:

— Que bobagem! Papai gosta muito de você. E vai, amanhã, não deixa de ir. Quero te ver lá. Tchau.

— Té logo.

Atravessou o escritório. O pai a esperava, no fundo do gabinete, vendo a gravura dos tamoios.

— Estou pronta.

Vira-se, sôfrego. Sente um prazer absurdo ao chamá-la de menininho.

— Vamos? Vamos?

Mas estaca:

— Cadê a Noêmia? Preciso antes falar com a Noêmia.

Foi até à porta. Chamou:

— Dona Noêmia! Dona Noêmia!

— Vou lá, papai.

E Sabino:

— Já vem. Dona Noêmia, por obséquio.

Foi até o meio do escritório. Fingiu uma cordialidade perfeita:

— Dona Noêmia, a senhora me espera. Ou tem algum compromisso?

— Espero.

— Vou levar a minha filha, mas não me demoro. Até já.

Baixa a vista:

— Até já.

Os dois saem, de braço. Embaixo, no *hall*, Glorinha para:

— Olha, papai. Nós não vamos pra casa, não, senhor. Vamos passear.

— E tua mãe?

— Papai, é o último dia. O último. O senhor topa? Quero saber. Topa dar uma volta? Nós dois, papai.

— E dona Noêmia?

Puxava o pai:

— Noêmia espera. Essa tem loucura pelo senhor, paixão. É escrava.

Protestou, gravemente:

— Engano, engano.

Veio pendurada no braço de Sabino.

— Quer apostar como toda secretária vai se apaixonar pelo senhor? Aposto. E outra coisa, papai, outra coisa. Vamos passear sozinhos. O senhor manda o chofer embora.

Sabino exagerou:

— Mas eu não guio há duzentos anos! Pelo amor de Deus!

— Papai, eu vou-me casar amanhã. Não me negue nada na véspera do meu casamento. Manda o chofer embora.

Acabou cedendo. Meteu na mão do chofer uma nota de cinco mil. Perguntou:

— Tem gasolina?

— Mais de meio tanque.

— Dá. Olha. Amanhã, vem cedo, bem cedo. Boa noite.

Entraram no carro. Glorinha diz:

— Vamos completar, papai?

— O quê?

— O tanque de gasolina?

Num falso pânico, pergunta:

— Você me leva pra onde?

Ria, com o coração disparado de felicidade. E ela, com um *élan* selvagem:

— Vou-te levar pra longe, muito longe. O senhor hoje é meu, papai.

Repetiu, baixo, para si mesma:

— Meu.

Quando passaram pelo primeiro posto, ela gritou:

— Volta, papai, volta. Entra lá.

Encheram o tanque. Sabino volta-se para a menina:

— E agora? Vamos pra onde?

Disse, crispada:

— Pra avenida Niemeyer.

Começou a ter medo:

— Muito longe, minha filha. E a hora? Tua mãe vai ficar uma onça.

Chegou-se para Sabino, pousou a cabeça no seu ombro:

— É meu último dia. O senhor não vai me negar nada. Diz pra mim. Hoje, posso pedir tudo?

Baixou a cabeça no volante:

— Tudo.

Sabino aumenta a velocidade. Numa brutal euforia, está dizendo:

— E se eu te raptasse? Se eu fugisse contigo?

— Pra não voltar nunca mais?

Gritou:

— Pra não voltar nunca mais!

Virou o rosto, para falar no ouvido de Sabino:

— Eu topo. Topo, papai. Ou o senhor duvida?

Ele está calado. A menina fala:

— Mas o senhor não tem coragem. Eu tenho mais coragem do que o senhor.

Sem ouvi-la, diz:

— Amanhã, a esta hora, você estará casada. E terá marido. E vai dormir com esse marido.

Crispa a mão no braço de Sabino:

— Está com raiva, papai? Diz a verdade. Está com raiva?

Nega, feroz:

— Não, não! E por quê? Eu só quero a sua felicidade.

Então, ferida, humilhada, espantada, enjoada, quis feri-lo também:

— Papai, o senhor se lembra daquele rapaz, que vai lá em casa e faz cinema? Faz documentário. O da cabeleira, esse. Ele viu o senhor e disse que o senhor é quadrado. Todos os meus amigos acham o senhor quadrado.

Aquilo o exasperou:

— Acham isso?

— É o seu defeito, papai.

Berrou:

— Você também acha?

A Mercedes voava:

— Estão todos enganados! Ninguém me conhece. Nem minha filha me conhece. Mas ainda hoje. Hoje.

Arquejava:

— Eu ia me tornando assassino. Uma pessoa falou de você. E eu ia matando essa pessoa. Estive a um milímetro, a um milímetro do crime. Eu, assassino, eu! E por sua causa!

Encostou a cabeça no ombro do pai:

— Esquece, papai, esquece. O que interessa é que nós estamos aqui e eu adoro o senhor. E sabe pra onde nós vamos agora? Pra uma praia deserta.

— Deserta?

— Claro.

— Minha filha, assaltam a gente! Você quer ser assaltada?

Enfureceu-se:

— Se assaltarem, azeite! Papai, não me contraria, ó, meu Deus! Tem que ser numa praia deserta. Quero ter uma conversa com o senhor. Uma conversa como nunca tivemos.

Viajaram calados algum tempo. Foi só ao entrar na avenida Niemeyer que Sabino falou:

— Glorinha, ainda agora, eu me exaltei. Me doeu saber que também você tem essa ideia de mim.

— Papai, olha.

Põe a mão livre no joelho da filha. Diz, sufocado de angústia:

— Não, não. Não quero discutir. Deixa eu continuar. O seguinte. Quero te dizer que este é o momento mais feliz de minha vida. Eu nunca fui tão feliz. Eu acho que nasci para viver esse momento, só esse momento.

Glorinha pede, oferecendo o rosto:

— Beija, me beija.

Inclina-se, rapidamente, roça com os lábios a testa da menina. Agora é ela que está com a mão no joelho do pai:

— Papai, deixa eu fazer uma pergunta?

— Faz.

— É uma pergunta que eu estou pra lhe fazer desde os dez anos.

Faz uma pausa e diz:

— Como é que o senhor pode gostar de mamãe? O senhor gosta mesmo da mamãe? Eu não acredito. Gosta?

Atônito, balbucia:

— Mas é sua mãe, Glorinha!

Glorinha parecia louca:

— É minha mãe! Minha mãe! E porque é minha mãe eu tenho que gostar? Sou obrigada? Pois fique sabendo que eu não gosto de minha mãe.

Soluçava:

— Não posso nem ver minha mãe!

23

Repetiu:

— Minha filha, sabe que eu estou no maior espanto, Glorinha, no maior espanto? Você nunca falou assim, nunca!

Disse, violenta:

— E sabe por quê? Por quê? Nunca houve entre nós uma conversa séria.

— Mas converso tanto contigo!

Virou-se, desesperada:

— Ah, o senhor não me entende, papai! Não é isso. Nas nossas conversas, eu sinto, sabe? Sinto que o senhor não diz tudo. Nunca diz tudo.

— Mas tudo como? Digo, sim, digo!

— Há coisas que o senhor não diz.

— Que coisas? Isso é muito vago. Que é que eu não digo?

— Ora, papai, ora!

Sabino está quase chorando:

— Glorinha, se eu digo tudo ou nem tudo, é o de menos.

Berrou:

— De menos, vírgula. A mim, o senhor devia dizer tudo!

— Um momento, minha filha. Já chego lá. Primeiro, ouve, Glorinha. Ouve. Pior do que tudo é o que você disse de sua mãe. Temos que aceitar nossos pais. Ninguém é perfeito. Mas temos que aceitar, e não julgar, os nossos pais. É sua mãe, Glorinha, é sua mãe!

Pulou no assento:

— É minha mãe e eu com isso? Por acaso, escolhi minha mãe?

— Esse raciocínio é monstruoso!

Perdeu a cabeça, gritou dentro do automóvel:

— E se eu disser que tenho motivo pra cuspir na cara de minha mãe?

No seu espanto, Sabino ia perdendo a direção e batendo, de frente, num carro que corria em sentido contrário. O outro chofer berrou:

— Filho da puta!

Aquilo estava nos ouvidos de Sabino: "cuspir na cara de minha mãe!". Na sua ira, encostou o carro mais adiante:

— Glorinha, você vai-me explicar isso direitinho. Você não está normal. Responde. E não vira o rosto. Olha pra mim, Glorinha, olha pra mim.

Encarou-o, sem medo:

— Me dá um cigarro.

Gritou tanto que logo ficou rouco:

— Menina! Não se faça de tola! Não é hora de fumar! Eu não admito que você fale assim de sua mãe!

Repetiu:

— Quer me dar um cigarro?

Sabino estava chorando. Falou quase sem voz:

— Eu berro e você não me ouve? Toma, toma o cigarro. Acho que estourei as cordas vocais. Não tenho fósforos. Ah, tenho, está aqui!

Com a mão trêmula, acendeu o cigarro da filha. Liga o motor:

— Vamos voltar.

Rápido, ela segurou o volante:

— Não, papai. Voltar por quê?

— Mas que é isso?

Disse, atirando fora o cigarro:

— Vamos continuar o passeio.

Sabino batia com a mão no peito:

— Não aceito esse tom, não aceito. Você está dando ordens e o pai sou eu, eu!

Glorinha larga o volante:

— Papai, vamos pra aquela praia deserta. Ali. Está vendo? Daqui o senhor não vê? Lá, papai!

Antes de partir, Sabino pergunta:

— E o tal motivo? O motivo que você tem pra cuspir na cara de sua mãe? Qual é? Fala! Quero saber!

Pergunta e, ao mesmo tempo, tem medo da resposta. Ela diz, baixo, com uma certa doçura triste:

— Eu direi, quando a gente saltar. Na praia.

— Pirraça? Minha filha. Há, nas famílias, nas famílias...

Calou-se, porque não achou palavras. O que ele queria dizer é que, em cada família, há trevas que convém não provocar. Quantas casas, quantos lares são varridos de adúlteras, pederastas, incestuosos, epiléticos? Desde que começara a subir a avenida Niemeyer, ouvia o silêncio das ilhas.

Glorinha fala:

— Aqui. Pode parar.

Manobra para trepar no meio-fio. Começa a ter medo da solidão:

— Isso aqui é deserto demais.

A menina salta na frente:

— Fecha o carro e desce.

Sabino suspende o vidro. Diz, amargo:

— Você manda e eu obedeço.

Glorinha tira os sapatos:

— Guarda aí, papai.

Por um momento, ficou, parada, os olhos fechados, sentindo o vento. Gira para o pai:

— Vai estragar meu cabelo, mas não faz mal.

Com os pés livres e nus, corre para a praia.

Sabino grita:

— Glorinha, espera! Glorinha!

Ela não ouve. Para muito adiante:

— Vem! Vem!

Fugia descalça para o mar. Sabino já fechou o automóvel. Pensa: "Bonito se somos assaltados". Veio caminhando. Enterrava os pés na areia, no passo desigual do bêbado. A praia de sua infância, no Rio Grande do Norte, era vermelha de pitangas bravas. E, súbito, ele descobre por que ninguém esquece o mar. O mar cheira a esperma, urina velha, sexo mal lavado. Lá longe, estava uma ilha só de pedra. E a ilha não tinha uma flor, um fruto, uma fonte — só tinha cocô de gaivota.

E, como a filha não parava, teve o medo absurdo de perdê-la:

— Glorinha! Glorinha!

Ela estava, agora, sentada na areia. Gritou para Sabino:

— Tira os sapatos!

De repente, ela se pôs de pé e começou a rir. Dava gargalhadas de louca. Sabino pensava: "Não está normal". Imaginou Glorinha louca na véspera do casamento. Agora, a menina levantava o vestido até o meio das coxas. Vem para perto do mar. Pisa nas espumas e tem os pés lambidos de frescor.

Sabino chega ofegante:

— Minha filha, minha filha.

Puxa-o:

— Senta aqui comigo, senta.

Ele tem medo do que ela vai dizer. Glorinha pergunta:

— Papai, o senhor gosta de mim?

— Ou você duvida?

— Responde.

— Você sabe que eu adoro. Gosto de você, Glorinha, muito mais do que você pensa. Você não tem uma ideia do sentimento que eu, que eu...

Encara-o:

— E entre mim e mamãe?

— Por que sua mãe? Uma é minha mulher e outra, minha filha. Glorinha, você está querendo me ferir? Me magoar?

Sabino pensa que no fundo do mar, muito no fundo do mar, há imensas florestas menstruadas. Glorinha aproxima o rosto:

— Papai, posso dizer tudo?

Desvia o olhar:

— Pode, naturalmente. E por que não?

A noite já veio e os dois não sentem que a noite já veio. Não se vê mais a ilha em frente, a ilha triste, feita de pedra e cocô de gaivota. Uma súbita embriaguez inunda Sabino. Ele tem vontade de sair correndo e gritando. Mas não se mexe, transido de frio. E o frio parece tomá-lo mais magro. Todos os seus ossos estão doendo.

Glorinha pergunta:

— E o senhor também vai dizer tudo?

Tiritava:

— Eu não minto! Eu nunca menti!

— Não é isso que eu perguntei. Perguntei se o senhor vai dizer tudo.

— Tudo o quê? Digo, está bom. Digo tudo!

Glorinha passa a mão no braço do pai:

— E se eu não me casasse amanhã?

Pausa:

— Não casar amanhã?

E a menina, violenta:

— Nem amanhã, nem nunca!

O coração de Sabino dispara:

— Mas por quê? Por quê? Que é isso, minha filha?

Glorinha agarrou-o pelo braço. Diz, quase boca com boca:

— Papai, eu estou dizendo tudo. Disse que odeio minha mãe. Também odeio minhas irmãs. E não gosto do meu noivo. Ouviu? Não gosto do meu noivo!

Glorinha tem hálito de esperma. Não é Glorinha. É o mar. O mar que cheira como certos corrimentos vaginais.

Pergunta:

— O doutor Camarinha te falou?

— Falou, falou. Mas não é o doutor Camarinha. Sou eu, eu! Compreende? Não gosto do meu noivo.

Baixa a voz:

— Gosto de outro.

Sabino está gelado. Fecha a gola do paletó. A filha deita-se e põe a cabeça no seu colo. Ele diz com a voz estrangulada:

— Que outro?

Fecha os olhos:

— Papai, gosto de quem não podia gostar.

— Não podia gostar? Mas quem é? Diz pra mim. Quem é?

— Não posso dizer.

Grita:

— Tem que dizer! Tem que dizer!

Tira a cabeça do colo do pai. Está agora em pé, de costas para o mar. Sabino pôs-se de joelhos. Abraçado às pernas de Glorinha, arqueja:

— A mim, você pode dizer. Tudo. Quero saber o nome, o nome!

Desprendeu-se, furiosa. Por um momento, Sabino ficou de gatinhas na areia, balbuciando:

— Que é isso? Que é isso?

Levantou-se. Choraminga:

— Você não me respeita, Glorinha!

Riu do pai:

— Por que é que eu hei de dizer tudo, se o senhor não diz nada? O senhor tem medo, medo!

Fala e gagueja:

— Minha filha, olha. Olha. Está bem. Vou dizer tudo. O Monsenhor Bernardo acha que devemos dizer tudo. Direi, pronto.

Glorinha põe as duas mãos nos quadris:

— Gosta de mamãe?

Ficou possesso:

— Você só sabe falar de sua mãe? Muda de chapa! Você está doente, menina! Isso é doença. Não respondo, me recuso a responder!

Ela trincou os dentes:

— Covarde! Covarde!

Quis avançar:

— O quê? O quê?

Como uma louca, a menina correu. Sabino vai atrás, gritando:

— Gosta de mamãe?

A menina parou adiante. Sabino aproxima-se, cambaleante. Estende as duas mãos crispadas:

— Minha filha, olha. Eu não gosto de sua mãe. Não gosto. Não é isso que você queria saber? Não amo sua mãe.

— Continua, continua.

Sabino não reconhece a própria voz:

— Tenho pena, uma certa pena. Mas não é amor.

Estava de costas para o pai. Vira-se lentamente:

— Eu disse que tinha um motivo. Um motivo pra cuspir na cara de minha mãe. Agora o senhor vai saber.

— Esquece tua mãe — pediu Sabino, desesperado.

Mas ela foi até o fim:

— O senhor sabe que mamãe sempre me deu banho. Até hoje, ou até outro dia. Dizia que eu não sabia me lavar direito. Aquela conversa. E, depois, me enxugava, passava talco no corpo todo. Passava entre as pernas, dizendo: "Você transpira aí, pode dar assadura".

Sabino balbuciou:

— Que mais:

E ela, num crescendo:

— Até que, na última vez, depois de me enxugar. Está ouvindo, meu pai? Minha mãe me agarrou, me virou e me deu, na boca, um beijo de língua. Como se fosse um homem, papai!

Sabino recua:

— O que é que você está dizendo? O que é que você está insinuando? Não é possível! — E abria os braços para o céu. — Ninguém pode dizer isso da própria mãe!

Veio, de mão levantada, para esbofeteá-la. A menina desafiou:

— Bate! Bate!

E ele não bateu. Como um louco, ficou rodando pela praia, rodando. Falava sem parar:

— É mentira! Mentira! Sou católico praticante, cristão. Eu não acredito que uma mãe seja lésbica da própria filha. Não acredito!

Berrava, andando circularmente:

— Sua mentirosa! Olha, olha!

Acabou caindo aos pés da filha:

— Nem sua mãe tem nada de lésbica. Mulher normal, normal. Vou-te dizer mais, ouve, vou-te dizer mais. Tua mãe teve um amante. Me traiu. Eu perdoei ou nem isso. Fingi que não sabia. É adúltera, mas lésbica, não. E muito menos lésbica da própria filha. Eu sou cristão, eu sou cristão!

Baixou a cabeça, pousou o rosto nos pés de Glorinha. Soluçava, perdido de desespero. A menina esperou. Quando ele parecia mais calmo, perguntou:

— Não quer saber quem é o homem? O homem que eu não podia amar?

O vento já desfizera o penteado do casamento. Sabino apoia as duas mãos na areia e ergue o rosto. Teve vontade de perguntar: "A menina que se despiu para o Monsenhor — é você? A menina que tirou a roupa detrás da porta — é você? Você ficou nua e descalça para o Monsenhor?". Mas não perguntou nada. Passou a mão nas próprias lágrimas.

Glorinha ajoelhou-se na areia. Apanhou entre as mãos o rosto do pai:

— O senhor sabe, não sabe? Hein, papai? Sabe quem é essa pessoa?

Moveu a cabeça:

— Não, não.

— Olha para mim.

E, então, tremendo de febre, ele foi dizendo:

— Eu também gosto de alguém, gosto de uma pessoa que devia ser sagrada para mim. Uma pessoa que...

— Quem?

Sabino desvia o rosto. Ela fala quase boca com boca (o hálito é do mar e não dela):

— Diz, diz.

— Quer mesmo saber?

Súbito, agarra a menina. Dá-lhe um violento beijo na boca.

Glorinha foge do novo beijo:

— Não, não!

Ele está perdido:

— Glorinha, Glorinha!

Mas ela se desprende e está de pé. Aponta para o pai:

— Beijo de língua como o de minha mãe!

Recua. Desatinado, ele começa a dizer:

— Glorinha, não! Vem cá! Você não me entendeu!

A menina passa a mão na boca:

— Não foi beijo de pai.

Sabino perde a cabeça:

— Vem cá, vem cá. Não corre, Glorinha. A culpada foi você. Você que me provocou. Glorinha, eu explico.

A menina corria na frente, muito na frente. Ele vinha atrás, muito atrás. Caía para se levantar e cair mais adiante.

Falava como se a filha pudesse ouvi-lo:

— Você me trouxe pra cá. Uma cilada. Fez insinuações. No automóvel, veio com a mão no meio da minha coxa. E disse que, depois do banho, tua mãe passava talco entre as tuas pernas. Glorinha, você queria me excitar. Eu não sou incestuoso. Não sou incestuoso. Você foi a culpada, Glorinha. Eu sempre achei que o seu amor por mim não era normal.

Tropeçou nas próprias pernas e caiu. Primeiro, ficou de gatinhas e, depois, deitou-se de bruços. Certa vez, Eudóxia dissera: "Se houver um concurso de bunda, o primeiro lugar, fácil, é de Glorinha". Na noite escura, não se vê mais a ilha, ilha toda feita de pedra e de cocô de gaivota.

Ele está chorando:

— Glorinha não entendeu. Eu não sou incestuoso. Eu não desejaria a minha própria filha.

24

MARIA EUDÓXIA VIRA-SE para Dirce:

— Vê aí que horas são, vê?

A filha comia uma fatia de rocambole. A casa estava cheia. Numa roda-viva, Eudóxia sentia dores por todo o corpo. De vez em quando, suspirava: "Estou morta de cansaço". Todo mundo falando, rindo.

Dirce olha o pulso.

— Horas? Oito.

Tomou um susto:

— Teu relógio está certo?

— Pelo da Mesbla.[35]

Põe as mãos na cabeça:

— Oito horas! Eu pensei que fosse menos. E onde é que se meteu Glorinha?

Disse, de boca cheia:

— Sei lá! E já começa a senhora! Fica calminha, mamãe! Não aconteceu nada!

Ralhou com a filha mais velha:

— Não aborrece você também. A menina saiu com Sabino, há mais de uma hora. Vinham pra cá e deviam ter chegado. É o telefone? Escuta. É o telefone?

Era. Eudóxia grita:

— Corre, Dirce. Má vontade, ih! Deixa que eu vou. Eu mesma vou.

Dirce toma-lhe a frente:

— Mamãe, fica aí. Eu vou. Pode deixar.

Eudóxia ficou resmungando:

— Meninas imprestáveis!

Com pouco mais, volta Dirce:

— Mamãe, não sei quem é. Um cara. Quer falar com a senhora.

Deu um prato à filha:

— Toma, segura isso aqui.

Visitas chegavam. Eudóxia ia passando:

— Volto já, volto já.

Apanha o telefone:

— Alô? Alô? Quer falar com quem? É ela mesma. Como?

A voz masculina dizia:

— A senhora não me conhece.

— Alô? Alô?

E o outro:

— É dona Maria Eudóxia? A senhora é mãe de Glorinha?

— Mas quem está falando?

— Calma. Eu me identifico. Um momento, minha senhora. Por obséquio, minha senhora. Eu tenho um recado de sua filha. Sim, de sua filha Glorinha.

Interrompeu, violenta:

— Mas por que minha filha não vem ao telefone?

— Eu explico.

— Aconteceu alguma coisa com Glorinha?

— Não aconteceu nada. Eu sou engenheiro, minha senhora. Gervásio Cotrim, da Eletrobrás.

Ao lado, Dirce quer tomar o telefone:

— Deixa que eu falo, mamãe.

Eudóxia dá uma cotovelada na filha:

— Não chateia — e explica para o outro: — Eu estou falando aqui. Dirce, sai, Dirce!

O engenheiro pode explicar:

— Minha senhora, sua filha está no meu automóvel. Manda dizer pra senhora não se assustar. Não houve nada, está tudo bem. E já vamos pra aí.

— Mas e meu marido? Alô? Alô? Por que é que minha filha, ou meu marido, não vem falar comigo?

O engenheiro Gervásio Cotrim (na Eletrobrás pagavam mal) estava-se desquitando. Surpreendera a mulher no colo de um primo, as coxas de fora, aos beijos e gemidos. Há um ano que ele sabia de tudo. Mas estaria disposto a ignorar esse e os próximos amantes. O flagrante, porém, criou a obrigação de uma atitude. O desquite estava para sair. Como gostava da mulher (e cada vez mais), adquirira o hábito de fazer voltas solitárias pela Barra da Tijuca. Sofria menos, isto é, sofria mais na solidão. Precisava sofrer. Naquela tarde, ou noite, vinha passando por uma praia deserta, quando apareceu aquela pequena na frente do carro, abrindo os braços.

Podia ser assalto. Muitas vezes, os bandidos usam mulheres como isca. Paro, não paro, acabou parando mais adiante. A moça vinha correndo como uma louca. O engenheiro não estava gostando, nada, nada. "Vou entrar numa fria."

A menina chega, abre a porta da frente e se atira para dentro, gritando:

— Vamos embora! Não para! Continua, continua!

Estava descalça, eis o que observou o engenheiro, estava descalça. Bem vestida e descalça (bem vestidíssima).

Repetia, selvagem:

— Ele vem aí! Ele vem aí!

Ele, quem? O engenheiro partiu, a toda velocidade.

Perguntou à desconhecida:

— Mas o que é que houve? Não chora. Chorando por quê? Escuta, escuta.

A menina soluçava:

— Fui perseguida por um homem! Um homem!

— Perdeu os sapatos?

Chorou forte:

— Foi uma cilada! Os sapatos? Tirei os sapatos pra correr melhor.

— Quer passar no distrito?

— Não ouvi.

— Você foi assaltada. Quer passar no distrito?

— Polícia? Não, não. O senhor me leva pra casa.

— Levo.

Arqueja:

— Ou me deixa num táxi. Por favor, sim?

— Não há problema. Mas escuta. Está machucada?

Cruzou as mãos no peito:

— Eu moro na rua Viveiros de Castro.

O engenheiro escolhia palavras:

— Foi só o susto ou?

— Como?

— Você não sofreu nada, nada fisicamente? Entende? Fisicamente?

— Não deu tempo. Fugi.

— Perguntei por causa do corpo de delito. Sabe o que é? Um exame que o próprio médico da polícia faz. Corpo de delito?

Suspirou:

— Deus me livre!

Um minuto depois, quando passavam pela Gruta da Imprensa, vira-se para o engenheiro:

— Quer me fazer um favor?

— Faço, pois não.

— O senhor para no primeiro telefone. Onde tiver telefone. Preciso avisar lá pra casa.

O engenheiro entrou no primeiro posto. Perguntou:

— Aí tem telefone?

O crioulo de macacão aponta:

— Lá.

O engenheiro salta:

— Vem, vem falar.

E ela:

— Não, não. Fala o senhor. Chama dona Maria Eudóxia. O número é. Quer tomar nota?

— Pode dizer. Como é? Dois, sete ou três, sete? Dois?

Tomou nota. Glorinha olhava para trás, com medo que aparecesse, lá, a Mercedes. Diz:

— Avisa que já estamos indo. Explica que está tudo bem. Que eu chego já.

O telefone era no pequeno escritório. Com licença. Pode falar. O engenheiro liga para Eudóxia. Repetiu:

— Num instantinho chegamos aí. Olha. Estamos no Leblon.

Viu o desespero de Eudóxia. Para convencê-la deu nome, endereço, telefone, o diabo. Mas Eudóxia estava fora de si:

— Sou mãe. Tenho direito de falar com minha filha. Quero ouvir a voz de Glorinha. O senhor chama, chama minha filha.

Não teve outro remédio:

— Está bem, está bem. Vou chamar a menina. Um momentinho.

Foi buscar Glorinha. E tem a surpresa total: ninguém no carro. Ué? Sai procurando. Nada. Segura um mecânico que ia passando:

— Meu amigo.

— Às suas ordens.

— Viu uma menina, uma mocinha, que veio comigo? O meu carro é aquele. Pois é. Saí para falar no telefone. Não viu?

O outro estava com uma estopa suja na mão.

— Menina? Posso ter visto. Mas sei lá.

— Descalça?

— Companheiro, aqui entra e sai tanta gente. Muito movimento.

Desesperado, o engenheiro faz toda a volta do posto. Pergunta aos empregados, aos fregueses. Ninguém some assim. O gerente, da porta, quer saber:

— O senhor não vai ocupar mais o telefone?

Arremessou-se:

— Vou sim. Desculpe. Com licença.

Ao apanhar o telefone, descobre: "Não estou pensando na minha mulher". Nem na mulher, nem no flagrante. Há meia hora que não se lembrava do desquite. Todas as noites, sonhava com a cena — a mulher no colo do amante. Mas a tal Glorinha o distraíra do adultério. A mulher no colo do amante, de vestido levantado e sem calça. Balançava as pernas, com os pés em delírio, os pés, os pés. Sem calça.

Falou com Eudóxia:

— Alô? Alô?

— Pronto.

Começa:

— Dona Maria Eudóxia, a senhora vai ter um pouquinho de paciência. Não vejo a sua filha. Não está no automóvel. Mas deve voltar, deve voltar. Estou procurando.

— Mas isso é brincadeira?

— Calma, minha senhora.

Esganiçou-se no telefone:

— O senhor é responsável. Quero a minha filha. Tenho o seu endereço. Chamo a polícia. A polícia vai na sua casa.

Quando o engenheiro saiu para falar no telefone, Glorinha ficou, quieta, de olhos fechados. E, súbito, teve medo. Medo de que, no vidro, aparecesse a cara de alguém, ou de ninguém, uma cara, uma cara. Não pensara no pai. Abre os olhos. Via, no vidro, a cara de Sabino. Não, não.

O pai abre a porta:

— Salta, Glorinha. Vem.

— Não, não.

Sabino enfia o braço e agarra a filha. Disse sem ódio, quase doce:

— Ou você vem comigo ou eu te arrasto pelos cabelos.

Saltou. Veio segura pelo braço. Sabino perguntou:

— Tem medo de mim?

Tremia:

— Quer tirar a mão? Quer tirar a mão?

Iam passando e ninguém os via. Ninguém reparava na menina descalça e no senhor esguio, de olhar incandescente.

Sabino precisava falar:

— O carro está ali. Ali. Mas antes de ir pra casa, quero ter uma conversa contigo. — E disse, na sua angústia: — A última conversa, antes do teu casamento.

Quando chegam na Mercedes, Glorinha quer viajar atrás. Puxou-a, violentamente:

— Vai na frente comigo, na frente. E cala a boca! Não pia!

Entrou, empurrada. Ao baixar a cabeça pra entrar também, Sabino para. Acabava de pensar que no safismo não há incesto. A relação lésbica de mãe e filha não é incestuosa. Senta-se e liga o motor. Não há incesto, não há incesto. Mas isso é uma loucura, meu Deus? E, nesse caso, não há vida moral. Se não há incesto no safismo, tudo é permitido. Aquilo não lhe sai da cabeça.

Tem um tal desespero que sua vontade é gritar. A Mercedes está correndo.

Glorinha diz:

— O senhor está voltando pra trás.

— O quê? O quê?

Ela se crispa no assento:

— O senhor está indo pra onde?

Deu-lhe uns gritos:

— Cala a boca! Não fala! Cala essa boca!

Glorinha está muda, ele não para de pensar. Certa vez, sonhara com um cavalo ferido nos olhos, os dois olhos vazados por estilhaços. E o animal cego, gritava, gritava. Assim ele tinha vontade de gritar. E se perguntassem "Quem está gritando?", alguém diria: "É ele! Ele!".

A oitenta por hora, tirando fino dos carros que passam, pergunta:

— Fugiu, por quê? O que é que deu em você?

— Não respondo!

Berrou:

— Vai responder, sim! Ou responde ou te dou na cara! Diz, anda! Fugiu por quê?

Gritou também:

— Porque o senhor me beijou na boca!

Deu uma freada tão violenta que o carro derrapou, girou, ia trepando o meio-fio, batendo no paredão. Glorinha gritou como louca.

Sabino olha em torno, arquejante. Vê um atalho adiante. Olha pelo espelhinho e dá marcha à ré.

Glorinha soluça:

— Quero ir pra casa! Quero ir pra casa!

— Não. Primeiro vamos conversar.

Entra no atalho, a toda velocidade. Para dentro da mata. Desliga o motor:

— Quero um lugar, onde eu possa gritar. Aqui eu posso gritar. Vem, salta comigo.

A menina obedece. Ele começa:

— Você vai me responder. O que é que eu fiz? Responde. O que é que eu fiz?

Recua:

— O senhor me bate!

— Vem cá. Escuta, Glorinha. Ouve. Não vou te bater. E não chora. Quero só que você me diga o que você sente, o que você pensa. Pode me acusar. Quero que você me acuse, Glorinha.

Pausa. Insiste, melífluo (ele próprio se sentia um velho lascivo):

— Vamos. Comece.

Disse, forte:

— O senhor me beijou na boca. E, além disso, além disso.

Para. Sabino sussurra:

— Continue, continue.

Exalta-se, novamente:

— Além disso, o senhor pôs a mão embaixo e.

Disse, rouco:

— Entre as pernas? É isso? No sexo?

— Papai, vamos embora! Pelo amor de Deus, vamos embora!

Na praia, quando Glorinha fugira, Sabino viera atrás, muito atrás. Chega no asfalto e vê a filha tomando um carro. Chorando de ódio, volta para a Mercedes. Por um momento, baixa a cabeça sobre o volante, roxo de dispneia. E vê, no assento, os dois sapatos da menina, lado a lado, unidos como gêmeos. Sua mão desliza. Apanha um sapato. Passa-o no rosto. Beija-o por dentro. E, novamente, passa no rosto o couro fino. Depois, apanha o outro sapato. Tem um em cada mão. Beija-os muitas vezes.

Agora dizia:

— É essa a ideia que você faz de mim? Vamos embora. Entra aí, entra. E quem é você pra me acusar?

A menina senta no canto. Sabino está no volante. Liga o motor, pensando que a relação lésbica de mãe e filha não é incestuosa. "Digo que o noivo é um pederasta?" Ele começa a achar que, depois da praia deserta, não há nada mais antigo do que a pederastia do genro.

Ao lado, taciturna, Glorinha fala:

— Não precisa correr tanto.

Enfureceu-se:

— Cala a boca! Não fala! Até chegar em casa, você não pia!

Corria a uns cem, cento e vinte. Não queria ouvir, nem queria falar. E, súbito, começa a dar gritos com a filha:

— Sua cretina! Que negócio é esse de escolher a Silene pra *demoiselle*? Uma epiléptica! Você e sua mãe acham que eu vou admitir essa palhaçada? De mais a mais, olha pra cá. Não fecha os olhos. Ouviu? De mais a mais, uma menina que, aos treze anos, um fenômeno!, deixou de ser virgem. Sim, aos treze anos, copulava!

Disse, repetiu:

— O senhor não pode dizer isso! Não pode dizer isso!

O outro arquejava:

— Quem não pode dizer isso?

Glorinha berrou também:

— Ela teve um ataque! Foi deflorada durante o ataque! Não se sabe nem quem foi!

— Mentira! Isso é conversa, desculpa da família. Desculpa esfarrapada. E não foi uma vez só. Pensa que eu acredito que foi uma vez só? Anda por aí se esfregando com todo mundo! Pois não vai ser *demoiselle* de um casamento que me custa 15 milhões! Não vai, não, senhora!

Tudo o que está dizendo é tão miserável, tão vil. Mas é o que merece uma filha que acusa a mãe de lésbica e o pai de incestuoso. Nunca, nunca, Eudóxia daria um beijo de língua numa filha.

Até o fim, não houve mais uma palavra entre os dois. Quando chegaram, havia ajuntamento no portão. Alguém foi correndo buscar Eudóxia:

— Chegou! Chegou!

Só ao dobrar a esquina, Sabino disse:

— Olha. Põe os sapatos. Os sapatos.

A Mercedes foi cercada. Eudóxia veio, lá de dentro, aos soluços:

— Onde é que vocês estavam? Oh, minha filha! Você quase me mata!

Sabino explicava, risonhamente:

— Não houve nada. Demos uma volta, uma volta. Um passeio.

Glorinha entrou por entre alas de parentes, vizinhas. Eudóxia vinha dizendo:

— Quando for assim, você avisa, telefona. Mas não deixa de avisar.

A menina foi à copa beber água gelada. Um tio vem beijá-la:

— Então, amanhã é o grande dia?

Sorri com sacrifício:

— Parece.

Começa a ter nojo das vozes, dos risos, das luzes. Vem falar com Eudóxia:

— Mamãe, vem aqui um instantinho.

— Tenho que me despedir de tua tia.

Baixa a voz:

— Larga tudo e vem, vem.

Glorinha vai na frente. Entram no quarto e a menina tranca a porta.

Glorinha disse:

— Mamãe, papai quis me violentar.

Maria Eudóxia balbuciou, branca:

— O que é que você está me dizendo?

Repetiu:

— Papai me levou pra uma praia deserta. Lá quis me violentar.

As duas se olham. Naquele momento, Glorinha sentiu a falta de um cigarro. Eudóxia vai até o fundo do quarto. Volta, lentamente.

E, súbito, decide:

— Minha filha, olha aqui. Não quero saber de nada. Sim? Não me conta nada. Deixa sair esse casamento. Depois, a gente conversa, está bem?

25

HÁ UMA HORA que andava pela cidade, esbarrando em todo mundo e pedindo desculpas. Não via ninguém, realmente não via ninguém. E, sobretudo, não via caras. Era como se, de repente, as pessoas tivessem perdido a cara.

Repetia para si mesmo: "Eu não vivo sem Noêmia! Eu não vivo sem Noêmia!". Devia estar em casa, fazendo os curativos da mulher. Mas precisava falar com Noêmia, ver Noêmia. Tinha vontade de sentar-se no meio-fio e chorar.

Entrou num boteco. Não, não era boteco. Era um café antigo da rua dos Ourives, café inatual, com um velhinho nostálgico na caixa.

Pergunta, espiando no vidro:

— Chefe, essa empada é fresca?

— Pode comer.

— De hoje? Vê lá! Me dá uma.

Comeu a empada, em pé, junto ao balcão. A massa, leve, desfez-se na boca. Gostaria de comer siris, com cerveja preta.

O garçom pergunta:

— Outra?

— Me dá.

E, depois, enfia a mão no bolso:

— Quanto é?

Era ele, e só ele, que fazia os curativos da mulher. Pagou a empada. Por um momento, pensou em comer uma terceira. Mas teve vergonha da própria fome (estava só com o café da manhã). Veio, lá de dentro, ainda abotoando a braguilha, um crioulão imenso. Sim, um negro plástico, lustroso, ornamental. Esbarra em Xavier e quase o derruba. O sujeito estava bêbado, tropeçando nas próprias pernas. Caiu, mais adiante, rente ao meio-fio, com a cara enfiada no ralo.

Xavier teve vontade de ir, lá, chutar-lhe a cara. Negro filha da puta!

E, então, com remorso de não ter comido a terceira empada, veio caminhando. "Preciso ir para casa."

Simplesmente, não queria viver sem Noêmia. Lembrava-se de um dos últimos encontros, no apartamento da rua Barão de São Félix. Ele chegara primeiro (sempre chegava primeiro). E quando ela apareceu, Xavier agarrou-a:

— Morto de saudade!

Pôs a bolsa na cômoda:

— Mas você me viu ontem!

Disse:

— Pois é, pois é. Mas sei lá. Eu queria te ver sempre, sempre. E o pior é de noite. A falta que eu sinto, meu bem!

Noêmia desabotoava a blusa. Ele foi soprar no seu ouvido:

— Hoje, eu vou te fazer uma coisa, deixa?

— O quê?

— Uma coisa que eu nunca fiz.

Vira-se:

— Isso, nunca! Deus me livre!

— Você não sabe o que é!

Tirou a saia:

— Eu te conheço, Xavier. Olha. No lugar errado, não.

Perdido, ele a beijava no ombro, no pescoço. Perguntava:

— Você não acha. Hein? Não acha que em amor se deve fazer tudo, tudo?

— Nem tudo.

Estava nua ou apenas com o sutiã:

— Xavier, te avisei. Sou puritana. Sou, o que é que eu vou fazer?

Agora ele estava na porta do edifício da imobiliária. E viu Sandra, em cima do meio-fio, olhando para um lado e para outro.

Xavier veio, sôfrego:

— Olá.

— Não morre tão cedo!

— Eu?

Disse, enxugando a coriza:

— Estava pensando em você, rapaz.

Pergunta:

— Noêmia já desceu?

— Está lá em cima.

Xavier suspira:

— Não sei se espero, ou não espero. Acho que não vai dar pé. Em todo caso, vou esperar uns cinco minutos.

Gostava de Sandra. Boa pequena. Doce de coração. De todas as pequenas da firma, era, segundo Xavier, a mais compassiva, compreensiva, educadíssima. E amiga do peito de Noêmia.

Sandra vai até a esquina e volta, desesperada:

— Não é possível! Não é possível!

— Que foi?

— Estou aqui esperando o meu marido, que não aparece. Não gosto de esperar. Ele sabe e não liga. O ódio que me dá. Fico uma bala.

Xavier disse qualquer coisa:

— Deve estar chegando por aí.

Bufa:

— Papel de moleque. Eu não topo, não topo.

Entretido com a fúria da outra, esquece o próprio desespero. Ao mesmo tempo, pensa que podia ter mandado embrulhar duas empadas para levar. Empada boa! Antes de ir para casa, passaria por lá. Era melhor levar três. Três empadas. A coriza de Sandra era infinita.

Faz a pergunta:

— Sandra, olha aqui. Estava pensando em mim por quê?

— Nada.

— Você não disse que estava pensando em mim?

— Ah! O seguinte. Vocês brigaram?

— Por quê?

— Uma pergunta.

— Noêmia te falou, e disse alguma coisa?

— Mais ou menos.

— Disse o quê?

— Xavier, eu não sou leva e traz. Tem paciência.

Balbuciou:

— Não é isso. Eu sei, claro. Mas olha. Diz só uma coisa: ela está zangada? Comigo? Está?

Responde com outra pergunta:

— Por que é que você é tão humilde?

— Sou humilde?

— Eu acho.

Não entendia:

— Mas, humilde como? Eu sou assim, é meu jeito.

E o marido que não chega? Diz, entre dentes:

— Esse meu marido é uma besta! — Olha para Xavier e muda de tom: — Quer saber de uma coisa, Xavier? Não me mete nisso! Eu não sei de nada, nem gosto de dar palpites. Cada um sabe de si. Olha.

Ele insiste:

— Fala. Pode falar.

Avisou:

— Vai ser meu último palpite. Não me meto mais. O que eu acho, Xavier, é o seguinte: o homem não pode ser tão humilde. Homem tem que se impor. Vou-te dizer mais: outro dia, eu te vi, na rua, com Noêmia. Você parecia um cachorrinho, atrás dela.

Aquilo doeu:

— Cachorrinho?

— Não gostou. Pois é. Está vendo? Por essas e outras, é que eu não gosto de me meter. A gente usa de franqueza e perde o amigo.

— Pelo amor de Deus! Você não está me entendendo. Não estou zangado. Juro. Agora, vem cá. Você vai me dizer uma coisa.

— *Stop*.

Segurou-a pelo braço:

— Sandra, me faz esse favor. Você é amiga de Noêmia, a maior amiga de Noêmia. A Noêmia não te esconde nada. Te diz tudo. Não te diz tudo?

— Sei lá.

— Sabe, sabe! O que é que ela te falou? Nós brigamos. Isso você sabe, não sabe? Ela brigou sem motivo. O que é que ela te disse?

Sandra não desculpa a impontualidade do marido. Pensa de Xavier: "Nojento. Xavier não toma banho. Não sei como Noêmia vai pra cama com esse cara. Unhas sujas, meu Deus!".

Suspira:

— Olha, Xavier. Não vou entrar em detalhes. Vou só te dizer uma coisa e não me pergunta mais nada.

— Fala.

— O seguinte. Abre o olho.

Pausa. Pergunta:

— E que mais?

Assoa-se no lencinho de papel:

— Só.

Xavier está fora de si:

— Abre o olho por quê? O que é que você sabe que não quer dizer? Sandra, você também é minha amiga. O que você disser, Noêmia não vai saber nunca. Juro.

Perdeu a paciência:

— Xavier, ela mudou de tratamento? Escuta. Está te tratando de outro jeito? Claro, Xavier! A mulher só faz isso quando está mandando brasa com outro. Pronto. Falei o que não devia.

Repetiu, branco:

— Outro? Que outro?

Sandra, que olhava para a esquina, grita:

— Não é meu marido? Olha, olha. Ali.

Era, era o marido. Chamava-se Paulo, mas era conhecido por Saraiva. Saraiva, o ourives. Sandra estava furiosa. Mas a simples presença do ourives a reconquistava. Apanhou, rapidamente, outro lenço de papel para enxugar, mais uma vez, a coriza.

Saraiva veio beijá-la na face. Sandra diz, radiante:

— Demorou, hein, meu filho?

O recém-chegado estende a mão para Xavier:

— Tudo legal?

— Assim, assim.

E Saraiva, de branco, um vasto charuto, pegava Xavier pelo braço:

— Foi bom ter te encontrado. Precisava falar contigo.

Vira-se para Sandra:

— Minha filha, deixa eu falar aqui com o Xavier. É rápido.

Ela, paciente, submissa, sorria:

— O.k.

(O nariz pingava, pingava.) Xavier via Saraiva grave, pela primeira vez grave. O outro começa:

— Posso te dar um conselho? De amigo?

— Claro!

Saraiva bate a cinza do charuto:

— Você não se ofende?

— Ora!

Os charutos do ourives eram esplêndidos, aromáticos.

Continua:

— São dois conselhos, aliás. Primeiro: pra teu bem, você não deve ser tão humilde com a Noêmia.

Disse, com surda irritação:

— Tua mulher acabou de me dizer isso. Falou ainda agora. Neste momento.

— Ah, falou? Bem. Cheguei tarde. Mas é isso mesmo. Mulher abusa. Pra abusar não custa. Não seja humilde, nunca.

Xavier tinha vontade de explodir. Como explicar àquelas duas bestas que era humilde por causa da esposa? Se fosse outra doença, qualquer outra doença. Mas tinha vergonha dos outros como se o leproso fosse ele.

Numa angústia intolerável, pergunta:

— E o outro conselho?

Saraiva vacila:

— O que eu vou te dizer, agora, é muito delicado. Mas você autorizou e, além disso, eu sou da teoria de que um amigo pode e deve dizer tudo. Não concorda?

— Claro.

A princípio, Saraiva tem pena de Xavier. À medida, porém, que fala, vai nascendo, por trás de suas palavras, uma maldade inútil, um prazer absurdo de ferir e humilhar o amigo.

Diz:

— O seguinte. Sempre te vejo com o mesmo terno. E como é o mesmo terno, o suor do corpo vai entranhando. Compreende? Acaba cheirando mal. Você me desculpe se...

Responde, quase sem voz:

— Absolutamente.

E o outro:

— Eu falo porque. Mulher, sabe como é. Mulher dá muito valor a essas coisas. E eu sei que você gosta da Noêmia, gosta pra burro. Estou te avisando.

Silêncio. Xavier repete, lívido:

— Quer dizer que eu cheiro mal?

Perguntou, vivamente:

— Zangou-se?

— Em absoluto e por quê?

O outro perguntava, inquieto:

— Continuamos amigos do mesmo jeito?

Xavier enfia as mãos nos bolsos:

— Ora, Saraiva, ora!

E explode:

— Eu devo tudo isso à minha mulher. Sabe que nem posso usar água-de-colônia, porque ela acha que eu estou me perfumando pras outras? Saraiva, te digo. Tenho vontade de mandar tudo à puta que o pariu!

Sandra aproximava-se:

— Vamos, meu bem?

O marido baixa a voz:

— O nariz está escorrendo.

Ela cata outro lenço de papel:

— Essa joça não para de pingar!

Antes de sair com a mulher, o Saraiva pergunta:

— Quer dizer que entre nós não há nada? Tudo azul?

Bateu-lhe nas costas:

— Completamente. Ainda te agradeço.

Teve vontade de contar que a mulher passara a gilete nos ternos, nas camisas, nas meias, o diabo. Calou-se, porém. Despedindo-se, Sandra pergunta:

— Vai esperar Noêmia?

— Não. Vou-me embora. É tarde.

Despediram-se. Saraiva e Sandra seguem para um lado e Xavier para outro. Na esquina, para. Pensa no curativo da mulher. Por um momento, ficou em cima do meio-fio. Olhou para o andar da imobiliária. Noêmia estava lá em cima. Já via Sandra com outros olhos. Fingida. E queria descobrir na moça um jeito sinistro de alcoviteira, de cafetina. "Essa do Saraiva dizer que eu cheiro mal." Nunca chegara em casa tão tarde. A hora do curativo da mulher era sagrada. "Vou subir. Vou falar com essa cara." A Sandra era capaz de arranjar homem para Noêmia.

Voltou, desesperado. Entra no edifício. O elevador ainda estava no último andar. O homem da portaria, que o conhecia, disse:

— Como é? O Fluminense está ruim, hein?

— Vai melhorar.

E o outro:

— Vocês têm que comprar jogadores.

— Compramos o Mário. Gosto do Mário. Tem lá também um Oliveira, que dizem que é muito bom.[36]

— Não faço fé.

Aparece alguém para falar com o porteiro. Xavier aproveita e vai pela escada. Doze andares, não faz mal. Que se dane. E se chegasse lá e visse Noêmia falando com o outro? Havia mulheres muito mais bonitas. Mas ele não gostava das mulheres lindas. Entre o quarto e o quinto andar, parou. "Não aguento até lá." Encostou-se na parede, com um clamor nos ouvidos, uma pressão na cabeça. Ao mesmo tempo, sentia a face dormente.

Sentou-se num degrau (suas pernas estavam geladas): "Ah, meu Deus, meu Deus!". Descansou uns cinco minutos: "Não tenho mais resistência nenhuma". Imaginou-se velho e entrevado. Seu medo era ter um enfarte no meio do ato sexual.

Continuou, subindo. Devagar, descansando entre os andares. Até que chegou no décimo segundo.

Quando empurrou a porta do gabinete, viu a amante no telefone. Estava dizendo:

— Ainda não chegaram, dona Maria Eudóxia? Quem sabe estão fazendo compras? Como? Pois é. Não sei. Doutor Sabino disse que ia pra casa, mas voltava. Estou esperando. Qualquer coisa, eu aviso à senhora. Não houve nada, não. Pode deixar. Pra senhora também.

Noêmia desligou o telefone. Veio, de rosto duro:

— Não entra aqui, Xavier. Não quero que você entre aqui. O doutor Sabino chega e quem fica mal sou eu.

Disse, mais sofrido do que nunca:

— Preciso falar contigo.

— Lá fora.

— Eu te espero.

Não devia ser tão humilde. Noêmia veio atrás:

— Falar o quê? Xavier, eu nem sei a que horas vou sair.

Estava com os olhos marejados:

— Não tenho pressa. Eu espero, meu bem.

Ela não esconde a irritação:

— Escuta aqui: você não tem que fazer o curativo na sua mulher? Não está na hora?

— Noêmia, preciso ter uma conversa séria. Precisamos ter essa conversa, ainda hoje.

Enfureceu-se:

— Conversa nenhuma! E não adianta, Xavier, não adianta.

— Que modos são esses?

Balançava a cabeça:

— Ah, meu Deus, meu Deus! O que eu tinha a dizer, já disse. Você não larga a sua mulher e eu estou farta, farta.

— Quer me ouvir?

Empurrou o amante:

— Vai embora, Xavier! Sai daqui! Pelo amor de Deus, vai embora!

— Não precisa me empurrar!

— Que inferno!

Xavier falou, impulsivamente:

— Eu faço tudo o que você quiser!

Noêmia faz uma careta de nojo:

— Está babando, seu!

O outro passa a mão na boca. Chora:

— Eu deixo minha mulher. Não é isso que você quer? Interno minha mulher. E vamos morar juntos.

Noêmia estava de braços cruzados e de perfil. Xavier pergunta:

— Isso resolve? Responde. Resolve?

— Agora é tarde.

Fora de si, agarrou-a:

— Não me trate assim, Noêmia. O que é que eu fiz? Se eu fiz alguma coisa, diga, acuse. Pelo menos, acuse.

Encarou-o:

— Xavier, acabou. Põe isso na cabeça: não quero mais nada. Não deu certo e pronto. Até logo, que o doutor Sabino pode chegar. Não quero que o doutor Sabino te veja aqui.

Noêmia entra no gabinete e ele vai atrás.

Ela vira-se:

— Que é isso?

Xavier aperta a cabeça entre as mãos:

— Eu não entendo. O que é que você quer mais de mim? Isso que eu vou fazer com minha mulher é remorso pra o resto da vida. Por sua causa, eu vou abandonar uma mulher cega e leprosa.

Gritou, possessa:

— Não fala como se fosse bonito ser leprosa! Olha, Xavier. Eu tenho nojo de você. Nojo. Agora vai embora! Vai embora!

Estava parado:

— É outro?

— O quê?

— Você arranjou outro e me chuta?

— Nem respondo. Nojento!

Pausa. Ele disse:

— Adeus.

Sai. Vai até o *hall* do elevador. Por um momento, encosta-se à parede, com medo de cair. Esperou alguns minutos. Depois, caminhou lentamente para o gabinete. Quando empurrou a porta, Noêmia estava de costas, usando a serrinha de unhas.

Xavier tira o punhal. Veio por trás e afundou-lhe o punhal nas costas, até o cabo.

26

O PUNHAL DE penetração macia, quase indolor.

Xavier jamais entenderia o próprio crime. Fez tudo sem nenhuma premeditação, nenhuma, nenhuma. O crime começou de repente.

Empurrara a porta e Noêmia estava de costas, limando as unhas. O que é que eu vou dizer? Ela já me expulsou. O que é que eu vou dizer? Não devia ser humilde. Agora entendia certa pergunta de Noêmia: "Você é judeu?". Não, não. Apenas tinha a humildade de quem lavava, todos os dias, as feridas de uma leprosa. Mas voltou para ser humilde. Vinha pedir, pedir ainda uma vez, pedir. Quando chegasse junto de Noêmia, diria: "Eu não posso viver sem você!". Estava certo de que falaria chorando.

Mas empurra a porta e vê a moça. Ela, naturalmente, sente que alguém entrou e vira-se. Ou por outra: foi mais um movimento de rosto do que de corpo. E não sabia que ia morrer, nem Xavier queria matar, simplesmente não queria matar. (O que ele não entendeu foi a falta de espanto, ou de medo, ou de irritação.)

E, então, as coisas começaram a acontecer. Tirou o punhal. Tinha, em casa, um punhal antigo, hereditário, que passara do avô para o pai, e deste para Xavier. Era mais um enfeite, uma lembrança. De vez em quando, Xavier saía com o punhal, ou não saía. Lia nos jornais que andavam assaltando muito. Mas, se fosse medo, havia de preferir o revólver que nunca tirava da gaveta.

Puxou o punhal, sem saber por que e para quê. Também não entendeu aquela mulher passiva, tão passiva. Devia ter-se espantado, porque ele era o escorraçado que voltava. Por que Noêmia não gritara, ou fugira? Ficara quieta, e tão submissa e tão quieta, quase sorrindo.

O sorriso de Noêmia. Depois do crime, ele já não sabia se o sorriso era ou não uma falsa lembrança. Mas Noêmia não podia sorrir. Não, não estava sorrindo. (Ou estava?) E o pior é que Xavier não sentia nenhum ódio. Nenhum ódio e, talvez, nenhum amor.

Quando enterrou o punhal, Noêmia fez um movimento de quem se espreguiça. E ele foi apunhalando. A pequena gira e cai em cima de uma mesa. Com a ponta do punhal, abre um talho, de lado, no pescoço. E não tinha havido um grito, uma palavra, nada. Quando a viu no chão, pôs-se de joelhos e riscou-lhe a cara. Fez um X na boca. E sem nenhuma fúria.

Era como se fosse outro, e não ele, ou como se ele fosse apenas um espectador de si mesmo. O "outro" não parava. Noêmia estava morta e o "outro" a retalhava ainda. (E tudo tão sem grito.) Depois, sempre de joelhos, ele levantou o vestido, desceu a calça. O punhal gravou no sexo uma cruz.

Xavier ergueu-se. Como o sangue vivo é de um vermelho tão lindo!

Disse, em voz baixa:

— Morreu. Está morta.

Apanhou, junto da Remington, um papel de cópia para enxugar o sangue do punhal. Antes de sair, pensou em baixar o vestido. Puxada por ele, a calcinha deslizara até os joelhos. Não quis tocar no corpo. Guardou o punhal no bolso. Já passara a hora do curativo da mulher.

Xavier pensa: "Tenho que fugir, antes que venha alguém". Mas não virá ninguém, porque tudo aconteceu sem luta, sem grito.

Pôs o dedo no botão do elevador. Mas fez a reflexão: "O cabineiro não pode me ver". Correu, então, para a escada. Ficou, entre um andar e outro, escutando. O elevador chegava.

A voz do cabineiro chama:

— Desce? Desce?

Ninguém. O elevador desceu. Por um momento, sentando num degrau, ficou de cabeça baixa, arquejando (não começara ainda a sofrer). Precisava ir para casa e não podia ser visto. Em casa, lavando as feridas da mulher, teria paz e teria Deus. Noêmia estava morta, mas não era leprosa.

Então, rente à parede, veio descendo. Devia estar sujo de sangue, era impossível que não tivesse uma mancha de sangue.

No quinto andar, parou. Escutava uma conversa.

Esperando o elevador, um sujeito dizia para outro:

— Queres saber de uma coisa? No duro? Não acredito que uma mulher. Ouve, ouve. Que uma mulher possa amar o mesmo homem por mais de dois anos.

Encostado à parede, pingando suor, Xavier esperou que o elevador viesse e os levasse. Depois que matara, sentia-se outro. Algo mudara em si e algo mudara em tudo. A escada não era a mesma. O edifício também não era o mesmo. Nada era o mesmo. Sentia-se tão só como se fosse o único assassino e como se, antes dele, ninguém tivesse matado ninguém.

Mas tudo ia passar quando chegasse em casa. Precisava chegar em casa, depressa, depressa. Veio o elevador. Os dois homens entraram. Tinha que sair sem ser visto, eis a questão. Sair com naturalidade, talvez assobiando. O diabo é que o brasileiro não assobia mais. Quando ele era criança, todo mundo assobiava modinhas. Xavier não gostava da Bossa Nova.

Noêmia estava de costas, quando empurrara a porta. De costas, limando as unhas. E tinha-se virado ao sentir que alguém entrara. E o sorriso? Realmente sorrira? Não, não. E Xavier já não sabia se, ao enterrar o punhal, amava ou odiava aquela mulher.

Os dois homens tinham ido embora. Xavier continuou descendo. Ia apanhar um táxi. Quando chegou embaixo, parou no segundo degrau. Ouviu o rapaz da portaria contar para o cabineiro:

— Meu pai jogou no Vasco, no segundo time do Vasco. No tempo do Russinho, Torteroli.[37] Papai jogava bem pra burro.

Xavier não queria passar. Repetia para si mesmo: "Não posso ser visto, não posso ser visto". E pensava: "E se eu não matei ninguém? Quem sabe se Noêmia está viva?". Esse nome era tão antigo, Noêmia.

O rapaz da portaria fala para o cabineiro:

— Aguenta a mão, que eu vou ali comprar cigarro.

— Traz pra mim também. Toma aqui o dinheiro. Continental.

Por sorte, o elevador foi chamado, em seguida. Xavier passou. Ao sair, esbarrou num desconhecido:

— Desculpe, desculpe.

— Perdão.

Os dois pediram desculpas. Ótimo. Xavier apressou o passo. O que sentia era um espanto, um certo espanto. Precisava repetir: "Eu sou um assassino". Era como se ele fosse o único e talvez último. Ninguém matou ninguém, ninguém matará ninguém, nunca. "Só eu matei."

Arremessou-se atrás de um automóvel:

— Táxi, táxi!

O carro parou mais adiante. Correu, desesperado. E o pior é que chegou ao mesmo tempo que um outro sujeito. Com a mão no trinco, teve que discutir:

— Fui eu que chamei.

O outro, de bigodinho aparadíssimo, interpela o chofer:

— Quem chamou primeiro?

O motorista decidiu:

— Foi esse senhor aí, o cavalheiro.

O senhor, o cavalheiro, era ele, Xavier. O sujeito solta um muxoxo de vencido:

— Paciência.

E, então, o Xavier teve um rompante de generosidade:

— Cavalheiro, eu só não cedo minha vez, porque realmente a minha senhora não está passando bem.

O desconhecido olha Xavier com o maior desprazer. Xavier insistia:

— Mas o senhor vai pra onde?

Fechou-se:

— Não há problema.

Xavier faz um gesto:

— Desculpe e passar bem.

Atrás, outro carro já buzinava. Xavier entra. Desabafa com o chofer:

— Viu? O cara sem razão e querendo botar banca! Só lhe metendo a mão no focinho.

Quem sabe se Noêmia sorrira porque queria fazer as pazes? Fechou os olhos, cruzou as pernas. O chofer não sabia que levava um assassino. Noêmia puritana! Lugar errado, não. E, súbito, vem-lhe a vontade de chorar. Sem que o motorista perceba, joga fora o punhal.

O chofer vira-se:

— O senhor disse Felipe Camarão?

— Exato.

Pensava no Saraiva. Eu cheiro mal, eu cheiro mal. Na rua Felipe Camarão, pagou de cara amarrada. Na hora de saltar, porém, bateu nas costas do chofer (e novamente com vontade de chorar):

— Deus te abençoe!

— A nós todos.

Parou, ainda um momento, na calçada, para falar com o vizinho, um tal de Meireles, chefe ou subchefe de não sei o quê, na Inspetoria de Águas.

O vizinho, de calça de pijama, camisa de meia e chinelos, perguntava:

— Sua senhora melhorou?

Suspira:

— Mais ou menos. Mesma coisa.

Xavier pensa: "Outro que não sabe que eu sou assassino". E achou o Meireles diferente. Continuava sentindo (e isso o exasperava) que, depois do crime, tudo mudara. Sentia-se tão só, cada vez mais só.

Ao abrir o portão, já ouvia o gemido da mulher. De vez em quando, ela começava com aquele choro manso de velório antigo. Xavier espalhara que a mulher tinha uma doença nervosa. Naquela noite, a velha criada fora à sessão espírita.

Entrou e correu para o quarto. Estava na cama, de bruços.

Xavier curva-se:

— Meu anjo, meu anjo.

E repetia, numa pena mortal:

— Perdão, meu bem. Está ouvindo?

Gemia grosso:

— Vai embora, vai embora!

— Demorei, ouve, demorei porque tive que resolver um negócio.

A outra sentou-se na cama:

— Ou você pensa que eu acredito? Negócio nenhum. Mentira.

Desde que adoecera, falava com voz nasal. E parecia ao Xavier que a voz da mulher tinha pequeninas úlceras.

Continuou, na sua desesperada humildade:

— Juro. Fiquei preso na cidade. E custei a arranjar condução.

Já não chorava mais:

— Xavier, faz o seguinte. Não precisa voltar e fica com a outra.

— Que outra? Meu bem, olha.

— Eu não sou boba. Sei que você me trai.

— Juro por Deus. Eu gosto é de você. Te amo.

A mulher vira para ele os olhos devorados:

— Há quanto tempo eu estou doente? Diz. Quanto tempo?

— Quatro anos.

— Quatro anos! Há quatro anos que eu não sou mulher pra você. Isso é vida? E por que é que você não chama outro médico?

— Você vai ficar boa. Calma, calma.

— Calma, porque sou eu que estou no fundo de uma cama. Você aí no bem-bom.

Xavier ergue-se:

— Meu bem, vamos fazer o curativo?

A outra agarra, com a mão voraz, o braço de Xavier:

— Diz pra mim. Mas não mente! Nesses quatro anos, você não me traiu nunca? Nem por dois minutos?

— Nunca.

— Pode dizer, que eu não fico zangada. Me traiu?

— Querida.

Interrompe, violenta:

— Você pensa que eu acredito? Não sou tão burra assim! E quer me convencer de que não precisa de mulher?

Senta-se na cama:

— Meu bem, já te expliquei.

— Ah, não! Você diz que faz com a mão, mas eu não acredito! É mentira.

— Olha. Escuta. Quando você ficar boa.

Interrompe:

— Que doença é a minha?

— Não te disse?

— Diz a verdade.

Começa:

— O que você tem é uma doença nervosa, misturada com alergia. Esses eczemas, todos, são alérgicos. O médico me explicou. E essa questão de vista, tudo isso vai passar.

Xavier já não se lembrava mais nem de Noêmia, nem do crime. E será que Noêmia morreu mesmo? Ele fala em alergia, em eczema, porque a mulher, na sua boa-fé apavorante, acredita em tudo. Só não acredita, só duvida da masturbação. O pior da doença era o cheiro adocicado que até os vizinhos sentiam.

Xavier olhava a mão da mulher com três dedos recurvos, entrevados. Ela desata a chorar:

— Eu, se fosse outra, te matava. Sou cega, mas quando você estivesse dormindo, te matava. Mas tenho pena.

Ao lado da mulher, ele não era mais assassino:

— Vem fazer o curativo, vem.

— Primeiro, responde.

— Fala.

— Me dá tua mão? Onde está tua mão?

Acha a mão do marido:

— Quando eu fiquei doente, tive nojo de mim. Nojo e vergonha. Você se lembra? Eu não queria nem que você chegasse perto. Então, te disse que só seria tua, novamente, quando ficasse boa.

— Me lembro, me lembro.

E ela, respirando forte:

— Mas se eu quisesse fazer amor contigo, outra vez? Sou tua mulher, não sou tua mulher?

— Claro!

— Você faria amor comigo, hoje?

Tenta ser natural:

— Primeiro, tenho que falar com o médico.

— Por que médico, se eu sou tua mulher? Não sou tua mulher?

Controla o próprio desespero:

— Meu bem, não há problema. Eu falo com o médico. Explico a situação. Ele deixa e pronto.

— Ou é nojo?

— Juro por tudo que há de mais sagrado.

A mão roxa, quente e voraz, crava-se no seu braço:

— Então, um beijo. Se você não tem nojo de mim, um beijo.

Balbuciou, atônito:

— Beijo?

Atropela as palavras:

— Claro que te dou um beijo, ora. Dou.

Ergue-se e vai dizendo, numa euforia selvagem:

— Só beijo, não. Tudo. Vamos fazer amor. Como antigamente. O médico que se dane.

— Vem cá, vem cá.

— Estou tirando a roupa.

Ela espera e pergunta:

— Está mexendo na gaveta por quê? Camisinha, não quero.

Xavier, que apanhara o revólver, diz:

— Sem camisinha.

Aproxima-se:

— Meu anjo, quero que você saiba que eu nunca te traí, nunca. Você é a única mulher que eu amei.

Veio com o revólver apontado. Julgou ver no sorriso da mulher pequeninas úlceras.

Ainda sussurrou:

— Eu te adoro.

Atirou no meio do sorriso. A mulher apenas baixou a cabeça. E, depois, tombou, ainda sorrindo. Xavier ficou escutando. Ouvia vozes, gritos, perguntas, lá fora. Agora acreditava no sorriso de Noêmia. Imaginou que multidões da Central, do Maracanã, estavam batendo na sua porta. E, então, introduziu na boca o cano do revólver e puxou o gatilho.

27

Vɪɴʜᴀ ᴘᴀssᴀɴᴅᴏ ᴀ crioulinha. Chamou-a:

— Vem cá. Vai buscar um copo d'água pra mim.

E pergunta ao Castrinho:

— Quer também?

O outro, gripado, tirava o lenço:

— Sem gelo.

— Sem gelo para o doutor Castrinho. Ou prefere Lindóia? Do filtro ou Lindóia, hein, Castrinho? Tem Lindóia?

Tinha. Castrinho dava roncos no lenço.

Sabino despacha a crioula:

— Lindóia, para o doutor Castrinho, sem gelo. Ouviu? Sem gelo. Pra mim, natural, gelada. Anda depressa.

Pôs a mão no ombro do amigo. Mas só pensava na praia. Daria tudo, tudo, para saber quem era a menina que se despira para o Monsenhor. Era muito topete tirar a roupa numa sacristia. Segundo o padre, a garota teria seus dezessete, dezoito anos. Passando o braço em torno do Castrinho, Sabino pensava: "É Glorinha". Na praia, ela falara em alguém que não era o noivo. Esse homem devia ser o padre vasco. As mulheres gostam dos homens gigantescos. Monsenhor tinha um sopro violento de fauno.

Conversando com o Castrinho (um insignificante, o Castrinho), o olhar de Sabino procurava a filha. E queria saber como a moça ia tratá-lo. Viu Glorinha, num canto, com duas vizinhas. Ficara nua para Monsenhor e fugira dele, Sabino, como de um fauno velho e medonho. Mas talvez fosse outra a tal menina do Monsenhor.

Castrinho está dizendo a Sabino:

— Dá tua opinião.

— Não ouvi.

E o outro:

— Você não acha que o Rafael.

Sabino ouviu o riso da Glorinha. Ótimo, ótimo. O riso queria dizer que o trauma do mar passara.

Virou-se para o Castrinho. Ouvia tudo que o outro dizia, sem entender nada. O amigo insistia:

— O Rafael — e explicou — de Almeida Magalhães.[38]

Sabino balançou a cabeça:

— Ah, sim, sim!

Castrinho pôde continuar:

— Pois é. Quando vejo o Rafael na televisão, fico besta. Palavra de honra, besta. Bonito pra burro.

Veio a crioulinha com a bandeja e os dois copos.

Sabino ralhou:

— Primeiro, o doutor Castrinho.

O outro disse, grave:

— Obrigado.

Mas teve uma dúvida:

— Gelada?

— Sem gelo.

— Ah, bom.

Bebeu o copo, até o fim. Sabino já não tinha mais dúvida: a menina que se despira para o Monsenhor era Glorinha, sim. Toma a água com desesperado prazer. Devolveu o copo com vontade de pedir mais. Desistiu.

Castrinho, que era um obsessivo, continuou:

— Na minha opinião, o Rafael vai chegar à Presidência da República.

O espanto de Sabino foi sincero:

— Já?

Castrinho explicou, risonhamente, que não fazia uma profecia datada. E ajuntou (sem o sorriso):

— Não sei quando, nem interessa. Será presidente, um dia. Um dia.

Naquele momento, Glorinha passou. Seu olhar encontrou-se com o do pai. Sorriu-lhe. Numa felicidade, que o ia sufocando, Sabino bateu nas costas do amigo:

— Tem razão! Tem razão!

Aquela adesão inesperada iluminou o Castrinho. Continuou, segurando, firme, o braço de Sabino:

— Vê só se eu não tenho razão. A história escolhe caras. Não é qualquer uma. O Kennedy. Por exemplo: o Kennedy. Aliás, aqui entre nós, eu acho o Rafael mais bonito do que o Kennedy. O Kennedy seria o que foi, sem aquela cara? E o perfil de Napoleão? Que me diz do perfil de Napoleão?

Sabino não dizia nada. Pensava na filha despindo-se atrás da porta, para surpreender o Monsenhor (ou talvez não fosse a filha).

Castrinho concluía, triunfante:

— O Rafael tem cara de selo, cédula, moeda. Repara, repara. Portanto, vai chegar à Presidência pela cara. Escuta o que eu estou te dizendo. Fotogenia espetacular.

Sabino pensava: "Sorriu pra mim, porque esqueceu". Todo o espanto desaparecera, e o terror, e tudo. "Quando passar por mim, vou chamá-la de menininho."

Com o Castrinho, Sabino concordou em que o Rafael tinha uma cara formidável para moeda.

Dirce apareceu:

— Papai. Dá licença, doutor Castrinho?

Inclinou-se:

— Toda.

E Dirce:

— Papai, quer chegar aqui? Um instantinho?

Afastou-se com a filha:

— O que é que há?

As outras duas (Marília e Arlete) vieram. Depois de sua ascensão social e econômica, Sabino achava Arlete um nome de baixa classe média.

Dirce caminhava na frente:

— Vamos para o gabinete.

Sabino, descontente, insistia:

— Mas, finalmente, o que é que há?

Começou a sentir um tédio cruel da conversa que ia ter. Os modos das filhas, as caras, o som da voz, os sapatos, tudo o exasperava. Pensou, com uma satisfação maligna: "São feias, são feias". E — pior do que isso — exalavam uma morrinha deprimente.

Ele ouvia a voz de Glorinha, na praia: "Gosto de outro! Não é o senhor! É outro!". E, no entanto, a menina o levara para uma praia deserta, uma praia fria e noturna. Estava apenas descalça e ele a desejara como se estivesse nua.

Entraram no gabinete e Dirce fechou a porta à chave.

Arlete vira-se para as outras:

— Pronto.

No seu espanto, e sem entender o próprio medo, Sabino abriu os braços:

— Mas que é isso? Um julgamento?

Estava rouco de angústia. Todo o comportamento de Glorinha, no automóvel, a caminho da praia, fora uma preparação amorosa. E, lá, tirara os sapatos como quem se despe.

Dirce fez a pergunta:

— Quanto é que o senhor deu a Teófilo?

(Por um momento, teve vontade de dizer-lhes: "Tudo isso é muito bonito, mas vocês têm morrinha. Glorinha é tão cheirosa! E vocês têm morrinha!".)

Olhou as três caras:

— Deu o quê? O que é que eu dei? Ora, ora!

As três começaram a falar, ao mesmo tempo:

— Deu, sim! Deu! Quanto? O cheque! Quanto? Tem que dizer!

Gritou:

— Não aceito esse tom, pronto, não aceito esse tom! O assunto é meu!

Elas se tornaram mais próximas. A verdade é que ele estava com medo físico das filhas.

Mas não podia perder a cabeça:

— Vem cá. A que vem isso, de repente? Eu não entendo! E por quê? Não tem cabimento.

As três se entreolham. A cara da mais velha cresce para ele:

— Quanto, papai? Quanto?

Sabino começa a sentir uma dor na nuca. Desesperado, diz:

— O dinheiro é meu! Meu!

Batia no peito:

— Meu!

Faz uma cara de choro. E, súbito, começou a pensar em Noêmia. Está no escritório, esperando, esperando. Preciso telefonar. E, diante daquelas filhas devoradoras, teve um desejo inesperado, absurdo, pela secretária. Era bom uma fêmea agradecida ou mercenária. Digamos, mercenária. Devia ter dado um dinheiro à Noêmia. Há, no michê, simplicidade e sabedoria. E o doce é que a moça só faltava lamber-lhe as botas como uma cadelinha amestrada. Olhando para Dirce, vendo aquelas duas narinas furiosas, Sabino decide: "Não vou despedir Noêmia!".

Foi até o fundo do gabinete. De lá, olhou as filhas. Me odeiam, me odeiam, sempre me odiaram. E, súbito, a ira veio como uma golfada. Acabava de se lembrar de Silene. Não despediria Noêmia.

Avançou possesso:

— E olha aqui. Vocês deviam ter mais juízo! Que negócio é esse de escolher uma epilética para *demoiselle*? Vocês não pensam, não raciocinam?

Dirce gritou também:

— Não mude de assunto, papai!

Balbuciou:

— O quê? O quê?

Era insolência demais, demais. As outras, ao lado, deram vários "pois é, pois é" solidários.

Dirce perguntava:

— Deu quanto? Quanto? Cinco milhões?

O velho andava circularmente pelo gabinete. Mas, ao ouvir a quantia, estacou. Foi Eudóxia que contou. Ou a própria Glorinha para humilhar as irmãs. Glorinha, não. Foi Eudóxia. A cretina da Eudóxia.

Veio para Dirce de dedo apontado:

— Agora, percebo tudo. Percebo por que vocês escolheram a menina epilética. Claríssimo. Vocês querem que Silene tenha um ataque na igreja e estrague o casamento de Glorinha. Da irmã que vocês odeiam!

As três avançaram. Sabino recuou como um agredido. E houve um momento em que fugiu, fisicamente, e se colocou atrás da secretária grande.

Dizia, fora de si:

— Não se atrevam a me encostar a mão!

Dirce adiantou-se. Pôs as duas mãos na mesa. Sabino arquejava:

— O que é que vocês querem?

Dirce falou:

— Papai, os nossos maridos ganharam um milhão. Só um milhão. E Teófilo ganhou cinco, por quê?

Arlete esganiçou-se:

— Por acaso, Glorinha é filha única?

Ergueu a voz:

— Em primeiro lugar, quero que saibam.

— Ora, papai!

Desesperou-se:

— Quero que saibam que eu não faço discriminação de filhas!

As outras fazem um escândalo:

— Oh, oh! Vamos falar sério!

Berrou:

— Gosto de todas, igualmente!

Dirce aproximou a cara:

— E foi por isso que o senhor deu os cinco milhões?

Sabino acabava de sentir a morrinha da filha. Numa satisfação perversa, fez sarcasmo:

— Dinheiro! Dinheiro!

E Marília, feroz:

— O senhor não gosta de dinheiro? Ah, não?

Deu um murro na mesa:

— Querem saber de uma coisa, querem?

Suspense. Novo berro:

— Não dei nada! Um tostão, não dei!

— Mentira!

Estava sem voz:

— O quê? O que é que você disse? Chamando seu pai de mentiroso?

Deixou-se cair na cadeira. O suor encharcava-lhe os cabelos. Que coisa curiosa, estranha, aquele desejo obtuso e retardatário por Noêmia. O que é que deu em mim? Quando saísse dali ia telefonar. Não poderia encontrar-se com a secretária no dia do casamento. No outro dia, sim. Contaria coisas. Diria que vira Glorinha nua. Abrira a porta do banheiro, que não estava fechada por dentro. E dera com a filha nua, pelada.

A mais velha falou, cara a cara:

— Nós sabemos de tudo!

Disse, com os olhos marejados:

— Dirce. E vocês também. Eu dou a minha palavra de honra.

Silêncio. Pergunta:

— E agora? Acreditam?

Arlete saltou:

— Sua palavra de honra não basta!

Tira o rosto como um esbofeteado. Devia reagir, claro, era pai, devia reagir. Ao mesmo tempo, tinha medo. Elas não sabem nada da praia, nem viram Glorinha correndo.

Ergueu-se:

— A nossa conversa termina aqui.

— Não, não termina aqui, não, senhor.

Olha uma por uma:

— O que é isso? Vocês nunca, nunca me faltaram com o respeito.

Dirce fez, lentamente, a volta da mesa. As outras duas realizaram o mesmo movimento em sentido inverso. "Estão-me cercando", eis o que pensa Sabino. Sentia, de novo, o pavor físico.

E, então, as três começaram a falar ao mesmo tempo. Eram as mesmas coisas, as mesmas palavras, repetidas em delírio.

— Meu marido, e o dela, e o dela, tem que ganhar quatro milhões.

— Faça o cheque!

— Faça o cheque!

— Quatro milhões!

— O meu, e o dela, e o dela!

Quis reagir. Gritava:

— Vocês me ouçam! Querem me ouvir? Ouçam!

— O dinheiro! O dinheiro!

Disse, com a mão no peito:

— Teófilo não recebeu um níquel!

— Mentira!

Começou a chorar:

— Esperem, esperem. Rasgou o cheque na minha frente!

Ele já não sabia quem falava, ou se as três falavam ao mesmo tempo. Uma delas gritava:

— Até que enfim confessou!

Cambaleou:

— Eu não confessei nada. Estou dizendo. Pelo amor de Deus, escutem. Vocês me respeitem. Estou dizendo que Teófilo rasgou o cheque. Está lá, na imobiliária, o papel picado, num cinzeiro.

— De quanto era o cheque? — perguntou Dirce.

Passa a mão nas lágrimas:

— Se rasgou, que importa a quantia? Tanto faz.

Marília, que falava menos, perguntou, com um mínimo de voz:

— Nós queremos saber, papai. A quantia. O Teófilo rasgou, mas de quanto era o cheque?

Vacila. Se lhes dissesse "Vocês têm morrinha!", elas sairiam dali, humilhadas, varridas.

Dirce sussurra:

— Não minta.

Deu-lhe uma fúria:

— Eu nunca menti, nem admito, ouviu? O que vocês querem fazer comigo é uma chantagem. Isso é uma chantagem.

Dirce não gritava mais:

— Papai, acabou esse negócio de Glorinha ter tudo e as outras, nada. O senhor vai dar, sim, os quatros milhões.

— O senhor tem dinheiro!

— Menos do que você pensa. É bom que vocês saibam. Minha fortuna é uma lenda.

— Não importa. Queremos o dinheiro.

Tira um cigarro. Cata os fósforos. Precisa tomar uma atitude. Acende o cigarro.

Diz, baixo e quase com doçura:

— Olha. Quero que saibam. De mim, vocês não levam um tostão. Nada. E podem ir.

Ninguém se mexeu. Dirce pergunta:

— É sua última palavra?

— Exato. Minha última palavra. Prefiro tocar fogo em todo o meu dinheiro. Mas tomem nota, escrevam. Vocês não vão ver, nunca mais, um tostão meu.

E, então, as três recuaram. Cochicham agora num canto. Sabino pensa que estão derrotadas. "Dei duro." Tira o lenço para enxugar o suor da cara. As três voltam lentamente. "Estão tramando o quê, essas miseráveis? Esbofeteio a que me faltar com o respeito!"

Foi cercado, novamente. Ele diz:

— Não volto atrás! Não volto atrás!

E, então, Dirce fala, baixo, mas nítido:

— Deflorador.

Silêncio. Pergunta, com a voz estrangulada:

— O que é que você disse? Repete.

Foi Marília quem respondeu:

— Deflorador.

Sabino quer se levantar, mas tomba na cadeira. Devia soltar palavrões, quebrar caras, o diabo.

Mas não se mexia, quase não respirava. Dirce continuou, docemente:

— Eu vi, papai, ninguém me contou. Eu vi. Quer que eu conte tudo?

As outras se encarniçaram:

— Conta! Conta!

E a verdade é que o próprio Sabino queria ouvir, tinha a necessidade absurda de ouvir.

Dirce foi contando (suave, suave):

— Papai, você se lembra daquela festa? Festa do meu aniversário, em Lins de Vasconcelos? Enquanto o pessoal dançava, Silene saiu para o quintal. Já não estava se sentindo bem. E, lá, teve o ataque. Ninguém viu, só o senhor. Sim, da varanda, o senhor viu Silene cair. Desceu, sem dizer nada. Carregou a menina para a parte mais escura. Eu apareci na janela e vi. O senhor é que não me viu. Tudo aconteceu debaixo da janela. Deflorador, sim, deflorador. E de uma menina com ataque e durante o ataque. Silene tinha treze anos e o senhor parecia louco.

O espanto punha nos olhos de Sabino um halo negro. Queria falar, mas o som não vinha.

— E, depois, o senhor fez a volta e veio para a sala.

Sabino pergunta (o pavor deu-lhe uma voz de falsete):

— Elas viram também?

Respondeu, cariciosa, quase compassiva:

— Elas sabem porque eu contei, e só hoje contei.

Sabino contraiu os ombros como um corcunda.

Disse, de olhos baixos:

— Eu assino o cheque. Assino o cheque.

28

Assinou o último cheque. Não era incestuoso. Releu a data, a quantia, o próprio nome. Sabino Uchoa Maranhão. O simples desejo não é nada. Incesto é o ato. Pederastia é o ato. Ato prolixo e completo. Sabino Uchoa Maranhão soava como um nome de túmulo, gravado num túmulo.

Ergue-se:

— Pronto.

Entregou o cheque à Marília. E teve, ali, uma espécie de vertigem. Cambaleou e apoiou-se na cadeira. Continuava com a sensação de que Sabino Uchoa Maranhão era um nome lívido e nostálgico de defunto. Ia perguntar-lhes: "Além de vocês, alguém sabe?". Mas não disse nada. E, de repente, começou a sentir um tédio cruel. Pouco importava que as filhas fossem, de porta em porta, anunciando o defloramento. As três vão saindo. Ao pôr a mão no trinco, Dirce volta-se um momento e as três olham Sabino.

Ele pergunta:

— Estão satisfeitas?

Dirce responde sem voz, apenas com o movimento dos lábios:

— Deflorador.

(O próprio Sabino achou que, no desespero, sua voz saía esganiçada como as paródias de Jânio Quadros.)[39] Do lado de fora, Eudóxia passa a mão no trinco e empurra a porta. As filhas recuam e ela diz, passando:

— Vocês estão aí?

E vai falar com Sabino:

— Monsenhor chegou!

Balbucia:

— Monsenhor?

— Quer falar contigo! Vai, vai!

Fez a volta da mesa:

— Calma, calma.

Mas experimentava uma alegria desesperada. Eudóxia ou o Monsenhor era a vida real. Ao passo que a chantagem das filhas era tão absurda, tão fantástica. E o defloramento, e a praia, e Glorinha descalça — tudo parecia tão irreal.

Trêmulo, aperta a mão de Eudóxia (que não entendeu a ternura envergonhadíssima). Disse:

— Vamos lá, vamos lá.

Na porta, estaca:

— Eudóxia, me faz um favor. Você fica com Monsenhor um instantinho.

— Ora!

— Meu anjo, um instantinho. É um telefonema urgente. Falo lá dentro, na extensão.

— Mas não demora.

— Um minuto.

Foi falar no quarto. E não entendia a visita de Monsenhor. "Já tenho aborrecimento demais." Senta-se na cama e apanha o telefone. Diria mais ou menos assim: "Dona Noêmia, eu". Dona Noêmia, não. Ia chamá-la de você, definitivamente. "Eu a tratei mal, Noêmia. E lhe peço desculpas." De fato, procedera como um cavalo. Quando ela quis se lavar, ele a escorraçara. A moça saíra pingando. Pingando, não, por causa da camisinha. Seja como for, é deprimente que, depois do ato, uma moça não possa fazer nem uma higiene sumária.

Está discando. Não, não. Ia dizer o seguinte: "Você é a única coisa que eu tenho na vida".

Fez a ligação, está chamando. Espera. Chama, chama e nada. Será que ligou errado? Não pode ser. Disca novamente. Talvez esteja no banheiro fazendo xixi. Não atende, por quê? Chama e nada, bolas. Essa cretina! Como ele a ofendeu e humilhou, ela o desafia. "Ponho na rua, sumariamente!"

Batem na porta:

— Papai? Papai?

— Entra.

Glorinha vem dizer:

— Pai, Monsenhor já vai embora!

Sabino se arremessa pelo corredor. Vai encontrar Monsenhor entre senhoras, inclusive Eudóxia. O padre inunda a sala com o seu riso forte, vital, de baixo cantante.

Sabino abre os braços:

— Desculpe, desculpe.

Diante daquele gigante, sente-se de uma fragilidade feminina. Monsenhor pede licença e o leva:

— Precisamos bater um doce papo.

Angustiado (só pensa em Noêmia), pergunta:

— Alguma novidade?

— Mais ou menos.

— Boa ou má?

O outro ri:

— Se é boa ou má? Indiferente.

Sentam-se na varanda. Mas Sabino ergue-se:

— Vou pedir um cafezinho pra gente. Um cafezinho.

— Boa ideia.

Grita da porta:

— Eudóxia, olha um cafezinho aqui. Mas rápido, rápido.

Volta. Monsenhor começa:

— Sabino, vim aqui pra te dizer o seguinte: não vou fazer sermão nenhum.

Sabino exagera:

— Mas que é isso? Não faça isso. Eudóxia vai ficar inconsolável, Monsenhor. E eu mesmo, compreende?

O padre coça a cabeça:

— Escuta, escuta.

Sabino está querendo entender e desculpar Noêmia. Ela fez, claro, uma pirraça. Mas ele a destratara da maneira mais brutal. E, afinal de contas, a moça não tinha sangue de barata, convenhamos.

Monsenhor explicava:

— O discurso que eu fizesse seria incendiário, subversivo.

— Subversivo como? O senhor quer dizer político?

O outro ria com sarcasmo feroz:

— Político? Ah, nunca! Pra mim, política não é nada. É zero. Espera, espera. Você tocou num assunto que me interessa muito. Por exemplo: o crime político. Um César apunhalado é fósforo apagado. O falso patético, percebeu?

Então, impulsivamente, Sabino o interrompe:

— Monsenhor, uma pergunta, uma pergunta.

Continua, rouco de desespero:

— Qual é mais importante, na sua opinião, o assassinato de César ou o defloramento de uma epilética? Sim, de uma epilética durante o ataque?

— Como? Não entendi. Fala outra vez.

Sabino repete e acrescenta:

— Ainda mais, tratando-se de uma menina de treze anos?

Monsenhor diz, gravemente:

— A comparação é boa, é boa. Eu fico com o defloramento. E veja você como, no confronto, o assassinato de César fica reles, ordinário, de quinta classe.

A própria Eudóxia vinha trazer a bandeja:

— Fresquinho d'agora.

Monsenhor apanha a sua xícara:

— Cheiroso!

Eudóxia perguntava:

— Bom de açúcar?

Prova:

— Bom.

— Ou quer mais?

— Obrigado.

Eudóxia está dizendo:

— A bandeja fica aí.

Monsenhor toma o café devagarinho:

— Quer saber o que eu diria, se falasse amanhã? Diria que todos nós devemos assumir a nossa miserabilidade. Entende? O homem e a mulher devem juntar as próprias chagas.

Ao dizer isso, olhava para baixo, como se as chagas estivessem no chão e ele as fosse catar.

Sabino repetiu:

— Juntar as chagas.

Mais tarde, havia de se lembrar que esta imagem — "juntar as chagas" — ia decidir a sua vida.

Neste momento, veio Eudóxia buscar a bandeja. Recolhe as duas xícaras e vira-se para Sabino:

— Você falou com Justino ou esqueceu?

— Que Justino?

— Esqueceu? O Justino Martins, da *Manchete*!

— Ah, falei, falei! — E explica ao Monsenhor: — A *Manchete* vai publicar Glorinha na capa, de noiva. A fotografia em cores.

— Quer dizer que a capa está garantida?

— Mas evidente!

Eudóxia saiu, feliz. Foi dizer na sala:

— Olha aí. Glorinha vai sair na capa da *Manchete*.

A menina teve uma dúvida:

— É só a cara ou o corpo inteiro?

Eudóxia não sabia.

Naquele momento, Monsenhor levantava-se:

— Sabino, me vou.

O outro ergue-se também.

— Eu o levo.

— Apanho um táxi.

— Ora, Monsenhor.

— Então, vamos.

Sabino acha que todo homem precisa ser adorado por alguém. Noêmia era esta adoração. Monsenhor entrou para se despedir. Sabino pensa que Noêmia seria o amor, primeiro e último. Eudóxia não era o amor, não fora o amor. Ao passo que Noêmia seria capaz de beijar-lhe os pés como uma fanática. O encanto do mundo capitalista, era pobre-diaba, dependente, mercenária semiesfomeada. Como Noêmia.

Monsenhor voltava com Eudóxia e Glorinha. A dona da casa insistia:

— Ainda é cedo.

— Eu me levanto às cinco da manhã.

O padre e Sabino entram na Mercedes. Eudóxia e Glorinha ficam no portão, esperando que o carro dobre a esquina.

Monsenhor pede um cigarro. Tem a nostalgia do sermão que não fará:

— Ouviu, Sabino? Tem sentido mandar os noivos juntar as chagas? Os dois só estão pensando no coito de logo mais. E eu a falar em ferida, em lepra? É possível? Não.

E, súbito, ergue a voz:

— Sabino, quer saber da grande verdade? Quer?

Pausa e dá o berro triunfal:

— Todos nós somos leprosos! E não há exceção. Nenhuma, nenhuma. Somos leprosos.

E Monsenhor continuava. Só está salvo aquele que reconhece a própria lepra e a proclama. O padre vira-se para Sabino:

— O que é que está esperando, homem? Hein? Por que não se decide?

— Mas decidir o quê?

Monsenhor parecia um possesso:

— Não espere mais. Assuma a sua lepra. E não a renegue, nunca! É a sua ressurreição, homem!

O próprio Sabino achava que ele e o Monsenhor falavam e reagiam como dois bêbados. Monsenhor calou-se, arquejante e desesperado. O padre estava infelicíssimo porque não falaria. Gostaria de clamar para os noivos, e para os convidados: "Vocês são leprosos". Sabino só pensava em Noêmia. E descobria, agora, que nunca fora amado, nem por um momento. O amor era Noêmia e só Noêmia. Sonhava, ao lado de Monsenhor: "Alguém pra me beijar os pés".

Ao parar na porta da igreja, não se conteve e pergunta:

— Quer dizer que a sua opção é o defloramento?

Já na calçada, o outro respondeu triunfante (e parecia um padre bêbado):

— O defloramento! O defloramento!

Monsenhor abria o portão. Mas, antes de entrar, vira-se e berra:

— Assuma a sua lepra!

Seu riso de baixo, de Chaliapin,[40] encheu a rua. E, então, Sabino partiu. Começou a rodar pela cidade. Pensou em Silene, aos treze anos. Agora que estava só, teve medo do defloramento antigo. Não sabia, até hoje não sabia, por que desejara a menina epilética e durante o ataque. Temos atos que pertencem ao mistério e ao mistério voltam. Assuma a sua lepra. Por que Noêmia não esperara?

Entra em casa, tarde. Passa pelas três filhas (cochichavam com os maridos). Viu Silene e parou.

Deu-lhe um tapinha no rosto:

— Você vai ser uma *demoiselle* linda.

Quando Sabino entra no quarto, Eudóxia vem atrás. Fecha a porta e baixa a voz:

— Sabe? Acho que você tem razão.

Desfazia o nó da gravata:

— Razão como?

Suspira:

— Silene não pode ser *demoiselle*.

Recuou, assombrado:

— O que é que você está me dizendo? Não pode ser *demoiselle*? E é você, você quem me diz isso?

— Ué!

— Ué, não! Eudóxia, estou besta, besta com o teu caradurismo!

— Mas, criatura! Você próprio não disse que podia ter um ataque na igreja, não disse?

Rodando pelo quarto, começou a repetir Monsenhor:

— Nós somos todos leprosos! E o mal é que ninguém reconhece a própria lepra. Olha, Eudóxia: um epilético tem direito de ter seus ataques. Tem.

— Menos no casamento da minha filha.

— Merda, merda! E olha. Vai ser *demoiselle*, sim, vai! Sou eu que exijo. Estou gastando para mais de 15 milhões, vírgula. Mais: vinte e carambolas. Pra mim só há duas presenças importantes na merda deste casamento: essa menina e a noiva.

Falava assim e pensava: "Só tenho Noêmia. Beijou meus sapatos e há de beijar os meus pés". O sexo é o de menos. O que vale é a humildade capaz de beijar os pés e o chão.

Eudóxia já ia saindo, furiosa. Mas ele a segura:

— Eudóxia, vem cá, vem cá.

Está ofegante:

— Eu me exaltei, fui áspero com você. Mas não tive a intenção. Desculpe, sim?

Desprendeu-se:

— Você dá seus coices e depois pede desculpas!

Saiu, batendo com a porta. Ele veio se olhar no espelho: "Estou com uma imaginação de onanista". Tirou a roupa para se deitar. Mas não dormiu um minuto. Não era incestuoso. Um simples desejo não faz um incestuoso. E mesmo sem dormir, nem viu, nem ouviu Eudóxia entrar. Sua vigília foi mais fechada, inescrutável do que o sono. De manhã, já com o sol no quarto, escutou vozes, gritos, choro. Pulou da cama, apanhou o roupão. Eudóxia não estava. De chinelos, meias, roupão por cima do pijama, saiu do quarto.

Glorinha veio correndo, de braços abertos:

— Noêmia morreu, papai! Mataram Noêmia, papai!

A menina se lança nos seus braços. Sabino pensa em desastre, atropelamento. Mas Eudóxia, que chegava, e a própria Glorinha diziam:

— Assassinada no escritório! No escritório.

Assassinada, enquanto o esperava. Já estava morta, quando o telefone a chamara. Disse:

— Calma, calma! Vou telefonar. Não chora.

Ligou para a imobiliária. E soube de tudo. Quando os rapazes da faxina chegaram, viram a porta aberta e a luz acesa. Estranharam. E, no gabinete, deram com a moça seminua, toda retalhada, inclusive a cruz gravada no sexo.

Sabino já se despedia:

— Tem o casamento, mas talvez passe por aí.

Glorinha soluçava, ele perdeu a paciência:

— Para com esse berreiro! Chega! Esse histerismo!

A menina berrou também:

— Papai: parece até que o senhor não tem sentimento! Noêmia morreu e o senhor não tem pena, papai!

Ele tinha vontade de bater com a cabeça nas paredes, de sair gritando pela rua. Agarrou Glorinha:

— Minha filha, olha. Escuta. Não exageremos. Escuta. Noêmia não era parente, nem amiga, ouviu? Nem amiga. Uma empregada, minha filha. Lamento, mas já aconteceu e o que é que eu posso fazer, hein?

— Papai, o senhor é mau!

Pôs-se a gritar:

— O importante é teu casamento! Teu casamento!

E o que o apavorara é que ninguém sentisse o seu desespero. Eudóxia puxa-o para um canto:

— Será que o crime vai prejudicar a capa da *Manchete*?

— Vai à merda, Eudóxia, vai à merda!

Reagiu:

— É o segundo palavrão que você me diz!

— Merda nunca foi palavrão!

Naquele momento, chegava a Polícia. Foi receber, na sala da frente, o comissário Rangel e dois investigadores. Teve que afastar Glorinha:

— Minha filha, vai lá pra dentro. — E repetiu: — O importante é teu casamento!

Conversou sobre o crime. O comissário falou em trinta e tantas apunhaladas. A autoridade amassa o cigarro no cinzeiro e continua:

— Roubo, não é. Sexo. Puro sexo. Em matéria de crime, vou-lhe contar: nunca vi tanta perversidade. E olhe que eu tenho vinte anos de Polícia.

— Algum suspeito?

O comissário abana-se com o chapéu:

— Nenhum. Isto é, havia um. O amante da vítima, um tal de Xavier. Mas esse matou ontem a mulher e se matou. A mulher legítima do Xavier era leprosa. Mas escuta. A vítima era sua secretária?

— Pois não.

— E que tal?

Disse:

275

— Funcionária exemplar, corretíssima.

Pouco depois, o comissário erguia-se. Sabino o acompanhou até à porta:

— Veja o senhor, que coincidência chata, meu Deus. Matam essa moça no meu escritório e no dia, ou véspera, do casamento. Estou casando a minha filha menor. Mas estou à disposição, à disposição das autoridades, no que puder ser útil.

O polícia para um momento, roda o chapéu no dedo:

— Pois é, doutor Sabino. Vai ser um pega pra capar. O Xavier talvez fosse uma pista. Mas o desgraçado morreu. Temos o crime e falta o criminoso.

Sabino respira fundo:

— Há de aparecer, o criminoso há de aparecer.

— Tomara, tomara.

Durante várias horas, Sabino não sabia o que estava dizendo ou fazendo. Na cerimônia civil, abraçou a sogra de Glorinha e disse:

— Noêmia morreu.

Com Teófilo, a mesma coisa: "Noêmia morreu". Quando chegaram em casa, os fotógrafos estavam lá. Glorinha foi pôr, às carreiras, o vestido de noiva. O cabeleireiro Vicente veio fazer o penteado. A moça da maquilagem cuidou do rosto. E, finalmente, a menina veio, de noiva, posar para as fotografias coloridas. Atrás, Eudóxia, as irmãs e as tias vinham segurando a cauda. *Manchete* bateu umas cinquenta chapas. Por fim, apareceu Sabino, de casaca. De vez em quando dizia a um e outro:

— O importante é o casamento!

Mais tarde, alguém diria que ele entrara, na igreja, de braço com a filha, pálido como um santo. Viu toda a cerimônia com tédio desesperador. Como era antiga e espectral a pederastia do genro. Mal falara com o Ministro e senhora. Também se disse, posteriormente, que metade do Rio de Janeiro estava lá.

Quando os noivos e os padrinhos passaram para a sacristia, Eudóxia não o viu mais. Andou perguntando:

— Não viu Sabino? Sabino, não viu?

Não, ninguém o vira. Enquanto os noivos recebiam os cumprimentos, Sabino tomava a Mercedes. O chofer ainda perguntou:

— Dona Eudóxia não vem?

— Não. Vamos embora.

A noiva viera na Mercedes e teria que arranjar outro carro. Nova pergunta do chofer:

— Pra onde, doutor Sabino?

E ele:

— Me leva no distrito, como é? Aquele distrito da cidade. Lá.

Cinco ou seis minutos depois, entrava na delegacia. Toda a reportagem estava lá. E aquele senhor de casaca, perfumado, quase bonito, soou, ali, como um escândalo. (Sabino ficou com a impressão, para toda vida, de que o repórter de polícia cheira mal.) O comissário Rangel, que já dera umas quinze entrevistas, ergueu-se:

— Ah, doutor Sabino!

Sabino olha em torno e pergunta:

— Os senhores são da imprensa? Então venham e ouçam.

Disse, com voz nítida e forte:

— Vim, aqui, confessar o meu crime. Eu, Sabino Uchoa Maranhão, matei, ontem, no meu escritório, por ciúmes, a minha secretária Noêmia. Essa moça era minha amante e esteve comigo, na tarde de ontem, num apartamento da rua Haddock Lobo.

Pôs a mão no peito:

— Eu sou o assassino! Era minha amante. Atirei o punhal no mar. Sou o assassino.

Começou, na delegacia, um alarido espantoso. Os repórteres batiam uns nos outros. Dois fotógrafos subiram numa mesa. Os *flashes* explodiam. O comissário Rangel berrava:

— Vai chamar o Miécimo, vai chamar o Miécimo![41]

O Miécimo era o escrivão. Estava, no botequim defronte, bebendo cerveja, com sardinhas fritas.

Alguém puxou uma cadeira para Sabino. Sentou-se.

Era feliz.

Um romance de Nelson Rodrigues não se adia

Paulo Werneck

Em fevereiro de 1966, Carlos Lacerda começou a divulgar seus planos para a editora que decidira fundar enquanto não retomava suas atividades políticas. Na ocasião, o *Jornal do Brasil* foi ouvir o ex-governador da Guanabara na sede do novo empreendimento. Lacerda contou que a ideia era modernizar a indústria editorial brasileira, segundo ele "encarada e tratada com mais desprezo que a indústria de cosméticos". Falou de Machado, do *Quixote* e de um punhado de lançamentos da primeira fornada da editora, incluindo um livro sobre as borboletas do Brasil, ficção e não ficção francesa, e *A sangue frio*, de Truman Capote, traduzido por Ivan Lessa. A aposta na linha de literatura brasileira era *O casamento*, estreia de Nelson Rodrigues como romancista.

Segundo uma entrevista de Nelson à revista *Manchete*, o briefing de Lacerda tinha sido direto: "Nada de Suzana Flag!". Ou seja, ele não queria a rocambolesca *pulp fiction* que Nelson fazia para as massas e assinava com pseudônimo, mas uma obra autoral, com o rigor e a ambição artística das peças que magnetizavam as plateias da Zona Sul.

Um mês depois de Lacerda anunciar a publicação do romance, a coluna de Léa Maria, no *JB*, publicou uma nota aparentemente mundana: Lacerda estava de partida para Tóquio, para festejar os seus 52 anos. A notícia mesmo estava escondida no meio do texto: "Antes de embarcar, passou para a editora Eldorado os direitos de publicação do volume *O casamento*, de Nelson Rodrigues. Os que já leram o romance comentam que do ponto de vista técnico é uma obra fascinante".

Não foram exatamente as virtudes técnicas do livro que causaram alvoroço entre leitores e colunistas. Nelson era sinônimo de escândalo e se tornava cada vez mais conhecido como cronista esportivo, dramaturgo premiado e agora homem de TV, na tela da recém-fundada TV Globo.

Em junho, Léa Maria trouxe mais detalhes sobre a saia justa de Lacerda com Nelson. A colunista registrou que o editor fizera a encomenda com um pedido: "Que não seja água com açúcar". "O autor seguiu à risca a recomendação — e o resultado é que o editor Lacerda não teve coragem de publicar o volume. 'Violento demais', disse, e passou os originais para outra editora." Mais adiante, para a *Manchete*, Nelson contaria a história como tendo sido uma disputa de Lacerda e o editor Alfredo Machado por seu romance.

Carlos Lacerda certamente pressentiu o risco político de lançar aquela bomba rodriguiana no colo da tradicional família brasileira, com a qual ele próprio havia marchado lado a lado, não fazia nem um ano, pelas avenidas do Rio, pedindo uma intervenção militar que veio em abril de 1964, para mergulhar o país em 21 anos de ditadura.

O casamento acabou saindo no início do segundo semestre de 1966 pela Eldorado, uma casa de pouco prestígio, que também publicava edições pagas pelos autores (não foi o caso de Nelson, aparentemente) e era ligada à já poderosa Record, de Alfredo Machado, o que garantia uma boa distribuição. A edição, sem logomarca na capa, mostra a personagem Glorinha de olhos baixos, em ilustração de Enrico Bianco. No frontispício, um alerta do editor que mais atraía do que afastava: "LEITURA PARA ADULTOS".

SE TODA A obra de Nelson é um inventário de tabus, neuroses, preconceitos, perversões e crimes sexuais, isso se condensa na trama de *O casamento*. Não é à toa que o título ganhou o artigo definido: na obra de Nelson, este é mesmo "o" casamento.

Casamentos são assunto para Nelson Rodrigues desde a famosa composição escolar escrita na infância, na qual sua professora reconheceu no menino o "projeto de tarado". Depois disso, *Vestido de noi-*

va, Álbum de família, inúmeras histórias de *A vida como ela é...* e muitas crônicas puseram em discussão as misérias da união matrimonial.

A peça Álbum de família tem uma personagem chamada Glória, ela também às voltas com um pai horrendo como Sabino. *Perdoa-me por me traíres* também levou aos palcos uma Glorinha, órfã criada por tios. Mas, quando decide dedicar ao tema o seu primeiro romance, Nelson Rodrigues não dá ao leitor a sensação de se repetir, pecado frequente e perdoável no cronista de jornal. Pelo contrário, ele parece ter encontrado no romance a sua grande forma artística. Isso faz de *O casamento* um resumo drástico e perfeito de tudo o que queria dizer, a melhor porta de entrada para a obra de Nelson Rodrigues: tudo está aqui, entre estas 296 páginas.

A FAMA DO autor foi explorada sem pudor na campanha de divulgação, e até mesmo no texto de apresentação da orelha do livro — entre vários grandes escritores, uma frase do poeta Augusto Frederico Schmidt vende o peixe mencionando a "insistência" de Nelson na "torpeza". O mesmo tom foi utilizado em várias notinhas plantadas pelo próprio Nelson e por amigos no *JB,* atiçando a curiosidade do público e fazendo suspense sobre a alta octanagem do "livro bomba de Nelson Rodrigues", "tão violento quanto *O trópico de Capricórnio*", do americano Henry Miller, "com a desvantagem de não ter sotaque nenhum", explicou o autor na semana do lançamento.

Em agosto, com o livro ainda pingando tinta, uma dessas notinhas citou, sem contexto, um elogio de um pensador católico conservador, Gustavo Corção, a Nelson Rodrigues, "por quem cresce dia a dia a minha admiração". A colunista arremata com a injeção gratuita de veneno: "Muitos afirmam que toda essa admiração não vai sobreviver à leitura do romance *O casamento,* que Nelson Rodrigues mandou ao professor com uma afetuosa dedicatória".

Léa Maria voltaria mais adiante para informar que o romance de Nelson já era "assunto de todas as rodas": "Tão logo foi lançado, *O casamento* galgou o segundo posto na lista de best-sellers e promete realmente ser o livro mais discutido do ano". De fato, a lista publicada em 17 de setembro já mostrava a saga pré-nupcial de Glorinha no segundo lugar entre os títulos nacionais mais vendidos no Rio de Janeiro, atrás apenas de Jorge Amado e seu *Dona Flor e seus dois maridos*, também editado por Alfredo Machado, mas com o selo prestigioso da Record. Em São Paulo e Brasília, a carioca Glorinha não fazia má figura para uma debutante nas listas, estreando em quinto e oitavo lugar, respectivamente, e sustentando a posição por várias semanas.

A noite de autógrafos, marcada para a segunda, 19 de setembro, na livraria da editora, em Copacabana, precisou ser adiada em cima da hora. Mário Filho, o irmão de Nelson que emprestaria o seu nome ao estádio do Maracanã, tinha morrido durante a madrugada.

Um mês depois de chegar às livrarias, em meados de outubro, Glorinha apeou Dona Flor do topo da lista carioca de mais vendidos do *JB*. Também subiu posições em Brasília e em São Paulo. O livro era notícia, e não apenas nas páginas de cultura. No dia 12 de outubro, o ministro da Justiça, Carlos Medeiros, publicou uma portaria que determinava a apreensão, em todas as livrarias do país, do romance, que assim se tornava o primeiro livro censurado pela ditadura. A portaria usou a defesa da instituição do casamento como pretexto para proibir o livro e perseguir seu autor, ajudando a manter acesa a chama do moralismo que ajudara a derrubar a democracia no país em 64.

Nelson — que não obstante foi apoiador do regime do início ao fim (mesmo depois do livro censurado e de ter um filho, Nelsinho, estropiado pela tortura e submetido a sete anos de prisão) — reagiu com indignação incrédula no dia 15, quando o assunto ganhou as páginas dos jornais: "Caso se confirme a notícia, vou espernear com todas as minhas forças, porque não estamos no faroeste e ainda há leis no Brasil que devem ser respeitadas. Eu acredito que a Justiça imporá as obras nas livrarias", disse ao *JB*.

Ele protestou ainda contra a perseguição ao "pobre romance brasileiro", já que obras estrangeiras, "muito mais fortes", não estavam proibidas. Embarcando na campanha de Nelson, o editor Alfredo Machado observou que o livro de Henry Miller permanecia liberado: "O livro [*O casamento*] é sem sotaque e por isso deve ser proibido". Mas o alvo era mesmo Nelson. Afinal, do ponto de vista moral, o romance poligâmico *Dona Flor e seus dois maridos* não era exatamente uma história exemplar, embora fosse leve e divertida.

Cópias de *O casamento* foram recolhidas nas livrarias e no depósito da editora. *O Globo* registrou que a operação de busca na Distribuidora Record foi realizada sem mandado pela Polícia Federal. E a sessão de autógrafos, remarcada para o dia 31 por causa da morte de Mário Filho, foi novamente adiada. Ao autor, só restava, de fato, espernear.

Em declaração ao *Correio da Manhã*, Nelson comparou o ministro Medeiros a um bandido que aterrorizara o Rio algum tempo antes: "Eu me recuso a acreditar que seja verdade o confisco do meu livro *O casamento*. O ministro da Justiça não é nenhum Zé da Ilha, um reles contraventor acostumado a violar a lei. O jurista não iria agredir de forma tão ignominiosa o texto claríssimo da Constituição. Por outro lado, graças a Deus, com Hitler a moda de queimar livros, de acabar com o livro a pauladas, já passou".

A imagem da queima de exemplares, de fato, assombrava Nelson: no mesmo dia 15, uma fogueira de livros ilustrava sua coluna sobre futebol, publicada em *O Globo* — naquela edição, excepcionalmente, o cronista esportivo foi escalado para defender o romancista, numa crônica que está entre os grandes textos contra a censura no Brasil. "Um casamento não se adia", repetia Nelson, ecoando a fala de um de seus personagens como prova de que o romance era a favor do matrimônio.

As páginas de política da mesma edição registraram a proibição de *O casamento*, a apreensão de livros pelo Dops e a reação indignada de intelectuais, entre eles Rubem Braga, Hélio Pellegrino, Raimundo Magalhães Jr. e Tristão de Athayde, presidente da Academia Brasileira de Letras. Do lado oposto, veio um pronunciamento que doeu em Nelson, pois partiu de alguém com quem tinha dívida de gratidão desde os anos 1930, seu patrão Roberto Marinho, que saiu em defesa do matrimônio — ou melhor, do ministro da Justiça.

No dia 19, em texto intitulado "Um dever de consciência", *O Globo* tomou partido contra seu próprio colunista — ainda que fosse "desagradável à nossa formação liberal proibir a circulação de trabalhos literários". "Mas", prossegue o editorial, "por maior que seja o nosso respeito pela liberdade da criação artística ou literária, precisamos concordar que acima das franquias de que devem gozar artistas e escritores devem ser defendidos e protegidos pelas autoridades os princípios basilares de nossa organização social, entre eles o matrimônio".

Nelson não se conformava. Com a ajuda de amigos nas redações e no meio literário, tentou espalhar ironias e críticas contra Carlos Medeiros. No dia 22, em novo editorial, o jornal reafirmou os argumentos a favor da censura e procurou se descolar do colunista. Como se restasse alguma dúvida, o editorialista reiterou a convicção de *O Globo* quanto à "retidão moral" do censor Carlos Medeiros e, lavando as mãos, atribuiu exclusivamente a Nelson "os termos polêmicos" com que atacava o ministro. "O conteúdo da obra", acrescentou, "também é de sua responsabilidade pessoal." Assim, Nelson perdia, e em casa, a queda de braço com o ministro da Justiça da ditadura. Mesmo magoado, manteve a coluna "À sombra das chuteiras imortais" em *O Globo*. E, sempre que possível, haveria de espernear contra a censura nos jornais, ao menos no *JB* e no *Correio da Manhã*, que decidiram não esquecer o assunto.

Além do aspecto político e da indignação contra a "indigência intelectual" da portaria de Medeiros, Nelson se chateou com a perda de uma nova e inesperada fonte de renda: os direitos autorais de um legítimo best-seller. Ainda que Suzana Flag, *Asfalto selvagem* e outros de seus livros eventualmente tivessem boas vendas, isso não se traduzia em "emancipação econômica", como ele diria numa entrevista. Ele sempre ganhara a vida escrevendo para diferentes jornais; a bilheteria do teatro era incerta e, segundo uma reportagem publicada por *O Globo* naquela época, os autores de peças teatrais só recebiam se a polícia fosse chamada. Quando *O casamento* saiu, as participações na TV superavam seus ganhos nos jornais. Mas ele já havia passado fome, vivia no vermelho ou enrolado com suas finanças e a questão estava entre as suas principais preocupações, como disse ao *JB*, reagindo à censura: "Com essas e outras portarias, [o autor nacional,] coitadinho, vai acabar ali na esquina de realejo e periquito, tirando a sorte".

As vendas o animaram a fazer planos. "Eu, que me subdivido em tantas atividades, fiquei, inclusive, tentado a deixar tudo e dedicar-me exclusivamente ao romance e ao teatro, na expectativa de chegar à minha emancipação econômica", revelou ao jornal.

A reportagem de *O Globo* quis saber se era possível, no Brasil, um escritor viver das vendas de seus livros. Nelson respondeu: "O óbvio ululante é que no Brasil o escritor morreria de fome se fosse esperar que seus livros lhe bastassem para viver. Mas a coisa está mudando. País de analfabetos, temos, contudo, uma ebulição de pensamento e de emoção que está levando muita gente aos livros. Para mim, foi um espanto o sucesso do meu romance *O casamento*. Verdadeiro furacão da Flórida. Chegou e, nem bem os editores acabavam de pôr o livro nas livrarias, e já não havia mais livro".

O romance lhe garantiu algo como uma bilheteria antecipada: primeiro, na forma de um adiantamento oferecido por Lacerda, de 2 milhões de cruzeiros — equivalente a 24 salários mínimos da época, uns 900 dólares então, ou, em valores corrigidos para 2021, cerca de 7.500 dólares. Nelson diria numa entrevista que o valor era "digno de Proust". Depois, ainda pingaria um dinheirinho na forma de direitos sobre as vendagens. A boa colocação nas listas já garantira o esgotamento de duas tiragens, uma de 3 mil e outra de 5 mil exemplares — e no momento da proibição a Eldorado engatilhava a terceira. Mal se esboçava um futuro econômico um pouco melhor para Nelson e ele já estava sendo levado junto com os livros, em plena lua de mel.

"Antes e depois de mim, muitos escreverão sobre o casamento. Mas ninguém, por ter escrito sobre o casamento, vai perder dinheiro como eu estou perdendo. Isto é ou não é perseguição?", lamentaria numa notinha publicada no *JB*. Nas listas de mais vendidos, Glorinha não demorou a ser definitivamente desbancada por Dona Flor.

DEPOIS DOS EDITORIAIS em favor do censor de Nelson, *O Globo* nunca mais voltou ao tema. Lido e cultuado pela elite da Zona Sul, o *Jornal do Brasil* levou adiante, quase sozinho, a discussão sobre a escalada da censura no país, que ainda não estava instalada nas redações, mas já vetava marchinhas de carnaval... e livros. No final do ano, o *JB* contava três títulos proibidos no país, além de *O casamento*: *Falência das elites*, de Adelaide Carraro, *O golpe em Goiás*, de Mauro Borges, e, na mesma prateleira de Nelson, porém com sotaque, o clássico da erótica *Fanny Hill*, de John Cleland.

Nelson se queixaria do silêncio em relação à proibição de *O casamento* numa enquete sobre censura a livros publicada pelo *JB*: "A nossa inteligência nem piou. Ou por outra: três ou quatro intelectuais protestaram. Mas não vi nenhum fremente abaixo-assinado e, fora as exceções citadas, o resto aceitou o fato com um silêncio e uma pusilanimidade exemplares".

Uma das exceções foi o crítico José Lino Grünewald, que Nelson não conhecia, mas de quem depois viria a se tornar amigo. No calor da proibição, ele publicou um artigo certeiro que exalta a obra do escritor, segundo ele "um primitivo altamente civilizado", e aponta o nexo óbvio entre o livro e a "Revolução", como a ditadura era chamada nos jornais: "*O casamento* é bem mais revolucionário que o governo que o proíbe".

Outros textos, no *JB* ou no *Correio da Manhã*, tinham manifestado rejeição à censura, ainda que fazendo restrições ao autor e ao livro. Não eram incomuns as incompreensões em torno da obra de Nelson: seu moralismo era discutido em tom ora positivo, ora negativo. Discussões bizantinas especulavam se Nelson seria pornográfico, erótico ou imoral, sem concluir exatamente o que cada alternativa significava.

Sobra para todo mundo no texto de Paulo Francis no *Correio da Manhã*: naturalmente, para o censor Carlos Medeiros, mas também para Nelson ("Com aquela voz pastosa, sugerindo uma sobriedade bêbeda, o escritor emite platitudes sobre a moral e o lar, inconsciente, em aparência, do real sentido de sua obra") e para a crítica literária ("encabulada", com insuficiente "complexidade e diversidade para julgá-lo", "uma espécie de Godot de nossas artes"). No *JB*, ainda em novembro, o cronista José Carlos Oliveira elogiaria o erotismo da obra de Nelson, não sem sublinhar as diferenças e mal-entendidos que havia entre eles.

No ano seguinte, Nelson enfiou-se num novo projeto, a escrita de suas memórias para o *Correio da Manhã*, que resultariam em um de seus melhores livros, *A menina sem estrela* (1967). O autor, é claro, não deixaria de fustigar seu algoz. Em uma dessas crônicas, contou que, quando foi promulgada a nova Constituição do país, preparada sob medida por Carlos Medeiros para a ditadura, ouvira os jornaleiros gritando pelas ruas da cidade: "A nova prostituição do Brasil! A nova prostituição do Brasil!".

GLORINHA SÓ VOLTARIA à pauta em abril de 1967, quando Nelson ganhou uma ação no Tribunal Federal de Recursos que anulou a portaria de Medeiros. *O casamento* estava liberado. A editora Eldorado não demorou a publicar anúncios nos jornais sobre o retorno do "livro proibido de Nelson Rodrigues". A esperada — e duas vezes adiada — sessão de autógrafos foi marcada para junho, durante a Feira do Livro do Rio de Janeiro, na Cinelândia.

Mas Nelson estava doente e ainda enlutado pela trágica morte de outro irmão, Paulo, em fevereiro, com a mulher, os dois filhos e a sogra, quando desabou o prédio em que moravam, depois de uma rocha se desprender da montanha e arrastar uma casa que atingiu e derrubou o edifício de três andares feito um dominó.

Mesmo sem a presença do autor, sua barraquinha na Feira do Livro foi uma das mais concorridas, não só porque ele era uma estrela da TV, dos jornais, do teatro e, agora, do romance brasileiro, mas sobretudo pela estratégia de marketing escolhida. Para autografar em seu lugar, ao lado de autores de respeito como Gustavo Corção e Dias Gomes, Nelson mandou o cunhado — e cafajeste profissional — Jece Valadão. "A presença de Jece Valadão fez com que o maior interesse da barraquinha se concentrasse no autografador", registrou o *JB*, "principalmente por parte das mocinhas que rodearam o local, algumas das quais até comprando um livro."

O CASAMENTO RADICALIZOU tanto a força da dramaturgia de Nelson como a sua experimentação com os folhetins. O que parecia pura brincadeira sempre foi levado muito a sério pelo escritor: "Eu acho o folhetim uma escola de ficcionistas formidável", disse em entrevista à *Playboy*. "Pro sujeito fazer situações, fazer estruturas romanescas, acho isso formidável. Eu tenho prazer em fazer isso." Se o folhetim foi uma escola para Nelson, *O casamento* era a pós-graduação.

As duas vertentes narrativas na verdade sempre correram paralelas, desde as tramas de Suzana Flag, que estreou com o folhetim *Meu destino é pecar* (1944), até a saga de Engraçadinha em *Asfalto selvagem* (1961).

Sem passar pelo jornal e com seus bastidores acidentados, *O casamento* acabou rompendo os limites entre realidade e ficção que o próprio Nelson já havia demarcado em *Asfalto selvagem*. Aqui já não são os amigos e conhecidos do autor que vão para dentro do livro, para ajudar os personagens inventados a resolver dilemas e encrencas: em *O casamento* eles saltam da página para interferir na "vida real", inclusive ajudando o autor a autografar o livro e a se livrar da censura.

Ao mesmo tempo parente, intérprete de seus personagens e até mesmo produtor de um bem-sucedido filme de Nelson (*Boca de Ouro*), Jece Valadão parecia estar numa performance artística das mais experimentais. O mandado de segurança que liberou o romance havia sido preparado por um personagem do livro, o advogado Raphael de Almeida Magalhães — aquele que Castrinho, em conversa com Sabino, lança para a Presidência da República ("Não sei quando, nem interessa. Será presidente, um dia").

Na irrealidade do Brasil de 1966-67, talvez isso fosse normal.

Paulo Werneck é editor da revista Quatro Cinco Um

Notas

1. Localizado na Tijuca, o Colégio Batista Shepard é uma instituição de ensino fundada em 1908 pelos missionários batistas estadunidenses J. W. Shepard e Salomão Ginsburg. Uma das escolas mais tradicionais do Rio de Janeiro, teve como aluno o próprio Nelson Rodrigues, além do compositor Braguinha e do jornalista Artur da Távola.

2. *O grande industrial* é um romance do escritor e dramaturgo francês Georges Ohnet (1848-1918), que alcançou grande êxito no fim do século XIX. A história ilustra as tensões e preconceitos entre uma aristocracia já decadente e a nascente e enriquecida burguesia francesa.

3. O livro *The good Earth* (1931), que rendeu à escritora estadunidense Pearl Buck (1892-1973) o Prêmio Pulitzer de Ficção de 1932, foi publicado no Brasil pela primeira vez em 1937 com o título *China, velha China*. A obra retrata a saga de uma família tradicional rural chinesa que, em duras dificuldades financeiras, muda-se para o sul do país, sem, no entanto, abrir mão de suas terras, da qual se orgulha. Lá, aproveitando-se de um conflito armado na cidade, marido e esposa roubam uma casa. Com o dinheiro, a família retorna para o campo e prospera. Já adultos, os filhos mudam-se para a cidade.

4. Pierre Loti (1850-1923), pseudônimo de Louis Marie Julien Viaud, foi um escritor francês e oficial da Marinha de seu país. Conquistou leitores de inúmeros países do Ocidente graças ao exotismo dos cenários e das situações que retratava, com particular interesse pela sensualidade feminina, baseados nas viagens que fez, como marinheiro, ao Oriente Médio e à Ásia. Impressionista, era apaixonado por temáticas ligadas à condição humana.

5. Paul Gauguin (1848-1903), pintor francês, representante do pós-impressionismo.

6. José Lins do Rego (1901-1957), Jorge Amado (1912-2001), Rachel de Queiroz (1910-2003), Carlos Drummond de Andrade (1902-1987) e Manuel Bandeira (1886-1968) foram, cada um a sua maneira, importantes representantes do modernismo brasileiro, produzindo obras que inovavam na linguagem e no conteúdo e, muitas vezes, com críticas sociopolíticas. Quanto a Bandeira, além de escritor, era crítico de literatura, cinema e artes plásticas, tendo escrito ensaios em que defendia o estudo de escritores e artistas brasileiros de épocas mais antigas, como a era colonial.

7. Um dos fundadores da Academia Brasileira de Letras e autor da letra do "Hino à Bandeira", Olavo Bilac (1865-1918) foi um jornalista e poeta brasileiro representante do parnasianismo, movimento literário ao qual o modernismo, de modo geral, se contrapôs (Manuel Bandeira refutou tal oposição). Era ativo politicamente e foi um dos defensores do serviço militar obrigatório.

8. Vinicius de Moraes (1913-1980), o conhecido cantor e compositor, foi também poeta, jornalista, dramaturgo e diplomata, com uma obra que trafegava tanto pelo erudito quanto pelo popular. Foi um dos criadores, junto de Tom Jobim e João Gilberto, da bossa nova.

9. Augusto Frederico Schmidt (1906-1965) foi poeta, empresário, jornalista e consultor político de Juscelino Kubitschek, além de ter colaborado financeiramente com a produção de *Vestido de noiva*, de Nelson Rodrigues. Figura múltipla, foi sua editora, a Schmidt Editora, a primeira a publicar autores como Jorge Amado, Rachel de Queiroz e Gilberto Freyre, mesmo sendo politicamente engajado com causas direitistas, simpatizando com os integralistas. Como poeta, usava o estilo modernista, dos versos brancos, para tratar de temáticas religiosas; como jornalista, combatia o comunismo em defesa da religião e das instituições.

10. Roberto Burle Marx (1909-1994) foi um artista plástico e paisagista brasileiro de vanguarda. Foi ele o responsável pelo paisagismo do Parque do Flamengo, inaugurado em 1965, um ano antes da publicação de *O casamento*, um projeto marcado pela presença de árvores nativas da Amazônia e de outras regiões tropicais do mundo.

11. Surgida no pós-guerra dos efervescentes anos 1920, a *charleston* é uma dança de movimentos agitados, praticada em cabarés por homens e mulheres que cruzavam pernas e braços em coordenação. Sem espartilho, as moças exibiam as pernas em saias curtas e usavam cabelos *à la garçonne*. O nome se origina da cidade de Charleston, na Carolina do Sul (EUA), embalada pelos *Roaring Twenties* (Os Loucos Anos Vinte).

12. Benjamim Delgado de Carvalho Costallat (1897-1961) foi um jornalista, crítico musical e escritor carioca. Escreveu sobre as principais transformações urbanas sofridas pelo Rio de Janeiro e a suposta decadência de uma *Belle Époque* tropical, incluindo o surgimento das favelas, um terreno ainda pouco explorado pela pena dos intelectuais. Ao retratar personagens em ambientes considerados sinistros, como bares, cafés e prostíbulos, foi acusado de ser moralista e pervertido.

13. O aviador Eduardo Gomes (1896-1981), militar, tenentista, candidatou-se às eleições presidenciais pela primeira vez no fim do Estado Novo de Getúlio Vargas, em 1945, pela recém-criada União Democrática Nacional (UDN), partido conservador, defensor do moralismo, antigetulista e anticomunista. Acabou derrotado pelo general Eurico Gaspar Dutra, ministro da Guerra de Vargas. Não desistiu e, em 1950, tentou novamente a presidência, de novo pela UDN, mas foi derrotado por Vargas. Em 1964, participou do golpe que inaugurou a ditadura militar no Brasil.

14. William Frederick Cody (1846-1917), ou Buffalo Bill, foi um aventureiro e empresário. Produziu e atuou em espetáculos teatrais que, mais tarde, serviriam de inspiração para os filmes de faroeste. Ganhou fama mundial ao virar tema do filme *Buffalo Bill*, lançado em 1944 e dirigido por William A. Wellman.

15. Grupo Executivo da Indústria Cinematográfica, criado em 1961, é um órgão de regulamentação e fomento do cinema brasileiro. Entre outras coisas, foi responsável por aumentar para 56 dias a obrigatoriedade de exibição anual de filmes nacionais (a chamada "cota de tela"). Sofreu sucessivas intervenções governamentais no período da ditadura militar e chegou a ser extinto em 1966, poucos meses após a publicação do livro.

16. "Morte no avião" é um poema de Carlos Drummond de Andrade publicado em *A rosa do povo* (1945) que traz, entre outras coisas, a resignação diante da morte e uma dura reflexão sobre o automatismo, o vazio, a insignificância dos gestos cotidianos.

17. Movimento cinematográfico iniciado em 1942, durante o fim da Segunda Guerra, o neorrealismo italiano trazia produções de baixos custos (inclusive com atores amadores) que retratavam, em especial, a classe trabalhadora e as dificuldades econômicas que assolavam a Itália.

18. Publicado em *Poesias* (1888), "In extremis" traz um eu lírico inconformado com a possibilidade de morrer em um dia tão belo, interrompendo uma vida tão linda. É interessante notar como ambos os poemas, "Morte no avião" (indicado por Glorinha) e "In extremis" (o qual Sabino sabia todinho), tratam da morte sob perspectivas absolutamente diversas.

19. Fundada em 1914, a Confederação Brasileira de Desportos era a entidade brasileira responsável pela organização de todo esporte no país. Em 1979, a CBD sofre modificações em sua estrutura e passa a se chamar Confederação Brasileira de Futebol (CBF), voltada apenas a essa modalidade. Amarildo Tavares Silveira (1939) foi um jogador e treinador de futebol célebre por sua atuação no Botafogo carioca. Figura de grande destaque na Copa do Mundo de 1962, época em que jogava pelo Milan, foi convocado em substituição a Pelé, que sofrera uma contusão.

20. Ademir de Barros (1942), mais conhecido como Paraná, e Rinaldo Luís Dias Amorim (1941), ex-jogadores de futebol.

21. João Havelange (1916-2016), esportista e polêmico presidente da Federação Internacional de Futebol (Fifa) de 1974 até 1998. De 1958 a 1975, presidiu a CBD. No dia 6 de maio de 1966, quatro meses antes da publicação do livro, o jornal *Correio da Manhã* noticiava: "Havelange chega e confirma vinda: Amarildo e Jair". A reportagem ainda dizia: "Frisou o presidente que agiu dessa forma contrariando, inclusive, seu ponto de vista pessoal, contrário à chamada de jogadores que atuem no estrangeiro, atendendo a uma solicitação da Comissão Técnica".

22. Hércules Brito Ruas (1939) e Alfredo Moreira Júnior (1907-1998), mais conhecido como Zezé Moreira, ex-jogadores de futebol. Zezé Moreira também atuou como técnico do Botafogo, do Fluminense e do Vasco, com quem se saiu vencedor da Taça Guanabara de 1965.

23. Wilson Gomes (1946), mais conhecido como Samarone, ex-jogador de futebol muito admirado por Nelson Rodrigues e apelidado pela torcida fluminense de "Máquina".

24. Ivo Hélcio Jardim de Campos Pitanguy (1926-2016) foi um renomado e internacionalmente conhecido professor e cirurgião plástico brasileiro, tendo operado celebridades como Sophia Loren e Niki Lauda.

25. Colégio tradicional no Rio de Janeiro, foi fundado em 1902 por duas irmãs, Francisca e Isabel Jacobina Lacombe. Ocupava um antigo casarão no Botafogo, que teve a fachada tombada em 1987. Atualmente, pertence ao Centro de Arquitetura e Urbanismo da prefeitura.

26. "Escanteio" em inglês.

27. Em janeiro de 1966, uma das maiores enchentes da história do Rio de Janeiro devastou a região do Engenho Novo. Entre duzentas e trezentas pessoas morreram na tragédia, que deixou ainda cerca de mil feridos e 50 mil desabrigados.

28. *Manchete* foi uma bem-sucedida revista semanal de grande apelo visual que circulou no Rio de Janeiro entre 1952 e 2000.

29. Em 1966, o ator, músico e cineasta britânico Charlie Chaplin (1889-1977) dirigia a atriz e cantora italiana Sophia Loren (1934) para o filme *A condessa de Hong Kong*, que estreou no ano seguinte.

30. Rodolfo Jacob Mayer (1910-1985), ator de teatro, cinema, rádio e televisão.

31. *A história de Carlitos*, obra teatral de Henrique Pongetti (1898-1979), dramaturgo mineiro radicado no Rio de Janeiro. Pongetti é reconhecido por diversas obras que alcançaram grande sucesso. A peça aqui mencionada foi encenada pela primeira vez em 1935, pelo Teatro Escola, de Renato Viana, em sessões no Theatro Municipal do Rio de Janeiro.

32. *Cristo de São João da Cruz* é uma pintura que Salvador Dalí (1904-1989) executou em 1951 depois de um sonho, usando como modelo um dublê de Hollywood. Nela, o Cristo crucificado, sem pregos e sem coroa de espinhos, aparece, como aponta o narrador, visto do alto. A perspectiva gerou desconfortos, e, em 1961, a obra chegou a ser danificada por um visitante do Museu e Galeria de Arte de Kelvingrove (Escócia), onde está exposta.

33. Elba de Pádua Lima (1916-1984), mais conhecido como Tim, jogador de futebol e treinador brasileiro. Foi o técnico que levou o Fluminense à vitória da Taça Guanabara de 1966. Costumava usar uma mesa de futebol de botão para explicar suas estratégias de jogo aos jogadores.

34. Conhecido como Castelinho do Flamengo, o hoje Centro Cultural Oduvaldo Vianna Filho é um casarão de estilo eclético ainda existente, projetado em 1916 e finalizado dois anos depois. Nos anos 1950 e início dos anos 1960, seus moradores costumavam patrocinar festas memoráveis. Dali em diante, até o início dos 1970, o imóvel foi ocupado por famílias de baixa renda. Seu tombamento ocorreu apenas em 1983, sendo transformado em centro cultural, em 1992.

35. Trata-se de um grande relógio, de 9,5 metros de diâmetro, instalado em 1955 no alto do prédio que hoje pertence ao Grupo São Carlos, braço imobiliário do bilionário Jorge Paulo Lehmann, na rua do Passeio, centro do Rio de Janeiro. O edifício art déco, projetado em 1934 por Henri Paul Pierre Sajous e Auguste Rendu, décadas atrás abrigara a extinta loja de departamentos Mesbla. Na época, todos os dias, às seis da tarde, o relógio tocava "Ave Maria", e era costume as pessoas acertarem seus próprios relógios ao passar pela torre de 100 metros de altura que até hoje o sustenta.

36. Amaro Gomes da Costa (1942-2019), apelidado de Mário Tilico, começou a carreira no Recife e defendeu o Fluminense entre 1966 e 1967. Raimundo Evandro da Silva Oliveira (1944-2000), jogador do Fluminense na segunda metade dos anos 1960 e início dos anos 1970.

37. Moacir Siqueira de Queirós (1902-1992), o Russinho, nasceu no Rio de Janeiro. Era atacante do Vasco da Gama, considerado o primeiro grande artilheiro do clube. Quanto ao também carioca Torterolli, ou Nicomedes da Conceição (1899-19??), foi jogador do extinto clube carioca Benfica, além de integrante da Seleção Brasileira na Copa América de 1923 (na época chamado de campeonato Sul-Americano). Defendeu o Vasco da Gama de 1922 a 1932.

38. Raphael Hermeto de Almeida Magalhães (1930-2011), advogado, político e jogador de futebol de areia. Era partidário da União Democrática Nacional (UDN) e fervoroso torcedor do Fluminense, clube do qual foi diretor. Durante a ditadura militar, embora tivesse apoiado o golpe, chegou a ser preso por se opor ao AI-5. Não teve o mandato cassado, mas preferiu abandonar temporariamente a política. Com o fim do regime, em 1985, voltou à ativa e, em 1986, a convite de José Sarney, assumiu o ministério da Previdência e Assistência Social.

39. Jânio Quadros (1917-1992), presidente do Brasil de janeiro a agosto de 1961, usava em seus discursos uma linguagem que chamava a atenção por suas construções exóticas e voz inflamada.

40. Feodor Ivanovich Chaliapin (1873-1938), cantor de ópera russo, dono de uma potente voz grave. Sua exigente e dinâmica performance o tornara um dos baixos operísticos e atores mais famosos em sua época.

41. No *Asfalto selvagem*, folhetim transformado em romance que Nelson Rodrigues lança em 1961, também há um Miécimo que trabalha na polícia, mas com a função de delegado.

Este livro foi impresso pela Lis Gráfica, em 2021, para a HarperCollins Brasil. A fonte do miolo é Minion Pro. O papel do miolo é pólen soft $80g/m^2$ e o da capa é cartão $250g/m^2$.